평양을
세일합니다

평양을
세일합니다

개성공단 철수 과정에서 북한에 홀로 남겨진
한 남자의 파란만장 생존기!

박종성 장편소설

차례

제1장
평양에 나 홀로

개성공단 철수 1일 차

골목 한구석에 한 남자가 엎드린 채 쓰러져 있었다.

이른 아침 행인들이 남자를 보며 고개를 갸웃거렸다.

남자의 뒤로 판자를 얼기설기 덧댄 점포들, 불규칙하게 늘어선 나무 전봇대들, 그 사이로 거미줄처럼 늘어진 전선줄과 그 너머 고층 빌딩들이 점층적으로 보인다.

지나가던 노인이 쓰러진 남자 앞에 걸음을 멈춰 섰다. 노인은 걱정스러운 듯 남자를 손가락으로 쿡쿡 찔렀다. 반응이 없자 다급히 몸을 흔들었다. 그제야 남자가 몸을 앞으로 돌려 큰대자로 누웠다. 얼굴에 토사물이 잔뜩 묻어 있었다. 노인은 역겨운 듯 한 손으로 코를 막았다. 혀를 끌끌 차며 남자의 엉덩이를 발로 툭툭 찼다. 남자가 꿈틀대자 노인이 헛기침을 하며 말했다.

"어이! 일어나 보라!"

남자는 눈꺼풀을 파르르 떨며 힘겹게 깜빡거렸다. 내려다보는 노인의 실루엣 사이로 아침 햇살이 날카롭게 눈을 찔렀다. 남자는 손바닥으로 햇살을 가리며 힘겹게 몸을 일으켰다.

"간나새끼, 뒈진 줄 알고 놀랐네."

남자는 태연히 눈을 비비고는 실눈을 뜨고 노인을 쳐다봤다.

"여기가 어디예요?"

"어디긴 어디야! 동무는 왜 길바닥에서 자고 있네?"

"그게… 어젯밤에 여기 어디서…."

뭔가를 찾는지 남자는 두리번거렸다. 전봇대 옆의 토사물을 보고는 그제야 기억이 떠올랐다. 어젯밤 새벽, 이 전봇대를 붙잡고 토악질을 했었지. 남자는 뼛속을 파고드는 냉기에 몸을 움츠렸다.

"아유! 추워."

"얼어죽지 않은 게 다행이디."

"영감님, 지금 몇 시예요?"

"어디 보자. 10시 좀 넘었디."

"정말요? 출근 시간 늦었네!"

남자는 놀라 벌떡 일어났다. 옷의 먼지를 터는 남자에게 노인이 물었다.

"그런데 동무는 말씨가 이상한데, 직장이 어디네?"

"개성공단이에요."

"개성공단? 남조선에서 왔나? 그럼 개성에 있어야지 왜 여기 있네?"

"평양에 출장 왔다가… 지금 그게 문제가 아니라 과장님이 완전 빡쳤을 텐데!"

노인이 혀를 끌끌 차며 말했다.

"그렇게 자빠져 있다가 공안이라도 보면 어쩌려고? 조심하라."

공안이라는 말에 남자는 순간 등줄기가 서늘해졌다. 그는 고개를 숙여 노인에게 감사의 표시를 했다.

"그런데 동무는 이름이 뭐네?"

"김철현입니다."

"좋은 이름이네. 아무튼 조심하라."

철현은 목례를 하고 골목을 빠져나왔다. 좁은 골목을 벗어나 대로변에 나오자 분주하게 움직이는 사람들이 보였다. 술이 덜 깼는지 철현은 방향을 잡지 못하고 두리번댔다. 머릿골이 콕콕 쑤신 듯 두 손으로 머리를 움켜쥐었다. 어제의 기억을 더듬어보았다. 김재일 대리와 대판 싸운 후 화장실에 가려고 술집을 나온 것까지가 기억의 전부였다.

노발대발할 이 과장의 얼굴이 떠오르자 다시 걱정이 밀려왔다. 그러다 다시 울화가 치밀었다. 아무리 그래도 그렇지, 나만 이렇게 길바닥에 내팽개치고 가버리다니! 의리라고는 쥐똥만큼도 없는 것들. 이들이 어제 술자리에 함께 있었던 배신자들이다.

이 과장, 만년 과장. 우유부단하고 게으르다. 동작도 얼마나 굼뜬지. 10년째 승진을 못 하는 이유가 다 있다. 성격 급하고 뻑하면 소리를 질러대지만 인간적으로는 참 좋은 분이다. 하지만 일로는 별로 엮이고 싶지 않은 사람이랄까.

회계팀 이미영 주임. 20대 후반에 미혼. 나름 정이 많은 여자다. 이 과장은 이 주임이 애매한 얼굴이라고 했지만 자세히 보면 꽤 미인이다. 흠이라면 김재일 같은 놈을 좋아한다는 점? 김재일에 대해 재수 없는 이유를 들자면 수천 가지도 넘는다. 그런 놈이 뭐가 좋다고, 취향 참 독특하다.

김재일 대리. 왕재수에 왕싸가지. 명문대도 아닌데 법대를 나왔다며 입만 열면 잘난체다. 사람 열 받게 하는 데 타고난 재능이 있다. 이 새끼 뭘 해도 재수 없다. 퉤!

북측 안내원. 혈색이 누렇고 눈과 볼이 깊이 함몰돼 얼핏 보면 좀비 같다. 틈만 나면 대놓고 돈을 요구한다. 지가 뭘 했다고.

칭다오. 함께 평양에 온 중국 상인이다. 왜 함께 왔는지 그 이유를 아무도 모른다. 그저 사장님이 함께 가라고 해서 데리고 왔다. 말이 통하지 않아 아무도 그와 대화를 나눠본 적이 없다. 그냥 얼굴을 마주치면 서로 웃기만 할 뿐.

어제 술집에서의 몇 가지 장면이 그제야 떠올랐다. 김재일 그 새끼는 어젯밤에도 얼마나 빡치게 하던지.

"과장님, 이러다 우리 여기서 철수해야 되는 거 아니에요?"

뜬금없는 철현의 말에 이 과장이 어이없다는 듯 콧방귀를 뀌었다.

"그기 뭔 소리고? 우리가 와 철수하는데?"

"북한이 핵실험한 지 한 달도 안 돼서 미사일 실험까지 하는데, 분위기가 심상치 않잖아요."

"우리 철현 대리님 차암 어렵게 사시네. 나라 걱정하랴, 회사 걱정하랴, 부모님 걱정하랴. 핵실험한 게 어디 한두 번이가? 쓸데없는 소리 그만하고 술이나 마시라. 근데 안주는 이게 다가? 이틀 내내 양꼬치만 먹었더니 속이 다 울렁거린다."

"과장님, 그럼 메기 샤브샤브 드실래요?"

이미영 주임이 입안 가득 양꼬치를 문 채 실실 웃으며 말했다.

"말만 들어도 속이 메슥거린다. 됐으니까 이 주임이나 많이 묵으라."

이 과장은 손으로 입을 막고 웩웩거리는 시늉을 했다.

"부산 분이 어떻게 비린내를 싫어해요?"

"니, 내가 그런 말 싫어하는 거 모르나? 부산 사람이라고 다 회 좋아하믄 니는 정선 사람이라 감자만 보면 환장하겠네?"

"제가 감자 좋아하는 거 어떻게 아셨어요? 그럼 감자튀김 하나 시킬게요."

"어휴, 말을 말자. 알았으니까 많이 시키세요!"

이 주임은 싱긋 웃으며 손을 들어 서빙하는 아가씨를 불렀다. 몸에 착 붙는 짧은 치마를 입은 종업원이 멀리서부터 미소를 지으며 걸어왔다. 이 과장이 종업원을 뚫어지게 쳐다보자 이 주임이 따가운 시선을 보냈다.

"어휴, 과장님 그만 좀 쳐다보세요."

"아이고, 우리 이 주임은 훈남 보면 안 그러나?"

"과장님처럼 그렇게 대놓고 그러지는 않네요."

"그러세요? 근데 김 대리 앞에 안주는 누가 이렇게 많이 갖다 놨지?"

이 주임은 얼굴이 벌게지더니 슬그머니 고개를 돌렸다.

"김 대리 입만 입이고 내 입은 주둥인가?"

이 과장이 빈정거리듯 말했다.

"사모님께 전해드릴게요. 과장님 주둥이, 아니 입 좀 잘 챙겨드리라고."

이 주임이 입을 삐쭉거리며 말했다.

"마 됐다!"

이 과장이 토라진 듯 내뱉었다.

"아, 쫌! 지금 태평하게 안주 타령 할 땝니까?"

철현이 짜증 섞인 목소리로 말했다.

이 과장은 기가 막힌 듯 철현을 노려보았다.

"거 자식, 더럽게 집요하네. 니 지난 정권 때 기억 안 나나? 연평도에 포탄 떨어지고, 그 뭐냐? 그래, 천안함. 천안함이 침몰해도 끄떡없었는데 왜 자꾸 징징대!"

"그러게요, 철수하면 집에 돌아가고 좋죠, 뭐!"

이 주임이 거들었다.

철이 없는 건지, 순진한 건지! 철현은 황당하다는 듯 이 주임을 쳐다봤다.

"답답하네, 이 주임. 우리 회사가 철수하면 어떻게 되는지 몰라서 그래?"

"어떻게 되긴요. 엄마가 해주시는 뜨신 밥도 먹고, 친구들하고 수다도 떨 수 있으니 좋죠, 뭐."

"어휴, 이 주임! 개성공단 철수하면 우리 팀이 살아남을 수 있을 것 같아? 다 잘린다고!"

그제야 이 주임은 질근질근 씹던 오징어 다리를 툭 떨어뜨렸다.

"네? 저희가 왜 잘려요? 설비 늘린다고 평양까지 출장 온 거잖아요."

"그것 때문에 사장님이 대출 왕창 받으신 거 몰라? 우리가 여기서 철수하면 본사 생산 라인 다시 갖추는 데 시간이 얼마나 걸리겠냐? 1년? 2년? 그동안 회사가 월급이나 줄 수 있겠어?"

"그럼 어쩌죠? 제 나이 곧 있으면 서른인데. 결혼도 해야 하는데…."

이 주임이 울쌍을 지었다.

"그러니까 제발 정신 좀 차려. '개성시대'가 우리의 유일한 직장이라고."

그렇다. 전 직원이 창피해하는 이름 개성시대. 패션 회사인 만큼 유니크한 스타일을 추구한다는 의미로 개성시대라고 지었는데, 그 이름대로 개성에서 일하게 됐다. 촌스러운 이름의 회사지만 그곳이 그들의 안정된 현재와 든든한 미래를 보장해 주는 직장이었다. 철현의 엄포에 이 주임의 표정이 심각해졌다. 태연하게 웃고 있는 김재일 대리를 보며 철현이 말했다.

"김 대리님은 걱정 안 돼요?"

"제가 왜 걱정을 해야 하죠? 걱정할 사람들은 따로 있을 텐데?"

김 대리는 얄밉게 입꼬리를 올리며 철현과 이 과장을 번갈아 쳐다봤다. 이 과장은 슬며시 고개를 돌리며 갈라진 목소리로 말했다.

"생기지도 않을 일 걱정 고만하고. 자자, 술이 없네. 여기요! 평양주 한 병 추가요."

그때 마침 종업원이 새로 주문한 메기 샤브샤브를 가지고 왔다. 이 주임은 SNS에 올려야겠다며 핸드폰을 꺼내 촬영하려 했다.

종업원이 급히 다가와 정색을 하며 말했다.

"여기는 촬영 금지입네다."

"음식이 맛깔스럽게 보여서요. 한 장만 찍을게요."

"그래도 안 됩네다. 규칙이니 따라주시라요. 그리고 너무 소란스러운데 목소리를 조금만 낮춰주시라요."

"아니, 저희가 뭘 시끄럽게 했다고 그래요?"

이 주임이 언성을 높이자 분위기가 싸늘해졌다. 옆 테이블에서 짜증 섞인 목소리가 튀어나왔다.

"동무들! 여기 전세 냈소? 거 좀 조용히 마시라!"

그 소리에 김재일 대리가 당차게 일어나 옆 테이블로 고개를 돌렸다. 그런데 군복을 입은 건장한 체구의 남자들이 매섭게 노려보는 게 아닌가! 김 대리는 괜히 무언가를 찾는 척하며 슬그머니 자리에 앉았다.

군인들은 인상을 쓰며 벌떡 일어섰다. 분위기가 험악해지자 북측 안내원이 일어나 군복들에게 거듭 정중히 사과했다. 다행히 군인들은 조심하라며 한마디 던지고는 자리에 앉았다. 북측 안내원은 눈을 부라리며 개성시대 직원들에게 말했다.

"동무들, 거 목소리 좀 낮춰주시라요. 내래 동무들 때문에 아주 피가 마릅네다."

일순간 침묵이 흘렀다. 이런 분위기에서도 철현은 몸을 앞으로 기울이며 조용히 말했다.

"진짜 걱정 안 해도 될까요?"

김재일 대리는 어이없다는 표정으로 팔짱을 끼며 말했다.

"아직도 그 얘기야? 철현 대리님, 은근히 집요한 데가 있으시네. 보세요. 철수하면 득을 보는 게 누구죠? 북한? 우리 정부? 아니면 미국?"

"누가 득을 보기 때문에 철수한다는 게 아니죠. 철수가 불가피할 만큼 긴장이 고조되면 어쩔 수 없지…."

철현이 자신 없는 목소리로 말하자 김재일 대리가 피식 웃으며 대꾸했다.

"순진한 소리 하시네. 외교를 그렇게 몰라요? 외교는 명분이 아니라 실리라고요! 북한이 개성공단에서 벌어들이는 돈이 얼만데? 자그마치 북한 GDP의 20퍼센트가 넘는다고."

"그렇…죠."

철현은 수긍할 수밖에 없었다.

"개성공단이 철수하면 우리 남한 쪽 손실이 얼만 줄 알아요?"

"…."

"무려 1조 원이라고 1조 원. 게다가 인프라까지 더하면 얼마야? 계산도 안 되네. 철수하면 보상도 정부 책임이 되는데 어떤 정부가 철수하겠어? 긴장 같은 소리 하시네."

김재일 대리는 얄밉게 실실 쪼개며 몸을 뒤로 젖혔다. 옆에 있던 이 과장이 고개를 끄덕이며 말했다.

"그럼, 외교는 실리지! 우리 정부가 1조 손실을 감수하면서 철수하겠어? 못 하지."

철현은 이 과장을 못마땅하게 쳐다봤다.

"북한과 남한 정부는 그렇다 치더라도 미국 본토까지 갈 수 있는 미사일인데 미국이 가만히 있겠어요?"

"그건 그렇지! 미국 안방까지 위협이 들어가는데, 그럼 미국이 남한 정부에 철수 압력을?"

이번에는 이 과장이 철현을 편들었다. 두 사람의 대화를 삐딱한 자세로 듣고 있던 김재일 대리는 들고 있던 술잔을 탁자에 탕! 내려놓았다. 그때 옆 테이블의 군복 남자가 더는 못 참겠다는 듯 벌떡 일어났다. 이 과장은 구십 도로 허리를 꺾으며 거듭 사과했다. 군복은 몇 초간 매섭게 노려보더니 이내 자리에 앉았다.

김재일 대리는 고개를 앞으로 들이밀며 낮은 톤으로 말했다.

"이 양반 진짜 답답하네. 미국이 순진하게 개성공단 철수하면 북한이 핵개발을 멈출 거라 생각할까요? 언론에서 보도하는 것처럼 개성공단 자금이 핵실험에 사용돼서 그렇다? 천만의 말씀! 북한의 핵실험하고 장거리 미사일 개발은 시간 문제였다고요. 북한의 기술이 이미 세계적인 수준이란 걸 미국이 모르나? 다만 대외적으로 인정하기 싫은 거지. 게다가 개성공단은 화약고 같은 한반도에 유일한 완충 지역인데 미국이 무슨 이득이 있다고 그런 압력을 행사합니까? 네?"

"미국이 직접적인 압력은 안 하더라도 정부가 오판을 할 수도 있죠."

그러자 김 대리는 빈정거리며 쏘아붙였다.

"참 내, 대통령이 '통일은 대박'이라고 왜 했겠어?"

"…."

"그리고 과거에 진보 정권 대통령들이 왜 김정일하고 두 번이나 만났습니까? 전 정권에서도 북한에 강경한 태도를 취하면서 왜 개성공단만큼은 건드리지 않았겠냐고! 진보든 보수든 개성공단은 변수가 아니라 상수라고. 얼마 전 무디스조차도 개성공단 폐쇄는 국가 신용에 부정적인 영향을 미칠 거라고 하지 않았나? 그런데 어떤 미친 행정부가 그런 결정을 하겠냐고!"

이 과장은 어느새 고개를 끄덕거리고 있었다.

철현이 뭐라 반박하기도 전에 김 대리는 다시 거들먹거리며 말했다.

"이해가 잘 안 되시나 본데. 하긴 미대에선 그런 거 안 배우지."

"네? 지금 뭐라고 하셨어요?"

철현이 발끈했다.

"내가 뭘? 난 그냥, 미대 커리큘럼에는 그런 과목이 없다고 말 한 건데. 뭘 그렇게 정색을 하시나?"

"김 대리님! 자꾸 미대 그러시는데."

"아니, 미대를 미대라 하지 그럼 음대라고 합니까?"

"그런 뜻으로 하신 거 아니잖습니까?"

"그런 뜻이라니? 왜 발끈하고 그러는지 모르겠네?"

"아까부터 계속 비꼬듯 말하셨잖아요?"

"사람이 삐딱하기는? 모르는 걸 가르쳐준 거지, 그게 무슨 비꼰 거야? 안 그래?"

김 대리는 계속해서 거들먹거리며 다리를 반대로 꼬았다.

철현의 인내심은 결국 한계에 달했다.

"너 씨발! 말이 자꾸 짧다? 나이는 내가 두 살 더 많은 거 알지?"

철현이 흥분하자 김 대리는 움찔했다. 다행히 옆 테이블에 있던 군인들은 자리를 비운 뒤였다.

"아… 알았어…요, 철현 대리님, 아니 철현 동기님."

철현은 부아가 치밀어 맥주를 단숨에 들이켜더니 벌떡 일어났다. 일행은 일제히 쳐다봤다. 철현은 부르르 떨리는 손으로 맥주잔을 잡으며 김 대리를 노려봤다. 김 대리도 철현을 노려봤다. 몇 초간의 격렬한 눈싸움이 벌어졌다. 보고 있던 이 과장이 한마디 던졌다.

"철현아, 뭘 그걸 가지고 그러나? 속 좁게. 니가 하도 말도 안 되는 소리를 하니까 김 대리가 그런 거 아이가. 자, 자, 한잔해라."

"과장님! 지금 술이 목구멍으로 넘어갑니까?"

철현이 자리에서 벌떡 일어나며 거세게 말했다.

"왜 나한테 성질이야?"

"화낸 거 아닙니다! 화장실이 급해서 그런 거지…."

철현은 벌게진 얼굴로 자리를 박차고 일어나 밖으로 나갔다. 뒤통수에서 자신을 비웃는 모습이 그려졌다. 슬슬 약을 올리는 김 대리의 말에 연거푸 술을 들이켠 탓에 술기운이 확 올랐다. 초점도 흐려져 발걸음이 자꾸만 비틀거렸다.

어제의 기억이 떠오르자 철현은 주먹을 불끈 쥐며 몸을 떨었다. 이럴 때가 아니지! 지금쯤 과장님이 잡아먹을 듯 씩씩대고 있을 텐데. 다른 건 몰라도 지각만큼은 용납하지 못하는 이 과장이었다.

허겁지겁 주머니를 뒤져 스마트폰을 꺼냈다. 한숨을 푹 쉬며 통화 버튼을 눌렀다. 아무런 신호도 잡히지 않았다.

"전화가 왜 안 되지?"

다시 통화 버튼을 눌러보지만 역시나 무응답이었다.

그제야 평양에선 전화가 안 된다는 걸 깨달았다. 그렇지! 철현은 스마트폰에서 스카이프를 찾았다. 개성공단 입주 초기, 나름 IT에 해박한 김재일 대리는 스카이프를 통해 중국을 우회해 서울의 가족과 통화하는 방법을 찾아냈다. 덕분에 다른 사람들도 모두 스카이프를 설치했다. 철현은 스카이프를 실행해 통화 버튼을 눌렀다. 몇 번의 발신음이 흐른 뒤 이 과장의 성난 목소리가 튀어나왔다.

"야! 지금 회사에 난리 났는데 출근도 안 하고 뭐 하나?"

"난리요? 무슨 일 있습니까?"

어제 일이 다시 떠오르자 철현은 뜨끔했다.

"무슨 일? 얌마, 지금 당장 튀어와!"

"네네. 바로 갈게요. 지금 호텔이세요?"

"호텔은 무슨 호텔! 이 새끼가 아직도 술이 덜 깼나! 니 지금 어디가?"

"어디긴요. 금강술집 앞이죠."

"지금 장난하나? 몇 신데 아직도 술 퍼먹고 있나?"

그때 수화기 너머로 김재일 대리의 목소리가 조그맣게 끼어들었다.

— 간이 배 밖으로 나왔네. 이 난리에 술이 들어가나?

김 대리의 아니꼬운 표정이 눈에 휜했다. 저 새끼는 아침마다 오늘은 누구를 어떻게 골려줄까 하고 연구하며 출근하는 게 분명하다. 철현은 울화가 치밀었지만 지금은 성질낼 때가 아니기에 숨을 길게 내뱉으며 마음을 가라앉혔다.

"그게… 어제 화장실 간 다음부터 기억이… 제가 어제 무슨 실수라도?"

"실수한 건 없고. 니 지금 어디가?"

"금강술집 앞이라니까요?"

"금강술집? 그 평양에 있는 금강술집이라고? 이 자슥이 지금 장난하나?"

이 과장이 기가 차다는 듯 말했다.

"제가 왜 과장님께 장난을 합니까?"

"니 어제 버스에서 내리고 또 술 마시러 갔나?"

"버스는 무슨 버스요?"

"이 새끼 봐라? 아직도 술이 덜 깼나. 어제 버스 타고 판문점 넘어온 것도 기억이 안 나나?"

"버스를 왜 타요? 판문점은 또 무슨 말이에요? 저 여기 금강 술집 앞이라고요. 어젯밤 화장실 갔다가 이 자리에서 필름이 끊겼단 말이에요."

철현의 단호한 목소리에 이 과장은 비로소 뭔가 이상하다는 걸 눈치챈 모양이었다. 수화기 너머로 직원들에게 상황 설명을 하는 이 과장의 목소리가 들렸다. 웅성거림 사이로 직원들이 주고받는 목소리도 분명하게 전해졌다.

—어제 술 마셔서 늦었습니다, 라고 하면 될걸. 쯧! 저걸 변명이라고.

—과장님이 잘해주시니까 그렇죠. 아주 혼쭐을 내줘야 정신 차리지.

—철현 대리님 그렇게 안 봤는데, 너무하시네.

—저기 그런데, 어제 철현 대리님 보신 분 계세요?

—철현이 어제 버스에 탄 거 맞지?

—그게… 저는 철현 대리님 본 기억이… 이 주임은 기억나?

—저요? 글쎄요?

—….

한 명 한 명의 목소리에서 서서히 힘이 빠져가고 있었다. 그러더니 어느 순간 정적이 흘렀다. 철현은 등줄기가 서늘해졌다.

다시 웅성거리기 시작했다.

—과장님이 어제 인원 체크 하셨잖아요.

이 주임의 목소리였다.

—했긴 했지. 했나? 했겠지. 안 했을 리 없잖아? 그치? 나 했지?

—….

그들의 대화는 뭔가 심상치 않은 사태를 예견한 듯한 분위기였다. 어디서도 경험해보지 못한 비현실적인 공포감이 밀려오는 듯했다. 각자 어제의 일로 기억을 더듬어보기 시작했다.

어젯밤의 그 금강술집.

철현이 화장실에 간다며 나간 후 다들 한마디씩 던졌다.

(이 과장) "새끼, 승질하고는! 멀쩡한 개성공단이 와 철수한다고 지랄이고? 지랄은."

(김재일 대리) "잘 모르면 가만히나 있지. 괜히 나한테 화풀이래?"

(이 주임) "난 그래서 콤플렉스 있는 사람들이 피곤하더라."

(김재일 대리) "사람이 자기 전공에 대해 자존감이 있어야지 말이야."

그렇게 뒷담화를 하는 사이 분위기가 축 가라앉았다. 이러면 안 되겠다 싶었던지 이 과장이 폭탄주를 돌렸다. 다들 표정을 수습하지 못하고 어색한 웃음을 지었다. 하지만 폭탄주 몇 잔이 오가자 분위기는 금세 다시 살아났다.

철현이 자리를 뜬 지 꽤 시간이 흘렀다.

"철현 대리님 무슨 일 있나? 나간 지 30분이 넘었는데? 과장님, 찾아봐야 하는 거 아니에요?"

이 주임이 걱정스러운 듯 말을 꺼냈다.

"내버려 둬. 좀 있으면 실실거리고 들어올 기다. 어디서 전봇대 붙잡고 반성하고 있겠지."

이미 코가 벌게진 이 과장은 손으로, 술이나 마시라는 시늉을 했다. 이 주임은 잠시 출입구를 쳐다보더니 이내 폭탄주를 벌컥벌컥 마셨다.

다들 술기운이 올랐을 무렵 이 과장의 핸드폰이 요란하게 울렸다. 그때 이 과장은 이 주임과 뭐가 그리 재밌는지 낄낄거리고 있었다. 김 대리가 이 과장의 옆구리를 찌르며 눈짓하자 이 과장은 미간을 찌푸리며 핸드폰을 노려봤다.

"뭐꼬? 이 시간에. 마누라 아니면 전화할 사람도 없는데?"

이 과장은 핸드폰을 들어 요리조리 돌리다가 간신히 코에 대고 혀 짧은 소리를 냈다.

"여보쎄요?"

이 과장의 눈동자는 벌써 풀렸고 혀는 뱀처럼 꼬부라졌다.

"넵! 이상철입니다."

몇 번의 말이 오가더니 이 과장의 표정이 일그러졌다. 그의 표정 변화에 다들 배꼽을 잡고 웃어댔다.

"네? 정말입니까? 알겠습니다!"

통화를 마친 이 과장이 핸드폰을 얼굴에 댄 채 굳어 있었다.

김재일 대리는 이 과장의 어깨를 툭 치며 히죽거렸다.

"또 사모님이에요? 우히히, 평양에 와서도 맘 편히 술 한잔 못 하시는 불쌍한 우리 과장님. 우히히."

이 과장이 자리에서 벌떡 일어났다. 표정은 이미 반쯤 넋이 나가 있었다.

"야, 야, 빨리 짐들 챙겨라. 세 시간 안에 판문점 넘어가야 하니까."

"흐흐, 사모님이 판문점으로 튀어오래요?"

김재일 대리는 벌게진 얼굴로 낄낄거렸다. 이 과장은 정색을 하며 김 대리의 뒤통수를 후려쳤다.

"야이, 새끼야! 철수라고. 다들 정신 차려! 지금 당장 숙소에 가서 꼭 챙겨야 할 짐만 챙기고 나와! 칭다오하고 안내원도 깨우고! 오전까지 못 나가면 꼼짝없이 여기 묶이게 된다. 알았나? 이기 뭔 난리고!"

그제야 사태의 심각성을 깨달은 그들은 비틀거리며 일어났다. 중국 상인 칭다오와 북측 안내원도 부스스 일어났다. 다들 황급히 술집을 빠져나왔다.

호텔 앞에는 여러 대의 버스가 철수를 위해 대기하고 있었다.

개성공단에서 올라온 다른 회사 사람들도 벌써 도착해 허겁지겁 차에 짐을 싣고 있었다. 무거운 짐을 질질 끌다 엎어지는 사람, 어딘가에 빠뜨린 물건이 있다며 울먹이는 사람, 거대한 짐이 차에 들어가지 않아 버스 지붕에 싣고 밧줄로 묶는 사람도 있었다. 이 주임은 이 아수라장을 보며 어찌할 바를 몰랐다.

"도대체 이게 뭔 난리래요?"

"시끄럽다, 시간 없다. 니들도 잽싸게 짐 챙겨와라! 공장에도 들러서 짐 챙겨야 하니까 서둘러!"

이 과장의 다급한 목소리에 그들은 황급히 호텔로 향했다.

김재일 대리는 속이 안 좋다며 이 주임에게 자기 짐을 부탁하고는 비틀거리며 차에 올라탔다.

얼마간의 난리법석 후 다들 짐을 챙기고 나오자 다른 회사 차들은 이미 출발하고 없었다.

힘겹게 차에 올라탄 이 과장이 기사에게 출발하라고 신호했다. 버스가 허겁지겁 호텔을 벗어났다. 사람들은 기진맥진한 채 의자에 널부러졌고 몇 분간 정적이 흘렀다. 이 과장은 정신이 혼미한 채로 일어나 뒤를 돌아봤다. 코 골며 이미 잠에 빠져든 김재일 대리가 눈에 띄었다.

"이 주임, 김재일 깨워! 그리고 다들 깜박한 게 없는지 다시 한 번 확인해봐."

하지만 술에 취한지라 그저 건성으로 주변을 둘러볼 뿐이었다. 김재일 대리가 실눈을 하고 한마디를 던졌다.

"우히히, 이상 무!"

그러고는 다시 곯아떨어졌다.

이 과장도 대충 차 안을 둘러보더니 의자에 주저앉아 이내 코를 골았다.

기억 속에서 철현은 보이지 않았다.

잠시 침묵이 흐르더니 이 과장이 비명 같은 소리를 내질렀다.

"이기 우찌 된 일이고? 니 진짜로 어제 버스에 안 탔나?"

"그만 좀 장난하세요!"

불길함이 철현의 온몸을 휘감았다. 한 시간 같은 삼 초가 지나더니 이 과장이 무겁게 입을 뗐다.

"철현아, 니 잘 들어라. 우리 지금 서울이다."

"네? 지금 뭐라고 하셨어요?"

"서울이라고!"

"아이 씨! 사람 좀 그만 놀리세요!"

"지금 이 상황에서 내가 농담하겠나? 니 어제 새벽에 개성공단 철수한 거 아직 모르나? 니 말대로 됐단 말이다."

철현은 몇 초간 몸이 붕 뜨는 느낌이었다. 그제야 정말 심각한 사태임을 깨달았다. 온몸이 바들바들 떨렸다.

"아, 뭐, 이런 씨발! 아니, 과장님께 욕한 게 아니라… 그게 말이 되냐고! 이런 개… 아니, 씨발."

이 과장은 할 말을 잃은 채 철현의 절규와 울부짖음 소리를 그저 듣기만 했다. 폭풍 같은 절규가 한 차례 지나고 나자 정적만이 남았다. 정적을 뚫고 거친 숨소리가 새어 나왔다. 이 과장이 마른침을 삼키며 말했다.

"철현아, 나도 이게 어떻게 된 일인지 모르겠다. 분명히 확인했다고 생각했는데. 지금 어디 가?"

"아이, 씨발! 몇 번 말해요? 금강술집 앞에 있다고요!"

"그렇지. 음… 일단 호텔로 바로 가서 꼼짝도 하지 말고 있어

라. 내가 어떻게 할지 생각해보고 다시 전화할게."

"장난하세요? 제가 지금 돈이 어디 있다고 호텔로 가요?"

"어제 정신없이 빠져나오느라 체크아웃은 안 한 거 같거든. 확실하진 않지만."

철현이 목구멍으로 솟구치려는 온갖 욕을 필사적으로 밀어넣었다. 이 과장과 더 얘기해봐야 답이 없다는 것을 알았다. 소매로 눈물을 닦고 코를 팽 풀었다.

"회사에 보고하셔야죠?"

"그래야지. 일단… 아무튼 내가 다시 전화할게!"

뚜뚜….

'잠시만요'라고 소리치려는 찰나 전화는 끊겼다.

철현은 자리에 주저앉았다. 꿈이 아닐까, 라는 의심을 아직 떨칠 수 없었다. 주변을 둘러봤다. 우뚝 솟은 잿빛 건물들, 인민복 차림의 무표정한 행인들을 보자 현실감이 강하게 들었다. 심장이 빠르게 뛰었다. 지나가는 사람들의 따가운 시선이 느껴졌다. 어딘가에서 공안이 나타날 것 같아 불안했다. 잡히면? 과연 어디로 끌려갈까? 본국으로 소환될까? 감방에 갈까? 혹시 인질로 잡혀 고문을 당하진 않을까? 온갖 상상이 머릿속을 헤집고 다녔다. 돌처럼 굳은 다리를 힘겹게 이끌고 허겁지겁 자리를 벗어났다.

호텔로 돌아온 철현은 이곳저곳 둘러봤다. 평소와 다름없이 한산한 풍경이었다. 프런트 직원이 외국인과 영어로 대화 중이고, 카페 공간에서 몇몇 중국인이 시끄럽게 떠들고 있을 뿐이었다. 철현은 심호흡을 크게 한 번 했다. 긴장한 낯을 감추려고 손바닥으로 얼굴을 몇 차례 치고는 조심스럽게 프런트로 다가갔다. 호텔 여직원과 눈이 마주치자 몸이 움찔했다. 자신을 향해 상냥하게 웃어 보이는 게 아닌가. 철현은 조심스럽게 체크인 상태를 물었다.

"708호 말이디요? 내일 모레까지 예약 상태입네다."

"그럼 709호는요?"

"마찬가지입네다. 그런데 그건 왜 물으십네까?"

"아, 아닙니다. 그냥 물어봤습니다."

"싱거우십네다."

여직원은 아무런 의심도 없이 상냥하게 대답했다. 믿기지 않았다. 개성공단이 철수했는데 정말 이 호텔에 머물 수 있단 말인가? 이대로 객실에 들어갔다가 공안에게 꼼짝없이 잡히는 건 아닐까? 철현은 다시 물었다.

"개성공단이… 철수하기로 했는데 여기 그냥 있어도…."

"무슨 말씀입네까? 저는 그냥 여기 기록돼 있는 고대로 말씀드린 건데 무슨 문제라도 있습네까?"

"아, 아닙니다. 저는 중국에서 온 상인인데 개성공단이 철수했다고 해서…."

철현은 지레 겁먹고 묻지도 않은 말을 하며 횡설수설했다. 여직원은 철현의 행동이 의심스러운지 옆에 있는 남직원에게 다가가 귓속말로 소곤거렸다. 두 사람은 철현을 힐끔힐끔 쳐다보며 나지막이 대화했다. 이럴 때는 자리를 피하는 게 상책이다. 철현은 핸드폰을 들고 통화하는 척하며 슬그머니 자리를 벗어났다. 호텔 직원들은 고개를 갸웃거리며 철현의 뒷모습을 쳐다봤다.

객실로 들어온 철현은 화장실로 달려갔다. 변기통을 부둥켜안고 한가득 쏟아냈다. 한참을 뿜어내고도 모자라 위액까지 쥐어짜냈다. 아랫배가 뒤틀렸다. 배를 움켜쥔 채 자리에서 뒹굴기를 몇 분, 속이 조금 진정됐다. 입을 대충 닦고 부랴부랴 TV를 켰다. 조선중앙TV에서 여자 아나운서가 우렁차고 절도 있는 목소리를 토해내고 있었다.

"개성공단은 김정일 장군님께서 7천만 겨레에게 베풀어주신 민족 사랑의 고귀한 결정체였다. 개성공업 지구가 6·15 공동선언의 열매라는 것은 그 누구도 부인할 수 없는 엄연한 사실이다. 하지만 남조선은 개성공단에 대한 약속을 이행하지 않고 조선민주주의인민공화국을 능멸했다. 또한 어제 새벽 남한은 일방적인 개성공단 철수를 통보하며…."

아나운서의 목소리가 갈수록 위협적으로 들렸다. 소름이 돋았다. 절망과 두려움이 다시금 엄습했다. 철현은 들고 있던 TV 리모컨을 떨어뜨렸다. 눈물이 주르르 흘러내렸다. 말도 안 되는 일이 하필 자신에게 일어나다니! 철현은 불도 켜지 못하고 어두운 방안에서 한동안 몸을 떨었다.

얼마나 시간이 지났을까. 배에서 꼬르륵 소리가 났다. 이런 상황에서도 기본 욕구를 채워야 한다는 사실이 씁쓸했지만 어찌하랴. 일단 허기부터 채워야 할 것 같아 방안을 뒤졌다. 다행히 트렁크에서 컵라면이 나왔다. 생으로 먹어보려 했지만 비참한 생각이 들었다. 그래, 이럴수록 힘을 내자. 아무리 바빠도 끼니만큼은 거르지 말자는 게 자신의 신조 아닌가. 뜨거운 물이 간절했다.

컵라면을 들고 살금살금 계단을 내려가 로비로 갔다. 다행히 냉온수기가 보였다. 구석진 곳이라 사람은 없었다. 철현은 누가 볼세라 재빨리 물을 받아 다시 방으로 갔다. 안도의 숨을 내쉬고 뚜껑을 여는데 이게 웬일인가! 찬물이었다.

아아, 연거푸 욕이 터져 나왔다.

다시 나갈 용기가 나지 않아 찬물에 라면을 불려 먹었다. 그러고는 침대에 벌렁 드러누웠다. 한숨 자고 나면 악몽에서 깨어나리라! 가망 없는 소망을 품은 채 눈을 감았지만 잠은 오지 않았다.

TV를 틀었다. 여전히 개성공단 철수에 대한 살벌한 말들뿐이었다. 카메라를 응시하는 아나운서의 눈빛이 자신을 향해 말하는 것처럼 들렸다. '동무는 이제 좆됐소'라며.

누군가 심장을 두드려 패는 것처럼 아팠다. 공안에 잡히기도 전에 심장마비로 죽을 것 같았다. 철현은 애써 30퍼센트 정도의 희망을 섞어 생각해보았다. 내일 과장님한테서 전화가 오겠지. 회사와 조국이 나를 버리지는 않을 거라고 말해주겠지. 공포와 희망 사이를 넘나들던 철현은 어느새 까무룩 잠이 들었다.

개성공단 철수 2일 차

공안들이 총부리를 겨누며 쫓아왔다. 철현은 온힘을 다해 달아나지만 자욱한 안개 때문에 앞을 분간하기가 어려웠다. 안개를 뚫고 들려오는 호각 소리가 가슴을 마구 찔렀다. 어느 쪽으로 달려야 하지? 무작정 뛰었다. 안개 너머로 희미하게 다리가 보였다. 다리를 향해 마구 달렸다.

뜻밖에도 다리 건너편에서 회사 동료들이 얼른 오라고 손짓하고 있었다. 철현은 안도의 한숨을 내쉬었다. 그런데 다리를 건너려는 순간 물이 차오르기 시작했다. 다리가 물에 잠기기 전에 건너야 했다. 하지만 아무리 내달려도 물속을 걷는 듯 허우적댔다. 달릴수록 오히려 회사 동료들은 점점 더 멀어지는 듯했다. 가까스로 다리 끝에 다다르자 이 과장이 손을 내밀었다. 철현도 손을 뻗었다. 닿을 듯 말 듯 잡히지 않았다. 그 순간 물이 머리끝까지 차올랐다. 수면 위로 동료들의 모습이 멀어져갔다.

꿈이었다. 철현은 밤새 같은 꿈을 수없이 꾸었다. 시계를 보니 오전 7시 30분. 꿈의 여운이 가시지 않았다. 철현은 침대에 걸터앉아 몸을 떨었다.

웅— 웅— 소리에 심장이 덜컹 내려앉았다.

핸드폰 진동음이었다. 이 과장의 번호였다. 눈물이 차올랐다. 허겁지겁 손을 뻗어 핸드폰을 집었다.

"과장님!"

"철현아, 그래 거기는 좀 어떠냐?"

"무서워서 한숨도 못 잤습니다. 저 돌아갈 수 있는 거죠?"

철현의 목소리는 그 어느 때보다 애절했다. 침묵 사이로 이 과장의 거친 숨소리가 전해졌다. 이 숨소리의 의미는 뭘까? 철현은 눈물을 닦으며 말했다.

"회사에 보고하셨어요?"

"그게, 여기 분위기가….''

"분위기가 어떤데요? 설마, 아직 보고도 안 하셨어요?"

"아니, 그게… 지금 그래서….''

이 무슨 개뼉다구 같은 소리인가. 다음 순간 힘이 쭉 빠졌다. 그제야 이 과장이 원래 어떤 성향인지 뼈저리게 상기되는 것이었다. 언제나 태평하고 눈치 없기가 이만저만 아니었다. 더더욱 답답한 것은 그가 딱히 악의를 품어서 그런 것도 아니라는 것이었다. 원래 타고난 성향이 그럴 뿐이었다. 일 년 전 구조조정 소문에 회사가 어수선할 때도 이 과장 혼자 태연했다. 사내에서 가장 한가한 사람이 감원 대상 1호라는 걸 모를 리 없었는데 말이다. 오후 4시만 되면 김 대리와 함께 사우나로 쪼르르 달려가 꼬박꼬박 출근 도장을 찍었던 사람이다. 철현도 이 과장의 성화에 못 이긴 척 함께 간 적이 있었다. 이 태평한 인간의 손에 자신의 생사가 걸려 있다고 생각하자 가슴이 답답해졌다.

"보고를 하셨다는 거예요, 안 하셨다는 거예요?"

"그게… 회사 분위기가 지금 말이 아니거든. 철수하면서 제품들 안 가져왔다고 사장님이 얼마나 들들 볶던지…."

"과장님! 지금 사람이 죽게 생겼다고요! 사람이."

"아니, 어제 분위기가 그랬다는 거고, 지금 보고하려고 일찍 나온 참이다. 철현아, 긴장도 풀 겸 호텔 사우나라도 가서 쉬고 오는 게 어때? 두 번째 서랍에 사우나 쿠폰 있으니까 마음대로 써라. 아휴, 어려울 때일수록 긍정적인 마음이 중요한 거야. 무슨 뜻인지 알지?"

"지금 사우나가… 아이씨, 긍정적인 마음? 지금 그걸 말이라고 하세요?"

"와 소리를 지르노? 새끼 성질은. 긴장 풀라는 차원에서 말한 건데. 여하튼 내가 보고 다녀와서 바로 연락 줄 테니까 이만 끊자. 잠깐만 철현아, 김재일이 너한테 할 말이 있단다."

김재일 대리의 목소리가 들렸다.

"철현 대리님, 몸은 괜찮아요?"

"네, 아직은."

"대리님, 저기 미안한데… 내가 올 때 트렁크를 두고 와서…. 안에 있는 녹즙은 마셔도 되는데 다른 물건은 건드리지 말아줬으면 해서요. 올 때 잘 좀 챙겨주세요."

이 녀석은 대체 뭐지? 어디서도 보지 못한 막강 캐릭터다. 철현의 주먹이 부르르 떨렸다. 이 와중에 김 대리가 한마디 덧붙였다.

"맞다, 대리님 게임 좋아하죠? '오천성' 새로 패치됐거든요. 거기서 할 일도 없을 텐데 꼭 패치하시고, 하트 날려주는 거 잊지 마시고. 바쁘실 테니 이만 끊어요."

김 대리는 철현의 대답도 듣지 않고 전화를 끊었다. 철현은 핸드폰을 귀에 대고 한참을 멍하게 있었다. 왜 내 주변엔 이런 인간들만 있는 거지? 살아서 나갈 수 있긴 있는 걸까? 이제 난 어떻게 해야 하지? 두 뺨에서 다시 눈물이 주르르 흘러내렸다.

철현은 커튼을 열어 평양시내를 내려다봤다. 마치 영화 세트장같이 천편일률적인 잿빛 건물들이 쇠창살처럼 솟아 있었다. 사후 세계처럼 으스스했다. 몸서리가 쳐졌다. 철현은 커튼을 힘껏 닫았다.

리모컨을 들었다가 맥없이 다시 내려놨다. 보나마나 어제의 그 아나운서가 살벌한 목소리로 죽이네, 살리네, 하며 열변을 토해낼 게 분명했다. 무기력하게 거실 한쪽을 응시하는데 김 대리가 말한 트렁크가 눈에 들어왔다. 인간이 싫으니 그 물건도 꼴보기 싫어졌다. 하지만 뭐라도 해야 조금이나마 불안감을 떨칠 수 있을 것 같았다.

트렁크를 질질 끌고 왔다. 비밀번호가 걸려 있었다. 보나 마나 0000일 것이다. 잘난 체는 혼자 다 하지만 보기보다 단순한 놈이다. 기대에 어긋나지 않고 자물쇠가 철커덩하고 열렸다. 트렁크를 열자 엄청난 양의 물건이 팝콘처럼 튕겨 나왔다. 이 많은 걸 어떻게 다 넣었는지 신기할 정도였다.

　김재일 대리의 옷은 거의 다 알록달록 꽃무늬였다. 여기가 무슨 휴양지인 줄 아나? 비닐팩을 열자 온갖 상비약이 들어 있었다. 해열제, 두통약, 지사제, 영양제, 그리고 비아그라 몇 알. 쓸데도 없는 비아그라는 뭐하러 챙겨왔담? 잡지 세 권도 있다. 인테리어 잡지 한 권, 여성 잡지 두 권이다. 취향 참 독특한 녀석이다.

　노트북. 이건 요긴하게 쓰일지도 모르겠다. 하다못해 게임이라도 할 수 있겠지. 부팅을 하자 바탕화면에 회사 자료가 수북이 널려 있었다. D 드라이브를 열자 폴더 안 폴더에 '연말정산 자료'라는 이름의 폴더가 숨겨져 있었다. 혹시나 해서 클릭해봤더니 수천 개나 되는 야동 파일이 있었다. 변태 같은 놈. 혹시 이거라도 보면 위안이 될까?

　또 하나의 비닐팩에는 각종 액세서리 부품이 들어 있었다. 이것도 왜 여기 있는지 이해가 안 간다. 평양시내 관광지도는 잘 챙겨둬야겠다. 그럴 일은 없어야겠지만 만약 도주할 일이 생기면…. 여권과 신분증이 보였다. 분실할 우려가 있어 김 대리가 보관하고 있었다. 중국 상인 칭다오의 신분증도 여기에 있다. 그리고 인민복 한 벌과 김일성, 김정일 배지. 이거 산다고 아주 생난리를 쳤지.

　언젠가 이 물건들이 도움이 되리라 생각하며 트렁크를 닫았다.

　분위기도 살필 겸 로비로 내려갔다. 괜히 객실 밖으로 나가봐야 위험만 도사리고 있지 않을까 싶었지만 철현은 아직 이 호텔의 투숙객이다. 게다가 이 호텔은 중국, 일본 관광객과 바이어가 많아 다른 호텔에 비해 자유로웠다. 아직까지는 이곳이 철현에게는 안전가옥인 셈이었다.

로비 한편에 '휘파람 찻집'이라는 간판이 보였다. 다양한 국적의 외국인 두 무리와 중국인들로 보이는 손님들이 앉아 있었다. 이곳에 흑인과 아랍인이라니! 다시 봐도 낯설었다. 로비는 비교적 한산하고 차분했다. 여전히 바깥세상과 단절된 것처럼 평화로워 보였다. 어딘가에서 북한 아나운서의 목소리가 환청처럼 머릿속을 울렸다.

휘파람 찻집에서 들려온 소리였다.

철현은 찻집 구석에 슬그머니 자리를 잡고 앉아 TV를 봤다. 오늘은 남자 아나운서였다. 여자 아나운서의 목소리에 비해 그 울림과 호소력이 떨어졌다. 소리가 작게 들려 뭐라고 떠들어대는지는 모르겠지만 표정은 역시 살기가 가득했다. 자막을 통해 대충은 상황 파악을 할 수 있었다.

"남조선… 반통일적 궤변… 수작질… 극악한, 타격 대상으로… 전쟁도 불사…."

정말이지 살벌한 단어들뿐이다. 김정은이 국경을 방문하는 소식과 현재 진행 중인 장거리 미사일에 대한 보도, 그리고 개성공단 철수로 인해 남한과의 신뢰가 깨지면서 그에 상응하는 응징이 있을 거라는 협박성 내용이었다. 아무래도 개성공단 정상화는 물 건너간 듯 보였다.

이제부터 어떻게 해야 하나 막막했다. 내일이면 호텔에서 체크아웃해야 하는데. 과연 무사히 서울에 갈 수 있을까?

언제였더라? 뉴스에서 본 기사가 떠올랐다. 미국 기자가 몇 년째 북한에 나포되어 있다는 내용이었다. 미국의 압력에도 북한은 본국 소환을 거부했다. 몇 년의 시간이 흘러 기자는 결국 싸늘한 시신이 되어서야 본국으로 돌아갔다. 북한은 그런 곳이다. 무대포에 배째라는 식이다. 어쩌면? 나도…? 과장님은 지금쯤 보고를 했겠지? 그렇다면 정부가 대책을 마련하고 있지 않을까?

그렇게 한숨을 쉬며 뉴스를 보고 있는데 묘한 시선이 느껴졌다. 철현은 슬며시 눈동자만 돌렸다. 프런트에서 어제의 그 여직원이 군복 차림 남자에게 자신을 가리키며 말하고 있는 게 아닌가! 예감이 불길했다. 어제 자신의 행동을 수상히 여긴 게 분명했다. 철현은 누군가와 통화하는 척하며 슬금슬금 출입구 쪽으로 이동했다.

그런데 바로 앞에 군복 남자가 떡하니 서 있는 게 아닌가! 철현은 하마터면 뒤로 나자빠질 뻔했다. 차분하게, 자연스럽게 행동하자. 철현은 태연한 척하며 남자의 옆을 에둘러 가려 했다. 남자가 다시 앞을 가로막았다. 철현이 슬며시 고개를 들었다. 단단한 체구에 차가운 얼굴의 남자가 자신을 노려보고 있었다.

"동무, 신분증 좀 보여주시라요."

"왜, 왜요?"

"여기서 보여주겠소, 아니면 보위부로 가겠소?"

"그게, 가방에 두고 와서."

남자는 철현의 팔을 거세게 잡았다. 남자의 손은 쇠처럼 단단했다. 철현은 아무런 저항도 할 수 없었다. 이제 죽었구나 싶었다. 바로 그 순간 어딘가에서 낯익은 목소리가 들렸다.

"아니, 김철현 동무 왜 여기 있습니까?"

철현의 일행과 동행했던 북측 안내원이었다. 두 사람을 번갈아 쳐다본 안내원은 상황을 눈치챈 듯 얼굴이 새파래졌다. 그러더니 재빨리 공안의 주머니에 무언가를 슬쩍 찔러 넣고 뭐라고 속닥거렸다. 공안의 표정이 이내 수그러들었다. 그는 혼자 다니지 말라며 강한 경고를 남긴 뒤 돌아갔다. 북측 안내원은 구십도로 몇 번을 인사하며 멀어져가는 공안의 뒷모습을 바라봤다.

공안이 사라지자 안내원은 철현을 이끌고 객실로 향했다. 방으로 들어오자 안내원은 자리에 털썩 주저앉았다.

"중국 상인이라고 둘러댔으니 일단은 안심하기요. 그런데 동무는 왜 여기에 남아 있습네까?"

철현은 길게 한숨을 내쉬며 그간의 일을 설명했다. 설명을 듣던 안내원의 얼굴에 핏기가 사라졌다.

"이런 말도 안 되는 일이! 도대체 그 동무들은 뭐 했길래?"

"안내원 씨도 잘한 건 없죠. 같이 있었으면서 뭐 했습니까?"

"내래 나오자마자 상부에 확인하러 갔었디요."

"그나저나 이제 전 어떻게 해야 하죠?"

북한 안내원은 깊은 한숨을 내쉬더니 울상을 지었다. 그의 표정을 보자 반가움과 기대감이 사라졌다. 일개 안내원이 무슨 뾧

족한 수가 있으랴. 철현도 덩달아 울상을 지었다.

"이 사실을 상부에서 알면 저는 숙청입네다. 이 일을 어찌하디요?"

숙청이라는 말이 머릿속에서 메아리처럼 반복됐다. 철현은 머리카락을 쥐어짰다.

"동무, 일단 꼼짝 말고 여기 계시라요. 내래 상황을 보고 금방 다시 올 테니."

어디서 많이 듣던 말이다. 이 과장이 한 말이었다. 안내원은 객실을 나갔다. 아무래도 뭔가 일이 꼬일 것 같았다. 다시 이 과장에게 전화를 걸었다. 하지만 '전화를 받을 수 없어 음성 사서함으로…'라는 기계음만 되돌아왔다.

개성공단 철수 3일 차

정오가 되도록 이 과장은 연락이 없었다. 북측 안내원도 깜깜 무소식이었다. 상상할 수 있는 모든 불길한 상황을 곱씹고 곱씹던 철현은 온몸을 부르르 떨었다.

안내원이 혹시 공안에게 신고했을까? 그럼 공안이 곧 들이닥칠지도 모른다. 과장님은 대체 왜 연락이 없지? 설마 내가 월북했다고 보고하진 않았겠지? 혹시 날 간첩으로 여기고 국정원에서 고문을? 아냐, 그럴 리 없어! 불길한 생각이 끝도 없이 이어졌다.

아무래도 비상시를 위해 대책을 생각해둘 필요가 있었다. 어쩌면 도주를 해야 할지도? 뭐라도 하지 않으면 안 될 것 같아 메모지와 펜을 꺼내 들었다.

평양에서 생존하기 위해 필요한 것.

돈. 자본주의든 공산주의든 돈이면 안 되는 게 없다. 방송에서 탈북 여성이 국경 경비대에게 돈을 줘서 압록강을 넘었다는 사연이 생각났다. 그런데 서울에서도 쉽지 않은 돈을 무슨 수로 번담?

　호텔은 내일이면 체크아웃이다. 여기서 나가면 은신처를 찾아야 한다. 그러려면 평양 지리를 알아야 한다. 어딘가 숨어서 버티다 보면 통일이라도 되지 않을까? 말도 안 되는 소리다.

　검문을 통과할 수 있는 신분도 필요하다. 가장 안전한 방법은 중국인으로 위장하는 것이다. 중국인 사업가가 가장 만만해 보인다. 그래! 칭다오의 여권이 있다. 사진으로 보면 누가 누군지 분간이 어렵다. 그런데 젠장, 문제는 중국어를 못 한다는 것. 영화에서 보면 첩보원들이 신분을 위장할 수 있었던 것은 무엇보다 현지 언어를 자유롭게 구사했기 때문이 아닌가.

　평양에 지인이 필요하다. 그런데 서울에서도 못 만든 지인을 여기서 만든다는 건 불가능에 가깝다. 일단 안내원을 붙잡고 사정해봐야겠다. 그도 지인이라면 지인이니까! 그가 유일한 희망이다. 최악의 경우 탈출하기 위한 루트 확보. 가다가 총 맞아 뒈질 게 뻔하다. 일단 생각하지 말자. 제복 입은 사람은 무조건 조심하자. 그런데 제복 입은 놈이 한둘이어야 말이지.

　적고 보니 뭐 하나 만만한 게 없었다. 한숨만 나왔다.

　긴박한 상황을 대비해 김재일 대리의 트렁크에서 물건을 꺼내 백팩에 담았다. 돌발 상황에서 여차하면 들고 튈 수 있도록. 그런 최악의 상황은 제발 벌어지지 않아야 하겠지만. 이 과장이든 북한 안내원이든 좋은 소식을 전해주길 바랄 뿐이다. 철현은 그의 평생 처음으로 간절한 마음을 담아 기도했다.

현관문이 몇 차례 똑똑거렸다. 조심스럽게 다가가 문에 귀를 댔다. 북측 안내원의 나직한 목소리가 들렸다. 철현은 반갑게 문을 열었다. 안내원이 주위를 살피더니 황급히 문을 닫았다. 얼굴이 온통 땀으로 범벅이었다. 그는 들어오자마자 물을 벌컥 벌컥 들이켜더니 소파에 힘겹게 앉았다. 얼굴이 어제보다 더 수척해 보였다.

"동무, 아무래도 분위기가 심상치 않습네다. 보위부에 아는 동무가 있어 물어봤더니 분위기가 살벌하다고…. 상부에 보고하면 동무나 나나 어떻게 될지…."

안 좋은 예감은 반드시 적중한다. 그 예감은 철현에게 한 번의 예외도 없었다. 아버지가 돌아가신 것도, 작은아버지가 보험금을 가로채고 사라진 것도, 대학에 세 번째 떨어진 것도 설마 했던 일은 모두 일어났다. 그저 팔자려니 하고 받아들일 수밖에 없었다. 하지만 지금의 상황은 그런 철현에게도 감당하기가 너무 벅찼다. 철현도 자리에 털썩 주저앉았다. 두 사람은 한동안 말없이 고개를 떨어뜨렸다.

북한 안내원이 훌쩍거렸다.

"왜 그러세요?"

"오마니 생각이 나서. 우리 오마니가 내래 안내원이 됐다고 했을 때 얼마나 좋아하셨는데. 당에서 이 사실을 알면… 불쌍한 우리 오마니."

철현도 어머니 생각이 났다. 개성공단으로 떠나던 날 어머니는 미역국을 끓여주셨다. 일 년 내내 미역국만 주냐며 철현은 투정을 부렸다. 어머니는 식기 전에 어서 먹으라고 했다. 철현은 짜증이 나서 한 수저도 뜨지 않고 나왔다. 그게 못내 미안했다. 가슴이 먹먹해졌다. 안내원은 소매로 눈물을 닦더니 굳은 결심이라도 한 듯 말했다.

"일단 여기에 더 있을 수 없으니 내일 저희 집으로 가시디요?"

"그래도 괜찮겠어요? 저야 괜찮지만, 그럼 더 위험해지지 않겠어요?"

"뭐 이러나저러나 죽는 건 마찬가지 아닙네까?"

죽는다니! 최악의 상황이라는 걸 알면서도 차마 입에 올리지 못할 죽는다는 말을 직접 들으니 철현은 온몸이 굳어버리는 듯했다. 제발 이 과장에게서 좋은 소식이 오기를 기도할 뿐이었다.

"내일 오전에 출발할 테니 단단히 준비하고 있으시라요. 그때까지 사람들 눈에 띄지 않게 조심해야 합니다. 걸리면 동무나 나나 끝장입네다."

그는 여러 차례 신신당부를 하고 자리를 떠났다. 이제 마지막 남은 희망은 이 과장뿐이다. 철현은 다시 전화를 걸었다. 응답이 없었다. 눈앞이 깜깜해졌다.

***

"사건 경위를 간단하게 보고드리면, 2016년 2월 11일 개성공단 철수가 발표되고 나서 김철현 씨와 함께 평양에 출장 중이던 개성시대 직원들은 새벽 3시 고려호텔을 나와 철수를 했습니다. 그런데 다음 날인 2월 12일 오전 10시경 개성시대 영업부 이상철 과장은 김철현 씨와의 통화를 통해 그가 평양에 남겨졌다는 사실을 확인한 뒤 이를 회사에 보고했고, 같은 날 11시경 국정원이 이 사실을 통보받았습니다."

"하아."

"휴우."

"참 내."

여기저기서 긴 한숨 소리가 흘러나왔다. 빔 프로젝터의 불빛이 어둠을 가르며 벽에 박혔다.

국정원 제3차장은 한숨을 길게 내쉬더니 담배를 꺼내 입에 물었다.

"차장님, 금연 구역입니다."

3차장은 요원을 매섭게 노려봤다.

"그게… 대통령께서 직접 내리신 지시사항이라…."

요원의 말은 사실이었다. 얼마 전 대통령이 국정원 회의실에 방문한 적이 있었다. 대통령은 들어오자마자 코를 쥐어잡으며 다짜고짜 이렇게 내뱉었다.

"어머, 이 홀아비 냄새. 비서실장님, 여긴 금연구역 아닌가요?"

그러고는 홀연히 사라졌다. 그 후로 국정원 내 모든 곳은 금연구역이 되었다. 국장이건 말단이건 할 것 없이 밖에 나와서 담배를 피워야 했다. 3차장은 헛기침을 크게 하며 담배를 집어

넣었다. 다시 화면이 바뀌며 철현의 얼굴이 화면 가득 채워졌다.

"뭐야, 저 친구. 북한 사람 아냐?"

3차장의 한마디에 회의장은 웃음바다가 됐다. 3차장의 얼굴이 한껏 일그러졌다. 장내가 다시 조용해지며 여기저기서 웃음을 참는 듯 헛기침이 흘러나왔다. 보고자도 한순간 이를 악물며 웃음을 감추고 설명을 이어갔다.

"이름, 김철현. 나이, 32세. 서운대학 패션디자인학과 졸업. 2년간의 무직생활을 거쳐 충무로에서 2년간 잡일을 했음. 다시 2년간 백수생활, 그리고 1년 반 전 개성공단 기업인 개성시대 입사. 가족관계, 아버지 김칠순(70세 사망), 어머니 한팔련(81세), 그리고 여동생이 하나 있습니다. 제1회 동대문구청장 배 스타크래프트 대회 우승 및 각종 게임대회 다수 수상. 이상입니다."

설명이 끝나자 3차장은 어이없다는 듯 말했다.

"뭐야? 그게 끝이야? 뭐 다른 거 없어?"

"네, 특이사항이 없습니다."

브리핑이 끝나고 불이 환하게 켜졌다.

3차장의 얼굴이 선명하게 드러났다. 튀어나온 광대뼈와 날카롭게 찢어진 눈매는 그의 목소리만큼이나 강렬했다.

"아니, 어떤 등신들이기에 지들 동료 놔두고 온 것도 몰라?"

"김철현 씨 직장 상사분과 동료들도 이 자리에 참석 중입니다."

요원이 이 과장을 가리키며 말했다.

이 과장은 3차장의 날카로운 눈빛과 마주치자 화들짝 놀랐다.

"그, 그게, 그날 경황이…."

이 과장이 어버버대자 옆에 앉은 김재일 대리가 답답하다는 듯 끼어들었다.

"새벽이라 어두웠고 각자 챙겨야 할 물품도 좀 많았고요. 게다가 세 시간 안에 개성에 들러 물건을 싣고 와야 하는 상황이라 정신이 없었습니다."

3차장의 얼굴은 일그러졌다. 그와 눈이 마주치자 김 대리는 몸을 납작 엎드렸다. 기조실장이 나섰다.

"그래도 그렇지, 동료를 두고 온 걸 몰랐다는 게 말이 됩니까?"

김 대리는 기가 죽어 슬며시 고개를 돌려 이 과장을 곁눈질했다. 이 과장은 나보고 어쩌란 말이냐는 표정을 지었다. 두 사람은 눈빛을 교환하며 서로 대답을 떠넘겼다. 기조실장은 어이없다는 듯 탕하고 테이블을 내리쳤다. 이 과장은 반사적으로 부동자세를 취했다.

"물론 말이 안 되죠. 하지만 그 뭐냐, 가끔 뭔가 홀린 것 같을 때가 있잖습니까? 그날 저희가…."

"이봐요, 그게 이유가 됩니까? 당신들이 얼마나 큰 문제를 일으켰는지 모르나?"

이 과장과 김 대리는 고개를 푹 숙인 채 '죄송합니다'라는 말만 반복했다. 기조실장은 떨떠름한 표정으로 그만하라고 손짓하며 말했다.

"김철현 씨가 개성공단에서 담당한 일이 뭡니까?"

"학생들 교복을 디자인했습니다."

"개성에 있어야 할 회사가 왜 평양에 갔습니까?"

"그게… 평양에서 연락이 왔지 뭡니까? 저희와 자체 브랜드를 공동개발하자고 말이죠. 그래서 협의차 2주간 평양에 파견 나가게 된 겁니다."

"정부에 승인은 받은 겁니까?"

"그럼요. 외교부와 통일부를 통해 보고하고 승인까지 받았습니다. 확인해보셔도 됩니다."

"됐습니다. 지금은 그게 중요한 게 아니니까. 김철현 씨와 통화가 가능하다고 했나요?"

이 과장이 고개를 끄덕였다. 기조실장은 헛웃음을 지었다.

"민간인이 어떻게 그게 가능합니까?"

그러자 김 대리가 끼어들었다.

"스카이프를 사용하면 중국을 통해 우회해서 통화가 가능합니다. 그런데 그러려면 북한에서 유심 카드를…."

기조실장이 혀를 끌끌 차며 말을 잘랐다.

"참 내, 아이티 강국답네. 설명은 됐고, 연결합시다."

컨퍼런스 콜(conference call)로 연결했다. 몇 번의 발신음이 울리더니 철현이 전화를 받았다.

"야이 씨, 이 개좆…만 한, 지금 몇 신데 이제 전화를…."

다짜고짜 퍼붓는 살벌한 욕설에 장내 사람들은 어리둥절했다. 잠시 후 흥분을 멈춘 철현은 거친 숨소리만 뿜어냈다.

몇 초간의 정적이 흘렀다. 3차장이 입을 열었다.

"김철현 씨?"

"뭐야, 이 과장님이 아니네? 죄송합니다. 그런데, 이거 이 과장님 전화번호 맞는데? 누, 누구세요?"

"국정원 제3차장 김수혁입니다."

수화기 너머로 철현의 코웃음 소리가 들렸다.

"국정원 차장? 이 새끼, 보이스피싱이지? 안 그래도 졸라 짜증나 죽겠는데. 야이, 개잡놈아! 네가 국정원 차장이면 난 국정원장이다!"

갑작스런 상황에 3차장은 말을 더듬었다.

"갑자기 국정원에서 전화가 오니까 많이 당황하셨나 봅니다."

어딘가 익숙한 장면이 연출됐다. 회의장 여기저기서 끼득끼득 웃음소리가 흘러나왔다.

"당황? 당황은 네가 한 것 같은데? 내가 한두 번 속냐? 끊어, 이 개새야!"

뚜뚜 뚜뚜….

전화가 끊기자 모두 황당해하며 입을 다물지 못했다.

"저 새끼 뭐야!"

3차장이 소리쳤다.

"저 친구가 평소엔 얌전한데 더러 욱할 때가…."

이 과장이 기어들어 가는 목소리로 대답했다.

3차장은 듣는 체도 않고 요원에게 다시 명령했다.

"뭐 해! 다시 연결 안 하고."

요원은 다시 전화를 걸었다. 한참 후 철현의 목소리가 회의실에 울려 퍼졌다.

"이 개새끼야! 왜 자꾸 전화하고 지랄이야!"

김 대리는 주변의 눈치를 보더니 조심스럽게 입을 열었다.

"철현 대리님, 저 김재일이에요. 여기 국정원 맞아요."

"김 대리님?"

철현이 반색을 하며 말했다.

이 과장이 슬슬 눈치를 보며 끼어들었다.

"철현아, 나 이 과장이다. 여기 국정원 맞다."

"뭐야? 과장님 맞아요?"

"그래, 국정원에서 너한테 물어볼 게 있어서 전화했으니까 소상히 말씀드려라."

3차장은 헛기침을 한 번 크게 한 뒤 마이크에 입을 가져갔다.

"김철현 씨, 지금 상황을 좀 설명해주시겠습니까?"

철현은 그제야 상황을 파악하고 목소리를 낮추며 말했다.

"지금 호텔 안에 있습니다."

"김철현 씨 말고 이 상황을 알고 있는 사람이 또 있습니까?"

"북측 안내원은 알고 있습니다."

곳곳에서 웅성대기 시작했다. 3차장은 심각한 표정으로 말을 이어갔다.

"그럼, 북측에서도 김철현 씨 상황에 대해 알고 있겠네요?"

"그건 아닙니다."

"그걸 어떻게 확신하죠?"

"북측 안내원도 어떻게 해야 할지 몰라 당황하고 있는 상황입니다. 보고하면 자기도 큰일난다고 했거든요 그런데 저 언제 서울에 갈 수 있죠?"

"일단 상황을 확인한 뒤에 최대한 빨리 조치하도록 하겠습니다."

"상황요? 무슨 상황을요? 제가 여기 있는 것보다 중요한 상황이 또 있습니까?"

철현의 목소리가 곤두섰다.

"김철현 씨, 진정하시고. 협조를 잘해주셔야지 문제가 빨리 해결됩니다. 심호흡 크게 한번 하시고."

철현이 깊은 한숨 소리를 냈다.

"김철현 씨 마음은 이해합니다. 얼마나 절박한 상황인지. 그럼 지금 북측 안내원하고 같이 있나요?"

"아뇨, 오전에 잠깐 다녀갔습니다."

"무슨 대화를 하셨죠?"

"내일이면 여기 체크아웃을 해야 돼서. 일단 내일 자기 집으로 옮긴 후에 사태를 보자고 하더라고요."

3차장은 기조실장에게 다가가 조용히 속삭였다.

철현이 애절한 목소리로 말했다.

"저 이제 갈 수 있겠죠?"

"그렇게 되도록 해야죠. 우선 청와대에 보고한 후에 조치를 할 테니 그때까지만 기다려주세요. 그리고 지금부터 저희 말고 다른 사람과는 일체 통화를 하시면 안 됩니다."

"통화할 사람도 없습니다. 내일 오전에 체크아웃해야 하는데, 그럼 일단 북측 안내원 집으로 가 있을까요?"

3차장이 다시 기조실장과 귓속말을 나누더니 고개를 끄덕이며 대답했다.

"일단 그게 안전할 거 같군요. 다시 연락드리겠습니다."

"무서워 죽겠습니다."

"저희와 연락이 됐으니 걱정하지 마십시오. 절대 다른 사람과 접촉해서는 안 됩니다."

전화를 끊으려고 하는데 철현이 한마디 덧붙였다.

"김재일 대리님 듣고 있죠? 비아그라 잘 보관하고 있으니 걱정 마세요!"

뚜뚜뚜….

그 순간 김재일 대리에게 시선이 모였다. 김 대리는 민망한 표정으로 말했다.

"제가 고산병이 있어서…."

김재일, 이 붕신, 너도 엿 먹어봐라!
전화를 끊은 철현은 흥분이 가라앉지 않았다. 드디어 국정원과 연락이 닿았다. 이 얼마나 다행인가. 국정원이 움직일 테니 곧 서울로 돌아갈 수 있으리라. 희망적인 소식에 철현의 얼굴에 생기가 돌았다.

개성공단 철수 4일 차

오전 7시. 안내원이 숨을 헐떡이며 들어왔다. 유난히 혈색이 없어 보였다. 그는 힘겹게 입을 열었다.

"철현 동무, 준비는 다 됐시오?"

"그럼요. 몇 시에 출발하죠?"

철현이 두툼한 백팩을 손으로 두드리며 말했다.

"8시가 출근 시간이니까 그때 출발합시다."

"사람들 많을 텐데 위험하지 않을까요?"

"그게 더 안전합네다. 인민들 틈에 껴 있으면 검문받을 일 없을 테니."

철현은 일리 있다는 듯 고개를 끄덕였다. 안내원은 생김새에 비해 의외로 꼼꼼했다. 이 과장에 비해 훨씬 믿음직해 보였다. 국정원과 통화한 내용을 그에게 말하려다 관뒀다. 국정원의 말대로 일단 아무에게도 말하지 않는 게 좋을 듯했다.

안내원이 철현을 위아래로 보더니 말했다.

"동무, 옷이 너무 튀는 것 같은데 다른 옷 없습네까?"

철현은 고개를 숙여 자신의 옷을 훑어봤다. 입고 있던 옷이 너무 더러워서 김 대리의 트렁크에서 꺼내 입은 옷이다. 일명 꽃남방. 이곳에서 알록달록한 옷이라니, 작정하고 자신을 좀 봐 달라고 호소하는 패션이다.

"좀 튀기는 하죠."

"조금이 아니라 많이 튑네다."

철현은 백팩을 열어 뒤적거렸다. 김 대리가 구입한 인민복이 보였다. 안내원이 인민복을 보더니 다행이라는 표정을 지었다.

내키지는 않았지만 철현은 인민복으로 갈아입었다.

"아주 딱입네다. 공화국 사람이라고 해도 모르갔소."

안내원이 철현을 위아래로 훑어보며 뿌듯한 표정으로 말했다. 그리고 인민복 왼쪽 가슴에 김일성 배지를 달아주었다.

"이렇게 배지를 달아야 완벽한 공화국 사람이디요. 그리고 지금부터는 문화어만 쓰시라요. 문화어 어느 정도는 쓸 수 있지요?"

철현은 잠시 어리둥절해하더니 문화어가 곧 북한말을 뜻한다는 걸 알아챘다.

"내, 내래 최선을 다해보갔시요!"

철현이 어설프게 문화어를 흉내냈다.

"억양이 튑니다. 평양 사람들 억양 그렇게 세디 않디요."

"내래 믿어보시라요."

철현의 요상한 발음에 안내원이 웃음을 터뜨렸다. 그는 문화어로 말할 때 유의해야 할 점을 몇 가지 알려줬다. 철현이 곧잘 따라 하자 안내원은 만족했다. 철현은 스마트폰을 꺼내 남한말을 북한말로 바꿔주는 프로그램을 찾아 의기양양하게 내밀었다.

"이것만 있으면 모르는 단어도 찾아가며 쓸 수 있디요."

"인민들 앞에선 그 전화기 꺼내지 마요!"

안내원이 정색하며 말했다. 철현이 무안한 듯 풀 죽은 표정을 지었다. 안내원은 미안한 듯 괜한 농담을 하며 철현의 기분을 풀어줬다. 볼품없고 비리비리해 보이는 안내원이지만 평양 땅에서 의지할 수 있는 유일한 사람이기에 철현은 속으로 그에게 감사했다.

두 사람은 호텔 정문을 나섰다. 철현의 몸은 언뜻 보기에도 잔뜩 경직돼 있었다.

"동무, 긴장 풀고 자연스럽게 행동하시라요. 여기 공안들 눈썰미가 예리하디요."

안내원이 철현의 어깨에 손을 얹으며 말했다.

"안내원 씨나 긴장 좀 푸시라요. 아까부터 걷는 게 영 부자연스럽습네다."

"그렇습니까? 하하하."

"손도 좀 고만 떠시고."

두 사람은 군중 사이로 흘러가듯 걸었다.

평양의 아침 풍경은 먹구름이 낀 하늘과는 대조적으로 활력이 넘쳤다. 한 손에 책을 들고 걷는 여대생, 반듯한 정장에 사원증을 목에 건 커리어우먼, 각 잡히게 다린 인민복 차림의 사내들 등등 서울의 출근길 풍경과 크게 다르지 않았다. 버스정류장에는 버스를 기다리는 사람들로 가득했다. 길 건너편에 한 무리의 자전거 행렬도 보였다. 인도 변에 '청량음료'라고 적힌 평양식 매점도 있었다. 손님이 없어 그저 멀뚱히 앉아 있는 매점 주인의 모습이 마치 전시물처럼 보였다.

광장을 가로질러 사거리에 이르렀다. 교통경찰 제복을 입은 여경의 앳된 얼굴과 절도 있는 동작이 철현의 눈에 들어왔다. 그가 문득 발을 멈추더니 핸드폰을 꺼냈다.

"마지막으로 평양 거리에서 사진 좀 찍으면 안 될까요?"

안내원은 그 말을 무시하고 내처 걸었다. 철현은 핸드폰을 도로 주머니에 넣고 안내원의 뒤를 졸졸 쫓아갔다. 그는 걷는 내내 거리 풍경을 보며 안내원이 듣건 말건 혼자 주절거렸다. 안내원이 발을 멈추고 차갑게 노려봤다.

"동무, 거 말 참 많소! 관광하러 갑네까? 주둥아리 좀 닥쳐주시라요."

철현은 무안함에 입을 꾹 다물었다. 안내원은 다시 굳은 표정으로 걸었다. 그렇게 두 사람은 말없이 평양 거리를 걸었다.

호텔을 나와 20분 남짓 걸었을 때 김일성 광장이 나타났다. 버스 안에서 볼 때와는 달리 바로 앞에 서서 보니 그 웅장함에 입이 떡 벌어질 정도였다. 빨간색 머플러를 한 어린 학생들이 열을 맞춰 광장을 가로질러 걷고 있었다. 철현은 우뚝 솟은 김일성 동상을 신기한 듯 올려다봤다. 동상의 실루엣 사이로 새어 나온 빛이 날카롭게 눈을 찔렀다. 안내원이 철현의 옆구리를 쿡 찔렀다.

"동무, 수령님 동상을 그렇게 똑바로 보면 큰일납네다."

철현은 옆으로 고개를 돌렸다. 건너편에 공안 여러 명이 자신을 쳐다보는 것 같았다.

"안내원 씨 저기, 저 앞에."

"눈 마주치지 말고 자연스럽게 따라오시라요."

안내원은 공안들의 시선을 피해 김일성 동상 가까이로 철현의 팔을 잡아끌었다. 그가 동상 앞에 구십 도로 허리를 굽혀 인사했다. 동상 관리인처럼 보이는 남자가 철현을 노려봤다. 눈치를 챈 안내원은 철현의 머리를 슬며시 눌러 인사하게 했다. 철현은 얼떨결에 고개를 푹 수그렸다. 그제야 동상 관리인이 다가와 안내원에게 웃으며 말했다.

"옆에 있는 동무는 중국인인가 보오? 기럼 김일성 수령님의 기념관도 보시고 가야디요?"

그렇다! 철현의 얼굴은 아시아 어디를 가도 이질감이 없었다. 반곱슬 머리에 가무잡잡한 피부, 왠지 억울에 싸인 듯, 동정을 구하는 듯한 표정까지, 중국인 같기도 하고 필리핀인 같기도 한, 코에 걸면 코걸이, 귀에 걸면 귀걸이 같은 얼굴이다. 좋게 말하면 국제적인 인물이랄까.

"기럼요. 당연히 기래야지요."

안내원이 고개를 끄덕이며 말했다.

철현에게 따라오라고 눈짓하자 철현은 마지못해 고개를 끄덕였다. 동상 관리인은 두 사람을 기념관으로 안내했다.

기념관 안으로 들어서자 대형 김일성 초상화가 육중하게 걸려 있었다. 관리인은 열심히 설명을 했고 안내원은 마치 견학 온 학생처럼 초롱초롱한 눈빛으로 설명을 들었다. 관리인이 천천히 이동하며 설명을 이어갔다. 안내원은 철현에게 방명록을 작성하라고 했다.

철현이 방명록을 적기 위해 펜을 꺼내는데 바지 속에서 진동이 울렸다. 슬며시 자리를 옮겨 핸드폰을 꺼냈다. 모르는 번호였다. 잠시 망설이다 두 사람이 얘기하는 모습을 확인하고는 손으로 폰을 가리며 받았다.

"철현 대리님."

잔뜩 숨죽인 목소리가 흘러나왔다. 이 주임이었다.

"이 주임?"

"조금 전에 국정원에서 왔다 갔어요."

"응? 잘 안 들려. 좀만 더 크게 말해봐."

"국정원 요원들이 회의실에서 우리 팀과 대화를 하고 갔는데…."

"그래? 국정원에서 뭐래?"

"김재일 대리님이 좀 이상한 말을…."

김 대리 이 새끼. 뭔가 또 이상한 말을 주절거린 게 분명했다. 튀고 싶어 안달이 난 놈이다.

철현은 핸드폰을 감추며 고개를 슬쩍 돌려봤다. 북한 안내원은 여전히 동상 관리인과 대화 중이었다.

"국정원 요원이 김 대리님에게 철현 대리님이 어떤 분이냐고 물어봤거든요. 김 대리님 대답이, 철현 대리님은 평소에 개성공단이 곧 철수될 걸로 알고 있었다고…. 그러니까 요원이 깜짝 놀라서….”

“뭐!”

철현은 부아가 치밀었다. 역시나 김 대리다웠다.

“그리고 철현 대리님이 개성공단도 자원해서 갔다는 등 이상한 말을 잔뜩 하더라고요.”

철현은 순간 소리를 지를 뻔했다.

“아니 씨발, 우리 중에 자원해서 안 간 사람이 어딨다고!”

“이 과장님이 몹시 걱정하고 계세요. 국정원에서 철현 대리님에 대해 대공 혐의점을 두고 조사할 거 같다면서.”

“뭐라고? 김재일 이 개새끼!”

분노를 누르지 못하고 그만 소리를 지르고 말았다. 주변의 시선들이 철현에게 모였다. 그 순간 철현이 들고 있던 볼펜을 냅다 던져버렸다. 바로 그것이 크나큰 재앙의 시작이 될 줄은 알지도 못한 채.

볼펜이 바닥에 부딪혀 공중으로 튀어올랐다. 모두의 시선이 볼펜을 따라갔다. 허공을 날아오르는 볼펜의 움직임이 슬로모션처럼 펼쳐졌다. 빙글빙글 돌며 우아하게 공중을 날던 볼펜은… 그만!

어이없는 이 광경에 모두가 입을 떡 벌렸다. 북한 안내원과 동상 관리인도 그저 넋을 잃고 바라봤다.

한동안 아무 소리도 들리지 않았다. 사람들의 눈빛이 공포로 변했다.

철현은 사람들의 시선을 쫓아 고개를 돌렸다.

이게 웬일인가! 볼펜이 김일성 초상화에 대롱대롱 꽂혀 있었다. 현실이 아니라고 부정하고 싶은 순간이었다.

그때 제복을 입은 남자가 철현에게 다가왔다.

"이, 이런 간나새끼를 봤나! 위대한 수령님의 얼굴을 훼손해?"

"그러려고 한 게 아니라… 그만 실수로….'

말이 끝나기도 전에 공안이 군홧발로 정강이를 걷어찼다.

철현은 그대로 쓰러져 데굴데굴 굴렀다.

안내원이 공안에게 달려갔다.

"공안 동무, 진정하시라요!"

"진정? 동무는 누구요? 소속을 밝히시오."

"저는 관광 안내원 김일구입니다."

"그럼 동무가 이 종간나새끼 안내원인가?"

"그렇습네다."

"이런 간나새끼! 관리를 어떻게 했기에."

공안은 안내원의 정강이도 세게 걷어찼다. 안내원이 쓰러졌다. 공안은 안내원의 몸을 닥치는 대로 걷어찼고, 반인민적인 행위라며 즉결 심판을 해야 한다고 떠들었다.

안내원이 무릎을 꿇고 앉아 싹싹 빌었다.

"공안 동무, 이 동무래 중국에서 와서 잘 몰라서 그랬습니다. 제가 엄중히 경고하겠습네다."

"종간나새끼, 중국에서 왔건 러시아에서 왔건 수령님을 모욕

하고 살 수 있을 것 같나?"

분위기가 심상치 않았다. 하필 이런 일이 일어나다니!

안내원이 맞는 동안 철현은 일부러 신음을 내뱉내며 몸을 이리저리 뒹굴었다. 괜히 일어났다가 매만 더 벌 것 같았다. 전쟁 영화를 보면 이해가 안 되는 게 그런 장면이었다. 시체 옆에서 죽은 척하고 가만있으면 살 것을, 괜히 일어나서 어설프게 도망치다가 총 맞는 사람들이 있었다. 볼 때마다 한심하게 생각했었다. 이럴 땐 아픈 척하고 뒹굴고 있는 게 상책이었다.

뒹굴다 보니 어느새 자신이 혼자 동떨어져 있다는 걸 알아챘다. 더구나 이게 웬일인가! 자신을 신경 쓰는 이가 아무도 없었다.

철현은 계속 몸을 구르며 더 멀리 이동했다. 여전히 아무도 신경 쓰지 않았다. 그렇게 조금씩 조금씩 뒹굴며 그들에게서 멀어져갔다.

족히 20미터는 넘게 굴러갔다. 여전히 모두의 시선은 손이 발이 되도록 빌고 있는 안내원에게 집중돼 있었다. 철현은 기회다 싶었다. 내처 다시 몸을 뒹굴었다.

어디쯤 온 걸까? 슬며시 고개를 들어 앞을 봤다. 하필이면 그때 공안과 눈이 마주쳤다. 철현은 얼떨결에 씨익 하고 미소를 지었다. 공안의 표정이 서서히 일그러지더니 손가락질을 하며 어버버거렸다. 철현에게 달려들 기세였다. 철현은 본능적으로 직감했다. 지금은 뛰어야 할 때라는 것을. 벌떡 일어나 뒤도 안 돌아보고 달리기 시작했다. 공안은 당황해서 발만 동동 굴렀다.

철현이 점점 멀어지는 것을 확인하고 나서야 공안도 뛰기 시작했다.

"이런 간나새끼! 거기 안 서?"

서란다고 설 철현인가! 죽을힘을 다해 달렸다. 뛰는 것만큼은 자신 있었다. 학창 시절부터 나름 잘하는 게 게임과 달리기였다.

어느새 기념관을 빠져나와 대동강이 눈앞에 펼쳐졌다. 쫓아오던 공안이 보이지 않았다. 잠시 멈춰 숨을 골랐다. 다시 빠른 걸음으로 대동강으로 향했다. 강변에 다다르자 먹구름이 가득한 게 금방이라도 비가 쏟아질 기세였다.

"미친 새끼, 등신 새끼, 하는 일마다 되는 게 하나도 없냐!"

철현은 주먹으로 자기 머리통을 세게 쥐어박았다.

빗방울이 떨어지는가 싶더니 금세 장대비로 변했다.

앞이 안 보일 정도로 거세게 쏟아졌다. 주위를 둘러보며 비를 피할 곳을 찾아봤지만 어디에도 마땅한 곳은 없어 보였다.

어쩔 수 없이 비를 다 맞아가며 강변을 따라 힘없이 걸었다. 그때 멀리서 두 개의 검은 물체가 다가오고 있었다. 형체가 점점 또렷해졌다. 공안이 틀림없었다. 다행히 아직은 자신을 보지 못한 듯했다. 다급해진 철현은 주위를 둘러봤다. 몸을 피할 곳은 어디에도 없었다. 곧 있으면 그들도 자신을 발견할 게 틀림없었다.

점점 형체가 가까워졌다. 10미터, 20미터.

급한 대로 물속으로 들어갔다. 강물은 얼음장처럼 차가웠다.

잡히기 전에 먼저 동사할 것 같았다.

지나갔을까? 퍼붓는 비 때문에 확인할 수 없었다. 더 이상 숨을 참기 어려워 얼굴을 내밀었다. 고개를 물 밖으로 내밀자 군복을 입은 두 사내가 머리 바로 위에 서 있었다. 다행히 퍼붓는 비 때문에 북한군도 철현을 보지 못했다. 고개를 좌우로 돌려봤다. 10미터 거리에 큰 구멍이 보였다. 하수구였다. 철현은 천천히 몸을 움직여 하수구 안으로 들어갔다.

몸을 숨기기에 충분한 크기였다. 다행히 막힌 하수구인지 물이 방류되지 않았다. 당분간 비를 피하기 좋은 장소였다. 조심스럽게 얼굴을 내밀어 밖을 내다봤다. 군인들이 멀리 사라지고 있었다. 몸에 힘이 빠졌다. 잠시 후 온몸이 젖은 탓에 추위가 밀려왔다. 가방에서 옷을 꺼내 몸의 물기를 닦아내고 옷을 갈아입었다. 하지만 비바람에 체온이 점점 떨어졌다.

* * *

철현에 대한 보고를 받은 국정원장이 보고서를 집어던졌다.

"이런 황당한 상황을 대통령께 보고하라고?"

"그래도 언론에 노출되기 전에 빨리 조치를 취하는 게 맞지 않을까요?"

3차장이 국정원장의 눈치를 살피며 말했다.

"이게 말이 되는 소린가. 철수하는데 물건도 아닌 사람을 두고 왔다는 게?"

"어이가 없지만 어쨌든 대통령께 보고해서 방법을 강구해야 합니다."

그때 노크를 하며 국정원장 비서가 들어왔다. 국정원장에게 귓속말을 하자 국정원장의 표정이 일그러졌다.

"뭐라고? 야, 얼른 TV 틀어."

비서가 리모컨을 들어 TV를 켜자 평양방송에서 여자 아나운서의 우렁찬 목소리가 흘러나왔다.

"남조선은 개성공단을 파탄으로 몰아간 것도 모자라 간첩을 보내 위대한 김일성 수령 동지의 초상화를 훼손하여 우리 조선민주주의인민공화국을 능멸하였다. 이에 친애하는 김정은 위원장께서는 이를 심각한 도발 행위로 간주, 군에 준전시 명령을 내렸다."

화면 속 아나운서 옆에 철현의 사진이 크게 박혀 있었다. 작은 사진을 확대해서 화질이 흐렸지만 철현의 얼굴이 분명했다. 조금 전 김철현에 관한 보고서에서 본 사진이었다.

"일단 대통령께 보고를 하시죠."

3차장이 다급한 목소리로 말했다.

"그걸 누가 모르나! 대통령을 만날 수가 있어야지. 요즘 대통령님이 어디 계시지?"

3차장이 한숨을 길게 내쉬며 대답했다.

"저희도 소재 파악이…."

"국정원이 그걸 모르면 누가 아나? 당장 비서실장한테 전화해."

"안 그래도 방금 통화했는데 비서실장도 모른다고 하셨습니다."

국정원장이 헛웃음을 흘렸다. 대한민국 최고의 정보력을 가진 국정원과 대통령 비서실장이 대통령의 행적을 모른다니!

***

으스스한 냉기에 잠이 깼다. 고개를 돌리니 사방이 깜깜했다. 몸이 으슬으슬했다. 영락없이 쫓기는 신세가 됐다는 생각에 절망감이 밀려왔다. 상황을 파악해야 했지만 이곳을 나갈 엄두가 나지 않았다.

지금쯤 자신에 대한 수배령이 곳곳에 퍼졌을 게 분명했다.

잠시 망설이다 하수구 밖으로 조심스럽게 얼굴을 내밀었다. 그런데 얼굴 바로 옆으로 누군가의 발이 보이는 게 아닌가! 숨을 죽이고 다시 하수구 안으로 몸을 밀어넣었다. 이런 걸 독 안에 든 쥐 꼴이라고 하나? 들이닥치면 더 이상 도주할 곳도 없었다. 어떻게 해야 하나? 그때 밖에서 악에 받친 남자 목소리가 들렸다.

"종간나새끼! 잡히면 갈빗대 순서를 바꿔놓을 테다."

등골이 오싹했다. 이어서 남자는 알아들을 수 없는 말을 내뱉었다. 혼잣말이었다. 혼자가 분명했다.

그렇다면? 나 혼자서도 제압이 가능하지 않을까? 이대로 끌려가느니 기회를 봐서 먼저 치는 게 낫지 않을까? 기회를 엿보기 위해 다시 하수구 밖으로 고개를 슬쩍 내밀었다.

남자는 덩치가 곰만 했다. 도리어 자신이 제압당할 것 같았다. 그냥 이대로 남자가 사라지기를 기다릴 수밖에 없었다.

"에이, 좆간나새끼!"

남자가 들고 있던 것을 철현 쪽으로 내던졌다. 쇳소리가 하수구에 울려 퍼졌다. 철현은 너무 놀라 소리를 지를 뻔했다.

다시 고요함이 찾아들었다. 하수구 입구 앞에 떨어진 것은 찌그러진 맥주 캔이었다. 맥주를? 그냥 지나가던 주정뱅이였나? 남자는 여전히 혼잣말로 중얼거리고 있었다.

철현은 숨을 죽이고 귀를 쫑긋 세웠다. 들어보니 신세 한탄을 하고 있었다. 뭔가 사기를 당한 것 같기도 했고, 아버지 얘기를 하는 걸 보니 가족에 대한 죄책감이 있는 듯도 싶었다. 공안이나 군인은 분명 아니었다. 철현은 다시 고개를 내밀었다. 그때 남자가 벌떡 일어났다.

"살아서 뭐 해, 이 개 같은 세상!"

남자는 몹시 취한 듯했다. 몸이 비틀거리는 게 위태로워 보였다. 자칫하면 강물에 빠질 것 같았다. 남자는 분을 못 이긴 듯 돌멩이를 걷어차다가 몸의 균형을 잃었다. 어? 어? 팔을 맹렬하게 휘두르던 남자는 그만 물속에 빠지고 말았다.

남자가 허우적댔다. 철현이 달아날 수 있는 기회였다. 하지만 이대로 남자를 두고 가면 익사할 게 분명했다. 철현은 물에 뛰어들었다. 남자가 살려달라고 발버둥치며 철현을 잡아당겼다. 남자의 우악스런 손아귀에 철현의 얼굴이 자꾸만 물속으로 끌어당겨졌다. 이러다 같이 익사할 것 같았다.

한참을 허우적대다가 간신히 남자를 물 밖으로 끄집어냈다. 나오자마자 남자는 속엣것을 남김없이 쏟아냈다.

정신을 차린 남자가 철현을 노려봤다. 철현은 순간 철렁한 기분이 들었다. 괜한 짓을 했나 싶었다.

"동무, 고맙습네다. 하마터면 요절할 뻔했디요."

남자는 연거푸 고맙다는 인사를 했다.

"고맙습네다. 동무, 고맙습네다."

"젊은 사람이 열심히 살아야지. 함부로 목숨을 버리면 안 되지…요?"

남자가 손사레를 쳤다.

"네? 아, 아닙네다. 죽고 싶다는 말은 속이 상해서 그냥 한 말입네다."

철현은 고개를 끄덕였다.

"그런데 동무는 이 늦은 밤에 여기서 뭐 하는 기요?"

남자가 물었다.

"아… 그게… 제가 실은."

철현은 빠르게 머리를 굴려 구라를 풀었다. 자신은 중국에 사는 조선족 사업가이고, 사업차 평양에 왔다가 깡패를 만나 여권과 돈을 뺏기는 바람에 이렇게 오갈 데 없는 신세가 됐다고 입에서 나오는 대로 술술 뱉어버렸다. 그러자 남자가 심각한 얼굴로 쳐다봤다. 철현은 아차 싶었다. 이런 공산주의 사회에 깡패가 웬 말인가.

"평양 밤거리는 조심해야 하디요. 퇴역한 군인들이 먹을 게 없어서 관광객들 돈을 뜯는다고 들었는데 봉변을 당했구먼."

"예, 군복을 입은 것 같았시요."

"기럼 동무래 잘 곳도 없겠디요?"

철현이 측은한 표정을 지으며 고개를 떨어뜨렸다.

"걱정 마시라요. 생명의 은인을 그냥 모른 척하고 갈 수 있소? 따라오시라요."

"어디를?"

"우리 집으로 갑시다!"

철현은 망설였다. 덩치가 산만 한 남자의 얼굴은 선해 보였고, 다시 보니 귀엽기까지 했다. 만화에서 본 곰돌이 푸우랄까? 배도 고프고 아무런 대책이 없던 철현의 발걸음은 어느새 남자의 뒤를 따르고 있었다.

제2장

평양 금수저

개성공단 철수 5일 차

개성시대 직원들이 회의실에 모였다. 개성공단 철수로 회사가 곧 부도 위기에 처할 것이라는 소문에 분위기가 어수선했다. 다들 일이 손에 잡히지 않는다며 틈만 나면 회의실에 모였다. 여기저기서 한숨만 폭폭 쉬고 있는데 이미영 주임이 먼저 말을 꺼냈다.

"철현 대리님 밥이나 챙겨 먹고 있는지 모르겠네요."

"잡초처럼 살아온 인생이잖아. 잘 버틸 거야."

김재일 대리가 샌드위치를 우걱우걱 씹으며 무심하게 대답했다.

이 과장은 그런 김 대리를 못마땅하게 쳐다봤다.

"너는 말을 해도 고렇게밖에 못하냐."

"아니, 잘 있을 거라는 말이죠. 그럼 죽었다고 할까요?"

"이 자슥이 말을 해도!"

김 대리는 입을 삐죽거렸다. 이 과장은 목구멍으로 넘어오는 욕을 커피로 밀어넣었다.

"어어… 여기!"

이 주임이 소리를 질렀다.

"과장님! 여기, 철현 대리님 아니에요?"

"장난하나? 철현이가 어딨다고?"

이 주임이 들고 있던 스마트폰을 탁자에 내려놓고 동영상 볼륨을 키웠다. 직원들이 일제히 몰려들었다. 뉴스 화면에 철현의 사진이 대문짝만하게 나와 있었다.

"남조선은 위대한 수령 동지를 모독한 반인민적 행위에 대해 즉각 사과를 해야 하며, 그렇지 않을 경우 우리 조선민주주의인민공화국은 이에 대해 철저히 응징할 것임을 알아야 한다."

북한 아나운서가 단호한 어조로 말했다.

이어 YTBC 8시 뉴스 앵커가 심각한 어조로 외교부에 있는 기자와 연결해 인터뷰를 했다.

"평양방송에서 방금 들어온 소식인데요. 우리 정부는 아직까지 이에 대한 공식적인 입장을 밝히고 있지 않습니다. 오기택 기자, 그런데 북한의 주장대로라면 현재 평양에 한국인이 있다는 얘긴데요, 신원이 밝혀졌나요?"

"네, 아직까지 신원은 밝혀지지 않았고, 정부도 이에 대해 확인 중이라는 입장만 발표했습니다."

어젯밤 뉴스였다. 개성공단 멤버들은 서로 말없이 얼굴만 바라봤다.

"기, 김 대리, 저기 철현이 맞나?"

"맞는데요. 누가 봐도 철현 대리죠."

모두가 화면 가득 채워진 철현의 얼굴을 보며 입을 다물지 못했다.

*　*　*

철현은 꿈결에 뒤척거리다 잠에서 깼다. 이틀 연거푸 김재일 대리가 나오는 꿈을 꿨다. 꿈에서까지 속을 뒤집어놨다. 눈을 뜨자 김일성 삼부자의 초상화가 자신을 내려다보고 있었다. 철현은 화들짝 놀라 몸을 일으켰다. 여긴 어디지? 방 안이었다. 생각해보니 어제 곰돌이 푸우처럼 생긴 남자를 따라왔고, 이 방에 들어오자마자 통성명할 틈도 없이 두 사람은 바로 뻗어버렸다.

철현은 슬그머니 방문을 열어 고개만 삐죽 내밀었다. 거실에 TV가 켜져 있고 평양방송에서 여자 아나운서의 목소리가 살벌하게 흘러나오고 있었다.

"남조선의 간첩은 위대한 김일성 수령 동지를 능멸하는 테러를 저질러놓고 사과조차 없다. 우리 조선민주주의인민공화국은 이를 좌시하지 않을 것이며, 남조선은 그에 상응하는 대가를 치르게 될 것이다."

그런데 이게 웬일인가! 아나운서 왼쪽 화면에 철현의 사진이 박혀 있는 게 아닌가!

식은땀이 났다. 북한의 공식적인 수배범이 되었다니! 혹시 같이 온 남자가 저 화면을 봤을까? 고개를 더 내밀어 거실을 둘러봤다. 남자가 안 보였다. 혹시 신고하러 간 건 아닐까? 철현은 부랴부랴 옷을 챙겨 입고 가방을 들었다. 그때 남자의 목소리가 들렸다.

"동무, 아직까지 자고 있소?"

어떻게 해야 할지 안절부절못하는 사이 문이 열리고 남자가 들어왔다. 철현은 들고 있던 가방을 내려놓고 태연한 척 주저앉았다. 남자가 철현의 얼굴을 뚫어지게 쳐다봤다.

"동무래 일어났으면 날래 나올 것이지 뭐 하오? 밥 먹읍시다."

남자는 씩 웃으며 방을 나갔다. 뉴스를 보지 못한 게 분명했다.

철현은 가슴을 쓸어내렸다.

"동무, 날래 안 나오면 국물도 없으니 그리 아오!"

방문 너머에서 다시 남자의 목소리가 들렸다.

일단 배를 채우고 나서 생각하기로 하고 조심스럽게 방문을 열고 나왔다.

식탁 위에 북엇국에 계란 프라이에 가지각색 반찬이 제법 정갈하게 차려져 있었다. 주변을 둘러보니 거실에는 컬러 TV에 소파와 전화기까지 웬만한 가전제품이 다 있었다. 한국의 평범한 가정집과 크게 다르지 않았다. 다른 점이 있다면 김일성과 김정일의 초상화가 벽에 걸려 있다는 것. 사진 속의 김일성이 노여워하는 표정으로 자신을 내려다보는 것 같아 재빨리 시선을 돌렸다.

북한의 고위층 집안 같았다.

'이 새끼, 완전 북한 금수저네. 그런 놈이 무슨 고민이 있다고 어제 그 생난리를 친 거지?'

그때 남자가 물었다.

"동무는 이름이 어찌 되오?"

순간적으로 이름 하나가 떠올랐다. 항상 갖고 싶었던 그 이름, 소지섭.

"나? 지섭이."

"나지섭? 거 이름 한번 촌스럽구먼. 나이는 어떻게 되오?"

나지섭? 어찌하다 나 씨가 됐지만 그럭저럭 어울렸다.

"서른두 살."

"나도 서른두 살인데 동무네 동무. 우리 서로 말 편하게 놓읍시다. 내래 리명훈이오. 반갑소."

"네, 아니, 그러지 뭐."

리명훈이 철현의 손을 잡고 악수를 했다. 볼은 찐빵처럼 통통했고, 눈은 와이셔츠 단추처럼 작고 동글했다. 얼굴에 있는 모든 부위가 다 동그랬다. 철현을 향해 씩 웃는 모습이 곰돌이 푸우보다 훨씬 더 귀여웠다.

"동무는 그런데 중국에서 무슨 일을 한다고 했소?"

호텔에 있을 때 생각해두었던 예상 질문이었다.

"상하이몰이라고, 알까 모르겠지만 거기서 의류 사업을 좀 했어."

"상하이몰이라? 내래 상해를 몇 번 가봤는데 처음 들어본 이름 같은데?"

"그게… 이름만 상하이지 회사는 북경에 있디. 그런데 어제는 무슨 일로 자살까지 하려 했소?"

철현은 화제를 돌렸다. 싱글벙글 웃던 리명훈은 갑자기 황당한 표정을 짓더니 수저를 내려놓고 껄껄대며 웃었다.

"자살? 푸하하."

"…."

"자살은 무슨, 그냥 내 신세가 한스러워 술 좀 마시고 청승 좀 떨었더랬지."

"거 무슨 사연이라도 있소?"

"아바이 동무가 하도 날 몰아대니 원, 살 수가 있어야디."

"거 뭔 사연이 있간디?"

명훈이 깊은 한숨을 내쉬었다.

"말하자면 긴데, 우리 아바이 동무가 평양 경제특구를 책임지는 위원장 아니겠소. 아바이 동무를 졸라 내래 투자를 좀 받았디. 일종의 한류 상품 사업인데."

"한류 사업을 대놓고 할 수 있나?"

"당연히 아바이 동무한테는 그리 말 안 했디. 근데 하여튼 투자받은 돈을 중국 사기꾼 놈한테 다 날려먹어서리. 간나새끼들 잡히기만 해봐라."

명훈은 다시 우울한 표정을 짓자 단추 같은 눈이 더 작아졌다.

그는 다시 수저를 들어 밥을 먹었다. 표정은 심각했지만 식욕은 왕성했다. 밥 한 그릇을 순식간에 비우더니 또 한 그릇 먹고,

세 그릇을 단숨에 비웠다. 비관에 빠진 사람이라고는 도무지 볼 수 없었다. 또다시 한 그릇을 비운 뒤에야 숟가락을 내려놓은 그가 비로소 밝은 표정을 지었다.

"그런데 동무, 평양은 어쩐 일로 왔다고 했소? 어제 술기운에 들어서 도통 기억이 안 나는데."

철현은 순간 뜨끔했다. 화제를 돌리려고 했는데 다시 원점으로 돌아온 것이었다. 어제 무슨 말을 했었지? 철현은 재빨리 스토리를 구상했다.

"원래는 개성공단 물건을 중국에 팔아볼까 해서 평양에 왔디. 여기 오면 개성공단 사람들을 만날 수 있다고 해서 말이디."

"개성공단? 개성공단이라면, 철수하지 않았네?"

"그래서, 좀 난감하게 됐지."

철현은 슬금슬금 눈치를 보며 말했다. 명훈은 순진한 표정 그 자체였다.

"남조선하고도 거래를 하네?"

"물론이지."

"그럼 동무는 남조선에도 가봤겠구먼?"

"자주. 아니, 몇 번. 여기 오기 전에도 들렀다 왔긴 하디."

"기래? 그럼 동무는 남조선 걸그룹도 봤네?"

명훈은 초롱초롱한 눈빛으로 철현을 쳐다봤다. 이놈은 어쩌면… 한류 빠돌이가 아닐까? 뉴스에서 본 것 같았다. 북한 주민들이 한류 드라마, 영화, 음악 등을 몰래 숨어서 본다는 것을. 발각되면 보위부에 끌려가 모진 고문을 당할 것을 알면서도 목숨을 걸고 말이다.

철현은 그의 호감을 얻기 위해 거짓말을 했다.

"소녀시대도 몇 번 보고, 에프엑스도 보고, 카라도 몇 번 본 정도."

"집어치우라! 그런 한물간 걸그룹 말고 트와이스하고 여자친구는?"

"트와이스를 본 적이 있었나? 내래 연예인들을 하도 봐서리 기억이 잘 안 나네. 기런데 트와이스도 아네?"

"동무래 나를 아주 핫바지로 보고 있구만. 평양에서 트와이스 모르면 간첩이디?"

철현이 못 믿겠다는 표정을 짓자 명훈은 갑자기 일어나 방으로 들어갔다. 잠시 후 상자 하나를 들고 나와 식탁에 올려놓았다. 콧노래까지 부르면서 상자에 있는 물건들을 하나씩 꺼냈다. 흥얼거리는 노래는 들어본 멜로디였다.

"이건 트와이스 1집 앨범이고, 이거는 내가 제일 좋아하는 나연 사진. 그리고 이건 아이오아이 사진들이고."

철현은 그것들을 보며 눈이 휘둥그레졌다.

"이런 걸 다 어디서 구했네?"

"중국 상인들이 몰래 밀수한 물건이디. 공화국이라고 무시하지 말라. 평양 사람들도 남조선 음악, 드라마 다 본다고."

"공화국에서 그게 가능해?"

"볼 놈들은 수단 방법 안 가리고 다 보디 않갔어."

명훈은 자랑스럽다는 듯 말했다.

"오덕들의 끈기는 대단하군. 공산주의 사회에서도 덕들의 의지는 막을 수가 없구만."

"기럼. 일덕 못지않게 평양 덕들도 만만치 않다. 내래 서울에 한번 가는 게 소원 아니갔어? 가로수길에 가서 진하게 룽고 한잔 빼 마시고 지나가는 서울 에미나이들 패션도 여유롭게 구경하는 게 꿈이디."

뭐야 이 새끼, 소위 북한에서 말하는 반동분자 아닌가? 그런데 평양에 이런 놈들이 널려 있다니! 철현은 낯선 세계에 온 듯했다.

명훈은 철현도 모르는 최신 걸그룹 노래를 홍얼거리며 물건을 다시 상자에 소중히 담았다. 명훈은 담배를 꺼내 물고 철현에게도 한 개피 내밀었다. 담배에 불을 붙인 명훈이 연기를 훅 내뱉었다.

"내래 독일 유학 시절에 몰래 한국 여자를 만난 적이 있었디."

곰돌이 푸우같이 생긴 이 얼굴이 독일 유학을? 한술 더 떠 한국 여자를 만났다니! 철현은 풋 하고 웃음이 나올 뻔했다. 혹시 허언증 환자가 아닐까 싶었다.

"한국 여자를 어떻게 만나? 북한 유학생들끼리 서로 감시하지 않나?"

"물론 감시야 하지. 그런데 알게 모르게 다들 서로 만나고 그러디. 아직도 그 친구하고 페이스북으로 연락도 하는데…."

"뭐? 북한에서 페이스북을 어떻게 해?"

"하하, 요건 아는 사람이 별로 없긴 한데? 토르(Tor)라는 네트워크 방식으로 하면 차단망 피해서 몰래 할 수 있다."

"남한이든 북한이든 불법은 어디에도 통하는군."

명훈은 트와이스의 노래 〈cheer up〉을 흥얼거리며 해맑게 웃었다.

이놈은 별종이다. 어디에나 이런 녀석 하나쯤은 있지 않은가.

남들이 어떻게 살건 뭐라 하건 자기만의 세계에 사는 부류. 어쩌면 이런 명훈을 만난 게 다행일지도 모른다. 철현의 마음이 한결 가벼워졌다.

* * *

한국의 이한영 연락사무소장은 비상연락망을 통해 평양의 핫라인으로 전화를 했다.

"한상곤 위원장님, 그간 잘 계셨습니까?"

"소장님도 알다시피 잘 있지 못합니다."

북한 측 한상곤 연락사무소장은 불편한 기세를 드러냈다.

"그런데 무슨 일로 연락을? 남측과 할 얘기가 있을까요?"

한 위원장은 냉소적으로 말했다.

"왜 이러십니까, 우리 사이에. 제가 그래서 먼저 이렇게 연락 드리지 않았습니까?"

이한영 소장은 너스레를 떨며 말했다.

"남조선에서 간첩까지 보내놓고 무슨 할 말이 있지요?"

"그게 오해입니다. 그 친구는 간첩이 아니라 개성공단 직원입니다."

"거 개수작 부리는 소리 그만하시라요! 개성공단 직원이 왜 평양에 있습니까?"

"그게 저희도 좀 황당하긴 마찬가지입니다. 그게 실은."

이한영 소장이 자초지종을 설명했다.

설명을 다 들은 한상곤 위원장은 코웃음을 쳤다.

"아니, 지금 그걸 나보고 믿으라는 소립니까?"

"물론 믿기 어려우시겠죠. 저희도 황당하니까요. 일단 저하고 향후 대책에 대해 논의를 하시죠."

"이 소장한테는 일 없수다. 우리는 남조선 대통령의 사과가 우선입니다. 지금 안 그래도 개성공단 문제 때문에 인민들의 감정이 격해져 있는데 간첩이나 보내고, 지금 당에서는 전쟁도 불사한다는 분위기입니다."

"전쟁이라뇨? 그리고 개성공단 폐쇄를 저희가 한 것도 아니지 않습니까?"

아무래도 북측과의 대화는 순조롭지 않아 보였다. 이한영 소장은 최대한 인내심을 갖고 설득해보려 했다.

"어디서 개수작이오! 개성공단이 어찌 우리가 한 것이라고 주장하는 거요?"

그 말에 이한영 소장도 발끈했다.

"개수작이라뇨? 말이 심하십니다. 제가 그래도 위원장님보다 열 살은 더 나이를 먹었는데. 사과하시죠?"

"사과는. 남측 대통령도 사과 안 하는 판에 내래 왜 사과를 합니까?"

"정말 이러시깁니까? 대화로 풀어보자고 전화드린 건데."

"일 없수다. 대통령 사과 받기까지는 대화는 없다는 게 당의 방침이오. 이 라인은 오늘부로 끊습네다."

통화는 그렇게 허무하게 끝났다. 뿐만 아니라 북측과 유일하게 대화할 수 있는 서울과 평양 간의 핫라인이 끊겨버렸다.

***

철현과 명훈은 식사를 마치고 차를 한잔하고 있었다. 쫓기는 신세에 이렇게 여유롭게 차를 마실 수 있다니 믿기지 않는 현실이었다. 명훈이 찻잔을 내려놓고 묘한 눈빛으로 철현을 쳐다봤다.

"근데, 지섭 동무는 말투가 참 이상하오? 남조선 말투도 섞여 있고 문화어도 좀 쓰는 것 같고. 막상 조선족 말투는 별로 안 쓰는 것 같고."

철현은 당황해서 그만 차를 엎지를 뻔했다.

"그거야… 내래 남조선을 많이 다녀서리. 여기저기 다니다 보니 말투가 좀 이상하디."

"그럼 나한테도 남조선 말 좀 알려주라. 여기선 에미나이들 꼬실 때 남조선 말을 좀 섞으면 세련되게 보디 않겠어?"

명훈이 어색하게 서울 말투를 흉내냈다.

철현은 어이가 없었다. 도대체 이놈의 정체는 뭔가?

"하하, 뭐 그럴까?"

"지섭 동무는 앞으로 어떻게 할 생각이오?"

"글쎄, 일단 신분증을 찾을 때까지 다른 사업 아이템이나 좀 생각해봐야디."

명훈은 철현에게 바짝 다가가 눈을 동그랗게 뜨며 물었다.

"그래 뭐 생각해둔 거라도 있소?"

"음, 좀 있긴 한데."

"뭔지 말해봐라."

"그게."

"거 참! 동무 되게 뜸들이네."

"여기 평양 사람들이 화려한 옷을 입긴 하는데 좀 촌스럽지."

"촌스럽다니?"

"명훈 동무, 중국 가봤다고 했지? 중국 사람들 보면 옷이 다 비싸고 화려한데 어색하다는 생각 안 해봤네? 걔들은 돈은 있는데 옷을 입을 줄 모르거든."

"기건 기렇지. 중국인들이 좀 촌스럽긴 하지."

철현은 고개를 끄덕였다.

"패션이라는 게 포인트만 잘 잡아주면 그냥 백팔십도 확 바뀌거든. 게다가 동무 말 들어보니까 여기 젊은 사람들이 은근히 남조선 연예인들을 선망하는 거 같은데."

명훈이 초롱초롱한 눈빛으로 고개를 끄덕였다. 이 녀석은 한류라면 연예인들이 코 푼 휴지도 액자에 끼워 고이 보관할

놈이었다.

철현은 생각나는 대로 아무 말이나 내뱉었다.

"동무, 전지현 팔찌라고 들어봤어?"

전지현이라는 말에 역시나 명훈은 호들갑을 떨었다.

"〈별에서 온 그대〉에서 전지현이 했던 팔찌 말이디? 여기서도 그 드라마 때문에 난리 났었디. 전지현 그 에미나이래 딱 내 스타일이지."

"아무튼 그런 걸 만들어볼까 생각 중."

철현은 소파에 몸을 기댄 채 담배 연기를 훅 내뱉었다. 명훈은 뭔가 곰곰이 생각하나 싶더니 환한 표정으로 말했다.

"기거 좋은데. 난 트와이스 팔찌로."

"트와이스 팔찌라는 게 있나?"

"동무래, 일테면 기렇다는 말이디. 하하."

두 사람은 뭐가 좋은지 배를 움켜쥐며 낄낄댔다. 한참을 웃던 명훈의 눈빛이 날카롭게 변하더니 철현을 노려봤다. 눈물까지 흘려가며 웃던 철현은 그 눈빛이 부담스러워 몸을 뒤로 뺐다. 명훈이 철현의 손을 덥석 잡고 어색한 서울 말투로 말했다.

"지섭아, 나랑 같이 사업 한번 해보자."

"사업?"

"어차피 평양에 아는 사람도 없을 텐데 나랑 한번 해보지 않갔어? 내래 이래 뵈도 독일에서 경영학 전공했디. 무엇보다 평양의 인맥은 꽉 잡고 있지비."

솔깃한 제안이었다. 얼마 전 홀로 호텔에 있을 때는 모든 상황이 말도 안 된다고 생각했다. 평양에서 숨을 곳이며 자신을 도와줄 사람이 있을까 싶었는데 이렇게 일찍 '귀인'이 나타나 주다니! 잘만 하면 도주할 돈을 마련할 수 있을 것이다. 지금 국 정원에서는 자신을 간첩으로 몰아가고 있을지도 모른다. 한국 정부가 자신을 구하려는 의지보다는 정치적으로 이용하려 할 가능성도 높다.

군사정권 시절 외삼촌이 부산 미문화원 방화사건 때 주동자 로 잡혀 들어가 간첩으로 신분이 바뀌어 나왔던 일이 있었다. 외가에 가면 통기타를 쳐가며 김민기 노래를 멋들어지게 부르 던 외삼촌, 좋은 대학 들어가서 외가의 자랑이었던 외삼촌이었 다. 그러나 '간첩'이 되어 나오자 외가는 그야말로 쑥대밭이 되 었다.

군사정권은 몰락했지만 지금 정부는 그들의 후예 아닌가? 지 금의 국정원을 백 퍼센트 믿을 수는 없는 노릇이다. 제대로 국 정원이 돌아가고 있다면 지금쯤 자신에 대해 인도적 귀환 요청 을 했어야 한다. 하지만 여전히 북측은 자신을 잡으려고 혈안이 지 않은가. 철현이 국정원을 믿을 수 없는 이유가 바로 그것이 었다. 지금은 철현에게 절호의 기회가 틀림없었다. 조급해하거 나 흥분해선 안 된다. 상대가 안달이 나서 적극적으로 다가오도 록 최대한 여유만만하게 굴어야 한다. 충무로에서 일할 때 사수 에게 배운 고객과의 협상법이었다.

"사업이라는 게 그렇게 쉬운 것도 아니고…."

철현은 명훈의 제안에 별로 관심없는 척 말했다.

"당연히 세상에 쉬운 게 어디 있니? 너랑 내가 힘을 합치면 무서울 게 어디 있겠어? 안 그래, 지섭아?"

명훈의 눈빛은 간절해 보였다. 그는 철현의 손을 좀 더 단단히 부여잡았다. 철현은 마지못해 수락하는 척했다.

"알았어. 생각해볼 테니 그 이상한 말투 좀 제발 그만하라."

명훈의 얼굴이 그제야 환해졌다.

"내 말투가 그리 이상하네? 서울말은 차차 동무에게 배워보도록 하디. 아무튼 사업 동지가 된 기념으로 우리 한잔하러 가지 않갔소?"

철현은 고개를 세차게 저었다.

"술? 됐다. 술이라면 치가 떨린다."

"술이 없으면 되네? 이렇게 좋은 날."

"어제 일도 있고, 또 깡패라도 만나면 어카네?"

"걱정 말라, 동무. 내래 같이 있는데 뭘 걱정하네. 평양 밤거리는 내래 꽉 잡고 있으니. 자, 가자!"

철현은 거듭 사양했지만 명훈은 한사코 철현을 끌고 나갔다.

개성공단 철수 6일 차

　청와대 대통령 집무실 앞. 국정원장과 대통령 비서실장이 심각하게 대화를 나누고 있었다. 대통령과의 대면 요구를 몇 번이나 했지만 비서실장은 지금 만나기 어렵다는 답변만 반복했다. 급한 사안이라고 해도 서면으로 보고하라는 대답뿐이었고, 그 서면 보고에조차 묵묵부답이었다.

　개성공단 사건은 정부로서는 골칫거리였다. 정부는 뉴스에서 개성공단 언급을 자제하도록 언론을 압박했다. 이런 상황에 개성공단 직원이 평양에 남겨졌다는 것은 현 정권에 큰 타격을 줄 수 있었다. 정부는 아직 신원 확인과 정확한 상황이 확인되지 않았다며 얼버무렸다. 하지만 더 이상 대답을 회피할 수 없는 법. 급기야 의혹은 커지면서 벼랑 끝까지 온 뒤에야 대통령과의 면담이 간신히 이뤄졌다.

　"대통령께서는 뭐라고 하십니까?"

　"심히 우려를 표하셨습니다."

　"특별히 하신 말씀은?"

"그냥 짜증만 내고 계십니다. 일단 들어가 보십시오."

국정원장과 비서실장은 대통령 집무실로 들어갔다.

대통령은 국정원장을 보자 미간을 찌푸리며 고개를 돌렸다. 국정원장은 슬금슬금 대통령 앞에 다가가 인사를 했다. 대통령은 눈도 마주치지 않고 말했다.

"간첩 어쩌고 하던데, 국정원에서 간첩을 보냈나요?"

대통령은 현 상황에 대해 전혀 인지하지 못하고 있는 듯했다.

과연 서면 보고조차도 확인했는지 의심스러웠다. 국정원장은 최대한 간략하게 철현과 관련된 사태를 브리핑했다. 대통령의 얼굴이 점점 일그러졌다. 마치 처음 듣는 이야기인 듯.

"아니, 그래서? 북에서 나에게 사과를 하라는 거예요? 김일성 초상화를 내가 훼손한 것도 아니고."

"네, 물론 그건 말도 안 되는 소리죠."

"국정원장님, 도대체 일을 어떻게 하시는 겁니까?"

"죄송합니다. 그래도 대책은 세워야 할 것 같아서."

"기가 막혀서. 잠깐, 전화가 와서 그러는데 나가 있어요."

국정원장은 진땀을 흘리며 슬그머니 비서실장을 쳐다봤지만 비서실장은 시선을 피했다. 대통령은 핸드폰을 손으로 막고 두 사람에게 나가라는 손짓을 했다.

결국 대통령과의 '극적인' 면담은 채 일 분도 안 되어 끝나고 말았다. 대통령은 통화 후 일정이 있다며 나가버렸다. 비서실장도 모르는 일정이었다. 국정원장과 비서실장은 허탈한 웃음을 지었다.

"일단, 언론사는 제가 막아볼 테니 원장님은…."

국정원장은 눈치를 챈 듯 고개를 끄덕였다.

"뉴스는 뉴스로 덮는 법. 일단 시간을 벌어보겠습니다."

***

철현은 아침부터 머리가 깨질 것처럼 아팠다. 어제 명훈의 손에 이끌려 3차까지 가고 말았다. 막걸리로 시작해서 마지막에 보드카를 마신 다음부터는 정신이 혼미해졌다. 적당히 먹을 걸 어쩌다 그렇게 주는 대로 넙죽넙죽 받아 마셨을까. 혹여 술에 취해 쓸데없는 말을 흘린 건 아닐까 걱정이 밀려왔다. 이놈의 술! 철현은 머리를 쥐어짰다.

이불을 뒤집어쓰고 누워 있는데 명훈이 다가와 귀에 대고 속삭였다.

"지섭아, 해가 중천인데 아직까지 자고 있네?"

뜨끔했다. 철현은 자는 척했다.

"지섭아. 날래 일어나라. 아침 먹고 갈 데가 있다."

이 느끼한 말투로 봐서 별일은 없었던 게 분명했다. 철현은 새우처럼 몸을 돌돌 말았다. 그러자 명훈이 이불을 획 걷어냈다.

"날래 일어나라."

"가긴 꼭두새벽부터 또 어딜 가? 잠 좀 자자."

"이런 종간나새끼. 이 땅의 이천만 인민들이 조국의 해방을 위해 불철주야 일하는데 동무는 자빠져 자고 있어?"

"그게 뭔 소리네?"

"얼른 해장하러 가자는 말이디."

철현은 어이없어하며 몸을 일으켰다.

"동무는 혼자 살면서 밥 하나는 참 잘 챙겨 먹네?"

"당연하지. 먹고 살자고 하는 일 아니간? 갈 데가 있으니 날래 밥 먹자."

"어딜 가는데?"

"잔말 말고 따라오라."

"사업계획안 짜야 해서 오늘은 안 돼."

철현은 나가지 않을 핑계를 댔다. 지금쯤 자신의 얼굴이 담긴 수배전단이 평양 거리에 쫙 깔려 있을지도 모른다.

"무슨 사업계획안?"

"사업을 하려면 사업계획안을 만들어야디. 사업이 뭐 주둥이로만 하는 줄 아네?"

"기딴 게 뭐가 필요하네. 사방에 널린 게 일인데?"

"동무는 유학까지 다녀왔다면서 어쩜 이렇게 무식하네? 사업의 시작이 마케팅 분석인 거 모르나? STP, SWOT 분석!"

철현은 충무로에서 주워들은 말을 되는대로 늘어놨다.

"내래 수업을 잘 안 들어서 기딴 거 잘 모르는데. 뭔 소린지는 모르겠지만 그럴싸하네."

"피터 드러커의 선택과 집중, 1단계. 나에게 어떤 선택이 필요한가? 즉 나만의 블루오션을 찾아라. 2단계. 남들이 보지 못

하는 것을 봐라. 3단계. 나만의 경쟁력, 핵심에 집중하라. 4단계….'

명훈은 듣기 싫다는 듯 손가락으로 귀를 후비며 말했다.

"미제국주의 말은 죄다 구라 아니갔어? 손자가 그랬지. 적을 알고 나를 알면 백전백승."

"한류 좋아하는 놈이 미제국주의라니? 동무는 어쩌면 그리 일관성이 없네? 아무튼 하고 싶은 말이 뭐네?"

"적을 알고 나를 알려면 평양의 시장을 봐야 한다 그 말이디."

철현은 할 말을 잃었다. 시장을 눈으로 직접 봐야 한다는 말에는 반박의 여지가 없었다. 백 번을 책상 앞에 앉아 주판알을 튕겨봐야 뭐하겠는가. 현장을 직접 확인해야 한다는 건 마케팅에 무지한 사람이라도 인정할 수밖에 없다. 철현은 쓰린 속을 움켜쥐고 명훈을 따라나섰다.

명훈이 흰색 와이셔츠와 검은색 바지를 건넸다. 얼마나 잘 다렸는지 손 대면 베일 듯 날이 서 있었다. 철현이 옷을 입자 명훈이 매무새를 다듬어준 뒤 마지막으로 북한 고위층이 다는 배지까지 달아줬다.

"동무. 이렇게 하고 다니면 공안이나 안전원에게 검문당할 일 없을 테니 걱정 말라."

명훈이 흐뭇한 표정으로 말했다.

두 사람은 집을 나섰다. 오전 11시, 평양 거리는 한산했다. 인민복을 입고 자전거를 타고 가는 노인들이 간간이 보일 뿐이었다. 숙소였던 고려호텔을 지나자 여성 교통경찰의 모습이 보였다. 다시 봐도 제복 차림 여성의 절도 있는 동작은 매우 인상적이었다.

"어떠네? 남조선 애미나이만큼 이쁘지 않네?"

여경을 뚫어지게 바라보는 철현의 시선을 확인하고 명훈이 입을 열었다.

철현은 고개를 끄덕거렸다.

"저 동무래 나랑 작년에 사귀었던 동무지."

명훈이 느끼하게 웃으며 말했다.

"구라 치지 마라. 너 같은 뚱땡이가?"

"내래 생긴 건 이래도 말발 하나는 끝내주디. 요거에 넘어간 애미나이들이 한둘이 아니야."

못 믿겠다는 철현의 표정에 명훈은 주머니에서 주섬주섬 무언가를 찾았다. 그가 사진을 꺼내 보여줬다. 귀여운 곰 인형을 안고 있는 듯한 여경의 사진이었다.

"작년에 저 동무하고 찍은 사진 맞디 않네?"

"능력자구만. 하긴 평양에선 동무가 금수저니."

"고럼. 금수저 맞지."

"금수저도 알아듣나? 동무는 북한 사람이야, 한국 사람이야?"

"내래 말 했잖네? 여기 젊은 동무들 웬만한 남조선 방송 다 본다고."

철현은 명훈의 얼굴을 새삼스레 다시 쳐다봤다. 보면 볼수록 흥미로운 인간이었다. 함께 있으면 여기가 서울인지 평양인지 구분이 안 됐다. 철현은 고개를 절레절레 저었다.

처음 도착한 곳은 평양 제1백화점이었다. 백화점이라고 하기에 민망할 정도로 누추한 오층짜리 건물이었다. 실내는 어둡고 한산했다. 그 명성은 오래전에 사라진 듯했다. 일층 잡화 매장을 지나 전자제품이 있는 오층까지 가봤지만 진열된 상품이 별로 없었다. 그나마 있는 상품도 대부분 구식이었다.

"여기 백화점 맞네? 어째 좀 초라한데?"

"좀 그렇긴 하다. 그래도 몇 년 전만 해도 여기가 평양에서 제일 잘나가던 백화점이었다. 좀 있다 가보면 알겠지만 낙원백화점이나 대성백화점은 좀 다르니 기대해보라. 거긴 아무나 들어갈 수 없는 곳이지만 내래 특별히 갈 수 있으니 거기로 가보자."

평양백화점보다는 좀 낫다고 볼 수 있는 낙원백화점에 이어 대성백화점에 왔다. 명훈의 말처럼 이곳은 꽤 호화스러웠다. 판매원들도 세련된 제복 차림이었고 해외 명품도 간간이 볼 수 있었다.

"저기 저 여성 동무 보이네?"

명훈은 화장품 코너에 서 있는 판매원을 가리켰다. 왜소한 몸에 젖살이 아직 빠지지 않아 앳돼 보였다.

"저 동무도 몇 개월 전에 사귀었지. 살랑살랑 애교가 많은 게 참 괜찮은 동무였는데."

명훈이 능글맞게 웃으며 말했다. 정말이지 흥미로운 녀석이라며 철현은 또다시 명훈의 통통한 얼굴을 보며 생각했다.

백화점을 나와 음식점으로 향했다.

"지섭 동무, 어떠네? 영감이 팍팍 떠오르지 않네?"

"그나마 돈 좀 쓸 만한 사람들이 오는 것 같긴 하네."

"기렇디? 여기가 이래 봬도 평양의 가로수길이디 않네."

"평양의 가로수길? 하하, 그 말 참 재미있네. 서울의 가로수길이랑 다른 점이 있다면, 일단은 젊은 층 취향이 아니라는 거?"

"기렇지. 동무, 좋은 아이디어라도 있나 보네?"

명훈이 잔뜩 기대하는 얼굴로 철현을 쳐다봤다.

"기다려보라. 내래 생각이 다 있으니."

철현은 실망감을 주기 싫어 이렇게 대답하고 말았다.

"동무만 믿겠소. 그런 의미에서 오늘 한잔하러 가자?"

"어제 마셨는데 또?"

"어제는 어제고 오늘은 오늘이지. 내가 이쁜 여성 동무들 있는 술집 아니까 나만 따라오라."

그렇게 오늘도 철현은 3차까지 끌려다녔다.

개성공단 철수 8일 차

철현은 밤새 노트북을 두들겨 기획안을 만들었다. 작업을 마치고 거실로 나오자 명훈이 소파에 누운 채 만화책을 보며 낄낄대고 있었다.

"숨 넘어가겠다."

"이 만화 완전 배꼽 잡는구만. 푸하하."

명훈이 보고 있던 만화책을 건넸다. 앞표지에 북한 서체로 '만화 전쟁'이라고 적혀 있었다. 표지 일러스트는 1970년대 김청기 감독의 〈똘이 장군〉 그림과 흡사했다.

"이게 남조선 만환데 여기서 지금 인기 최고디."

"이런 걸 어디서 구했는데?"

"삐라 알지?"

"삐라?"

"남조선에서 보낸 삐라에 섞여 왔디."

이 무슨 만화 같은 소린가! 하루 종일 함께 있으면 심심하지는 않겠다.

철현은 들고 온 노트북을 열어 명훈에게 보여줬다.

"이게 우리 사업 아이템이다."

명훈은 자리에서 벌떡 일어나 노트북을 봤다. 문서 안에는 다양한 여성 장신구 사진으로 가득했다. 철현이 제안한 사업 아이템은 홍대나 이대 앞 가판대에서 많이 파는 장신구였다. 실로 만든 팔찌는 비장의 아이템이라며 특별히 강조했다. 옆에는 참고 자료라는 표시와 함께 드라마 〈별에서 온 그대〉의 한 장면이 붙어 있었다.

"이게 바로 〈별 그대〉에서 전지현이 찼던 그루치아니 팔찌거든. 이게 완전 난리가 났었지."

"이게 전지현 팔찌구만."

"어때? 평양의 멋쟁이 여성 동무들이 좋아할 만한가?"

명훈은 고개를 끄덕였다.

"에미나이들 환장할 것 같은데? 이거 금방 유행이 되갔구만."

철현은 사업계획안을 요약해서 설명했다. 핫한 한류 드라마 속 소품들을 모방해 시장에 내다 팔자는 것이었다. 한류라는 말만 들으면 명훈은 앞뒤 안 가리고 흥분했다.

"이거야말로 내가 하고 싶었던 사업이디."

철현은 너무 긍정적으로만 생각하는 명훈이 걱정됐다.

"잘 될까? 어때?"

"두말하면 잔소리! 이걸 중국에서 들여올 생각만 했지, 여기서 만들 생각을 내래 왜 못 했는지. 브랜드는 뭐라고 할까?"

"브랜드? 평양에 맞는 브랜드 이름이라?"

명훈은 한참 고민하더니 철현의 가슴을 응시했다.

"지섭 동무래 입고 있는 상의에 적힌 이름, 바나나 리퍼브릭은 어때?"

"여기서 영어식 표기를 쓰는 건 무리가 아닐까? 공화국이라고 쓰면 모를까."

"그렇디. 공화국, 패션공화국 어떠네?"

"패션도 영어잖아. 차라리 감각공화국 어때?"

"감각공화국. 이름대로 감각이 있어 보이는구만. 이걸로 정하지."

명훈이 만족스러운 듯 철현의 등을 두드리며 흐뭇이 웃었다. 철현은 자신이 제안하고도 촌스럽기 그지없는 이름이라고 생각했지만 명훈을 향해 마주 웃어주었다. 그리고 나지막한 목소리로 말했다.

"사장 나지섭. 영업이사 리명훈."

명훈은 택도 없다는 듯 철현의 귀에 대고 속삭였다.

"사장 리명훈. 상품개발이사 나지섭."

철현은 헛기침을 크게 했다.

"알았소! 리명훈 사장. 지금까지는 단순히 시드머니를 구하기 위한 초기 아이템이고, 다음 아이템도 있으니 기대해보라."

철현은 다음 페이지를 넘겼다. 명훈은 화면을 보더니 눈을 커다랗게 뜨며 의아한 표정을 지었다.

"이게 바로! 패션 인민복이지."

"인민복?"

"그래, 인민복. 평양이 왜 칙칙한지 아네? 바로 이 인민복 때문이다. 여기 인구의 50퍼센트는 이 인민복을 입지? 인민복은 평양의 얼굴이나 다름없지. 그런 인민복이 아무리 봐도 좀 구려 보이거든. 조금만 손을 봐주면 완전 새로운 유행을 만들 수 있디."

명훈의 표정은 심드렁했다. 하지만 포기할 철현이 아니었다.

철현은 손가락을 좌우로 흔들더니 다른 화면 하나를 띄웠다.

"봐봐. 이렇게 허리선을 따라 몸에 달라붙게 핏을 주고, 남성복은 바짓단을 아래로 갈수록 좁게 모아주고, 여성복은 힙이 올라가게 이렇게. 그리고 마지막 여기에 이렇게 포인트를 주니까 완전 세련되지 않나? 어때? 한마디로 다리가 길어 보이는 인민복!"

명훈은 묘한 표정으로 아무 말이 없었다.

철현은 조심스럽게 명훈의 눈치를 살폈다.

"왜? 이상해?"

이윽고 명훈이 벌떡 일어나더니 박수를 치기 시작했다.

"내래 우리가 만든 인민복을 평양의 인민들이 입을 생각을 하니 가슴이 벅차오르는구먼."

휴! 철현은 속으로 안도의 한숨을 내쉬었다. 그는 명훈의 눈치를 살피며 슬며시 다음 단계로 넘어갔다.

"음, 사업을 하려면 초기 자본금이 필요한데?"

"그건 걱정하지 말라! 어떻게든 구해볼 테니까. 동무는 날래 물건이나 만들라."

"돈을 어디서 구하려고?"

"우리 아바이가 있잖네!"

명훈이 엄지손가락을 흔들어 보이며 자신만만하게 말했다. 그러더니 곧바로 아버지에게 다녀온다며 노트북을 챙겨 나갔다. 어깨에 잔뜩 힘이 들어간 명훈을 보자 철현은 너무 많이 바람을 넣은 게 아닌가 싶어 미안해졌다.

오후 늦게 명훈이 돌아왔다. 철현은 그새 팔찌 샘플을 만들고 있었다. 명훈이 소파에 털썩 주저앉아 풀 죽은 목소리로 말했다.

"사업 자금을 떼놈한테 사기당한 걸 들켰다. 이제 내 인생은 끝장이다. 휴!"

"뭐라고 하시는데?"

명훈은 길게 한숨을 내뱉었다.

"나가 죽으란다. 용돈도 끊겠다고 하시고. 이 집도 당장 비우라고 하지 않갔네."

명훈은 땅이 꺼져라 한숨을 내쉬었다.

청천벽력과 같은 소리였다. 간신히 은신처를 찾았다고 안도했는데 이제 또 어디로 간단 말인가. 명훈을 구하려고 물에 뛰어드느라 핸드폰이 망가져 국정원과도 연락할 수 없는 상황이었다.

두 사람은 말없이 한숨만 내쉬었다.

갑자기 명훈이 손바닥을 쳤다.

"기렇디! 그 동무 생각을 왜 못 했지?"

명훈이 함께 가자며 철현을 이끌고 집을 나섰다.

평양 재래시장, 작은 생필품 점포 앞에서 걸음을 멈췄다. 낡디낡은 점포 안에서 돌격대 머리를 한 사내가 손님과 얘기 중이었다. 돌격머리가 명훈을 보자 씨익 웃으며 점포 뒤쪽 방향으로 손짓했다. 명훈은 철현을 데리고 비좁은 점포 안을 지나 작은 방으로 들어갔다.

방 안에 온갖 잡동사니가 가득했지만 오와 열을 맞춰 깔끔히 정리돼 있었다. 철현은 방 안을 두리번거렸다. 책상 밑 낡은 라디오에 '골드스타'라고 새겨진 로고가 눈에 들어왔다. 오래된 한국 라디오를 여기서 보니 신기하고도 반가웠다.

잠시 후 돌격대가 문을 열고 들어왔다. 명훈이 두 사람을 소개했다.

"인사들 하라. 여기는 나지섭 동무, 이쪽은 오찬근 동무."

오찬근 동무가 먼저 손을 내밀었다. 맞잡은 그의 손은 돌처럼 단단했다.

"반갑소. 오찬근이오."

"나지섭입네다."

찬근은 눈을 가느다랗게 뜨고 철현을 요리조리 살폈다. 철현도 피하지 않고 마주 보았다. 작은 키에 마른 체형이었지만 꽤 다부져 보였고 작고 가느다란 눈매도 날카로웠다. 앳돼 보이는 명훈과 대조적으로 어른스러워 보였다. 철현은 저도 모르게 몸이 움츠러들었다. 어색한 분위기를 깨고 명훈이 말했다.

"찬근 동무, 눈에 힘 좀 풀라. 지섭 동무, 이 동무래 원래 낯을 좀 가려서 기런 거니 긴장 풀라우. 가만있어 보자. 셋이 동갑이니 다 같이 말 놓지?"

여전히 무표정한 찬근이 목에 힘을 주며 대답했다.

"그러디."

찬근과 명훈은 서로의 안부를 물으며 이런저런 얘기를 나누었다. 찬근의 말투는 투박하고 거칠었다. 얼핏 들으면 시비를 거는 듯했다. 하지만 명훈은 개의치 않는 듯했다. 친구라기엔 성향이 매우 달라 보였지만 대화를 들으니 꽤 가까운 사이로 보였다.

명훈이 사업에 대한 이야기와 당분간 좀 신세를 지고 싶다는 말을 했다. 찻잔을 돌리던 찬근은 다짜고짜 한마디 쏘아붙였다.

"간나새끼, 너 같은 날라리가 무슨 사업을 하네? 동무는 가만히 있는 게 돈 버는 거야."

명훈은 찬근의 빈정거림에 익숙한 듯 그저 실실거리기만 했다.

"이름도 벌써 지었는데. 감각공화국, 어때?"

"이름은 혁명적이고 좋네. 뭘 팔 건데?"

찬근이 떨떠름한 표정으로 물었다.

명훈이 철현에게 눈짓했다. 철현은 조심스럽게 주머니에서 물건을 꺼냈다. 실을 엮어서 만든 팔찌였다. 팔찌를 본 찬근은 어이없다는 듯 콧방귀를 뀌었다. 명훈은 팔찌를 손목에 차고는 손을 흔들어 보여줬다. 찬근이 같잖다는 듯 피식 웃었다.

"이게 뭐네? 뭔 실쪼가리를 차고 지랄이네?"

"간나새끼, 넌 〈별 그대〉도 못 봤냐? 거기서 전지현이 차고 다니던 팔찌다, 이게."

찬근은 그제야 솔깃한 표정을 지었다.

"기래? 얼굴 반반하고 도도한 에미나이 말이디?"

"일단 이걸 한번 팔아보려는데 어뗘네?"

"글쎄, 전지현 팔찌라고 대놓고 팔면 모르겠지만 모르는 사람이 보면 그냥 실쪼가리 아니네?"

"그러지 말고 동무 가게에 샘플 하나만 놔보라."

"일없다. 집어치우라! 안 그래도 장사 안 되는데."

"종간나, 한 번만 좀 도와주라! 동무래 소학교 때 내가 많이 도와주지 않았네? 배 쫄쫄 굶고 있을 때 동무한테 도시락 갖다준 게 몇 번인 줄 아네?"

"간나새끼, 그놈의 도시락 몇 년을 우려먹는지. 아무튼 빈 창고가 하나 있으니 일단 물건을 갖다 놔 보든가."

"대박 나면 내래 꼭 은혜 갚았어."

"간나새끼, 쫄딱 망하지나 말라."

찬근은 심드렁하게 말했지만 싫지 않은 듯 보였다.

찬근이 금방이라도 부서질 것 같은 차에 두 사람을 태우고 어딘가로 향했다. 도착한 곳은 평양 변두리 어디쯤, 허허벌판에 낡은 창고가 덩그러니 놓여 있었다.

벽 곳곳에 금이 가 있는 창고는 건들면 무너질 듯 위태로워 보였다. 녹이 잔뜩 슨 철문을 열고 안으로 들어갔다. 찬근이 불을 켜자 좁은 통로 양쪽에 나무 상자가 끝도 없이 쌓여 있었다. 찬근이 상자를 몇 개 열어서 보여줬다. 상자 안에 형형색색의 온갖 장신구 부품이 가득했다.

"필요한 재료는 여기 다 있다."

찬근이 또 다른 상자 몇 개를 열어 보여줬다. 다양한 의류 자재와 소품들이 가득했다. 명훈과 철현은 서로 마주 보며 만족스러운 듯 웃음을 주고받았다. 쌓인 상자가 족히 천 개도 넘어 보였다. 어디서 구했는지 묻자 중국에서 밀수로 들여오거나 전국 각지에서 모아들인 것이라며 자랑스럽게 말했다. 이 자재들만 있으면 50년 전의 물건뿐만 아니라 최신 전자제품까지 뚝딱 만들어낼 수 있다고 우쭐해하며 덧붙였다.

자세히 보니 상자들을 대충 쌓아둔 것도 아니었다. 상자마다 의류, 가전, 자동차 등 온갖 부품 이름이 라벨에 쓰여 붙어 있었고, 용도별, 제조 연도별, 품목별, 게다가 가나다 순으로 꼼꼼하게 정리돼 있었다. 찬근의 성격이 짐작이 갔다. 철현과 명훈은 설명을 듣는 내내 입을 다물지 못했다.

찬근이 다른 공간으로 안내했다. 그곳에는 비디오테이프가 가나다 순으로 끝도 없이 진열돼 있었다.

"〈별에서 온 그대〉라, 어디 보자."

찬근이 비읍 칸에서 멈춰 서더니 이내 〈별에서 온 그대〉 테이프를 찾아 들었다.

"아니 이런 건 어디서 구했네? 남조선 한류 관심 없다면서?"

"내래 관심이야 없지만 잘 팔리잖네. 돈이 되면 지옥에 있는 물건이라도 구해 와서 팔아야디."

철현은 창고 구석구석을 신이 나서 뒤적거렸다. 그야말로 없는 게 없었다. 철현이 환장하는 한정판 〈심슨〉 레고부터 남한의 구제 옷이며 라면, 총포류, 도검류, 도무지 정체를 알 수 없는 기계 부품까지.

"찬근 동무래 플루토늄만 주면 창고에서 핵미사일도 만들겠구만!"

철현의 말에 갑자기 조용해졌다. 명훈도 눈이 동그래지며 양쪽을 번갈아 쳐다봤다. 철현은 자기가 무슨 실수라도 했나 눈치를 봤다. 찬근이 입꼬리를 올리며 입을 열었다.

"안 그래도 당에서 핵 하나 만드는 데 뭐 그리 핵핵대는지 내래 이해를 못 하갔어. 나보고 만들라 하면 반나절이면 뚝딱일 텐데. 하하하."

찬근은 기고만장해서 껄껄 웃었다. 명훈과 철현도 따라 웃었다.

"자. 우리 감각공화국도 이제 사업장이 생겼디 않네? 우리 회사의 혁명적 성공을 기원하며 오늘은 내가 한잔 쏘갔어. 가자, 동무들."

역시 망해도 금수저 명훈이었다. 세 사람은 어깨동무를 하며 다정하게 창고를 빠져나왔다. 소박하지만 그렇게 감각공화국 제1기 사업의 서막이 시작되었다.

개성공단 철수 10일 차

두 사람의 이삿짐은 단출했다. 철현의 백팩과 명훈의 군용 야전백이 전부였다. 찬근은 두 사람을 위해 창고를 말끔하게 치우고 한 귀퉁이를 사무실로 꾸며주었다. 짝은 안 맞지만 책상도 몇 개 놓고 커다란 화이트보드까지 걸어놓으니 제법 그럴싸해 보였다. 다른 한쪽에는 침상까지 놓여 있었다. 낮은 나무 상자들을 깔고 그 위에 모포를 여러 겹 덮어서 만든 것이었다.

세 사람은 짐을 정리하기 시작했다. 철현은 노트북을 꺼내 책상 위에 소중히 올려놓았다. 김 대리의 트렁크에 있던 액세서리 소품도 선반에 잘 정리했다. 찬근은 뚝딱 만든 책꽂이를 들고 와 책상 위에 올렸다. 책상 위에 도안 서적, 스탠드, 연필과 노트를 오와 열에 맞춰 가지런히 정리했다. 그러고 보니 물건들은 대부분 찬근이 준비해준 것이었다. 명훈의 물건은 집에서 챙겨온 식기가 전부였다. 식기라고 해봐야 수저 두 벌과 그릇 네 개가 전부였다.

명훈은 닦아봐야 티도 안 나는 책상을 콧노래까지 흥얼거리며 닦고 또 닦았다. 잠시 후 철현이 허리를 두드리며 침대에 벌러덩 드러누웠다. 명훈도 그제야 걸레를 집어던졌다. 잠시 쉬려고 침대에 앉는데 찬근이 들어왔다.

"간나새끼들, 정리 안 하고 뭣들 하네?"

찬근이 날카로운 눈으로 주변을 둘러보며 말했다.

"뭔 소리네? 방금 정리 다 마치고 이제 좀 쉬려고 앉았는데."

"동무래 이걸 정리한 거라고 한 거네?"

찬근은 책상 위 물건을 손가락으로 가리켰다.

"오와 열이 하나도 안 맞지 않네? 바닥의 이 물건들은 또 뭐네?"

"오와 열? 뭔 소리야?"

"그런 썩어빠진 정신으로 어떻게 공화국의 혁명적 과업을 수행한다고 할 수 있네?"

"혁명적 과업? 그건 또 뭔 소리네?"

"동무들은 기본 정신 상태부터가 썩었소. 위대한 민주주의인민공화국의 국가적 사업을 하는데 그런 정신 상태로 무슨 일을 하갔다고. 쯧쯧."

찬근은 핏대를 세우며 잔소리를 늘어놓더니 혼자서 열심히 물건을 정리했다. 순식간에 책상이며 바닥, 선반의 물건들이 말끔히 정리됐다. 바로 이것이 오와 열을 맞춘 정리라는 거군! 철현과 명훈은 입이 떡 벌어진 채 감탄했다. 찬근은 두 사람을 한심하다는 듯 노려봤다.

철현이 명훈의 귀에 대고 소곤댔다.

"저 동무래 완전 변태 새끼네?"

마지막 물건까지 오와 열을 맞춘 찬근이 땀을 닦으며 말했다.

"이제 견본을 줘보라우."

철현이 건네준 샘플을 한참 들여다보더니 찬근이 말했다.

"일단 천 개만 만들어보자."

"기래? 넘 많지 않나? 재료도 없고, 돈도 없고. 그걸 누가 만들지?"

철현의 걱정스러운 표정에 찬근은 씩 웃더니 휴대폰을 들어 어디론가 전화했다.

"눈썰미 좋고 손재주 좋은 애들 열 명만 보내라."

통화를 마친 찬근은 무엇을 만들든 전화 한 통이면 전문가들이 한달음에 달려온다며 자신의 인맥을 자랑했다.

철현과 명훈은 미소를 지으며 조용히 하이파이브를 했다.

개성공단 철수 12일 차

철현과 명훈은 오전 일찍 찬근의 가게가 있는 평양 재래시장에 갔다. 명훈은 거대한 몸을 힘겹게 끌고 가느라 걷는 내내 땀을 흘렸다.

"지섭 동무, 몇 개나 나갔을 것 같네?"

"백 개? 이백 개?"

"평양에 멋쟁이 동무들이 얼마나 많은데 고것밖에 안 나가? 절반은 이미 나갔을 거다."

두 사람은 기대에 부풀어 걸음을 재촉했다.

가게에 들어서자마자 명훈이 물건의 반응에 대해 물었다. 찬근은 씩씩거리며 대답했다.

"공안이 물건을 다 압수했다."

"압수라니? 기게 뭔 소리가?"

"불온하고 타락한 자본주의 물건이라며 싹 다 쓸어갔다."

"남조선 유행 상품인 걸 공안이 어찌 알고."

명훈이 풀 죽은 얼굴로 말했다.

"내래 물건 앞에 '별 그대 팔찌'라고 써놓았지."

찬근은 허탈한 듯 팻말을 들고 흔들었다.

"이런 간나새끼, 당연히 압수당하지."

찬근은 민망한지 그저 헛기침만 했다.

"기렇게라도 안 하면 어떤 미친 동무가 이런 실쪼가리를 사네?"

찬근의 말에 두 사람은 한숨만 길게 내쉬었다. 실망감만 가득 안고 한참을 앉아 있는데 찬근이 명훈의 등을 갑자기 내리쳤다.

"내래 좋은 생각이 있는데. '혁명 팔찌'라고 이름 붙이자."

"혁명 팔찌? 그래도 여성용 상품인데 이름이 너무 과하지 않네?"

철현은 황당하다는 듯 찬근을 쳐다봤다. 하지만 찬근의 표정은 자신감이 넘쳤다.

"내래 믿어보라우. 혁명이라고 하면 공안이 문제 삼지도 않을 거고 인민들도 좋아할 테니."

찬근은 종이와 펜을 들고 와 '공화국 여성 동지들의 혁명적 과업의 시작! 혁명 팔찌'라고 큼지막하게 썼다. 철현은 망했다고 생각했지만 은신처를 내준 찬근의 의견을 무시할 수 없었다. 될 대로 되라는 심정으로 포기하고 다음 아이템이나 준비할 생각이었다. 명훈은 이래도 그만 저래도 그만이라는 듯 여전히 실실댔다.

　　　　　　　　　　　***

　국정원장은 잔뜩 일그러진 얼굴로 회의 탁자에 신문을 내던 졌다. 3차장이 신문 쪽으로 슬쩍 시선을 보내며 무겁게 입을 열 었다.

　"개성공단 철수 결정이 국무회의가 아닌 대통령 단독 결정이 라며…."

　"어떤 새끼가 떠들고 다녀?"

　"시사 저널리즘의 조만식 기자입니다."

　"또 그 새끼야? 근거가 뭔데?"

　"익명의 청와대 관계자 제보라던데요."

　"제보? 내용이 뭔데?"

　"회의 때만 해도 대통령이 개성공단 철수에 대해 전혀 언급 이 없다가, 갑자기 어디서 걸려온 전화를 받고 나서 갑자기 철 수하라고 했다고 합니다."

　"전화? 무슨 전화?"

　"음, 거기까지는 파악이 안 된 것 같습니다."

　"통화 기록 조회해보면 될 거 아냐?"

　"대통령의 통화 기록을요?"

　"이 새끼야, 일단 우리가 정보를 쥐고 있어야 대안을 만들 거 아냐? 빨리 조회해봐!"

　"…."

　"그리고 수단 방법 가리지 말고 김철현 소재 파악에 힘쓰고.

북쪽보다 우리가 먼저 신병 확보를 하지 않으면 니들 다 모가지
날아갈 생각 하라고. 알겠어?”

“네.”

국정원장은 회의장을 나갔다.

기조실장과 3차장의 표정이 무거워졌다.

“조만식 기자 뒤를 좀 밟아볼까요?”

3차장이 물었다.

“그래야겠지? 뭔가를 쥐고 있는 거 같은데. 한번 확인해봐.”

개성공단 철수 14일 차

찬근이 아침부터 가게 지하실로 뛰어 내려왔다. 침상에 누워 만화책을 보고 있던 명훈은 커다란 몸을 힘겹게 일으켰다. 책상에 앉아 무언가를 만들고 있던 철현은 무슨 일인가 싶어 고개를 돌렸다. 찬근은 몇 초간 정지 상태로 두 사람을 번갈아 쳐다봤다. 두 사람은 어리둥절한 표정으로 찬근을 봤다. 찬근의 입꼬리가 귀까지 올라왔다.

"물건 팔렸다!"

명훈은 들고 있던 만화책을 손에서 떨어뜨렸고, 철현은 너무 놀라 그만 바늘에 손을 찔렸다.

"방금 내래 물건을 주문받고 이렇게 달려왔디."

찬근이 지폐를 흔들어 보이며 말했다.

세 사람은 동시에 서로 부둥켜안고 발까지 동동 구르며 호들갑을 떨었다.

"좋은 소식이 하나 더 있다. 물건 압수해갔던 공안이 찾아와서 미안하지만 물건이 없냐고 묻지 않갔어? 기래서 당에 압수

물품을 보고한 게 아니냐고 했더니 그걸 집에 가서 마누라한테 줬다네? 근데 그 마누라가 친구들한테 나눠줘서 금세 동이 났다지 않았어?"

"간나새끼, 우리 물건 가지고 지 맘대로 했구만."

명훈이 발끈했다.

"그게 중요한 게 아니다. 그 간나새끼가 우리와 손잡고 싶다는 게 중요하디. 게다가 혁명 팔찌라고 적힌 걸 보더니 진작 그렇게 하지 그러면서 물건을 팔아도 좋다고 하지 않았어? 대신 그 간나새끼가 자기한테 뽀찌를 좀 달라기에 알겠다고 했지. 간나새끼 좋아 죽더라니까. 적극적으로 여기저기 소문내 주겠다며."

"어쨌든 다행이다. 계속 팔 수 있게 됐다니."

철현은 안도의 한숨을 내쉬었다.

"그래서 내래 이빨을 좀 풀었지? 이게 이렇게 팔에 차고 있다 전쟁 나면 머리를 이렇게 묶고 언제든지 혁명 전선에 뛰어들 수 있는 물건이라고 말이지."

찬근의 말에 철현과 명훈은 어이없다는 듯 쳐다봤다. 찬근은 신이 나서 계속 말했다.

"그랬더니 공안 새끼가 팔에 차보더니 다른 물건은 더 없냐고 묻지 않았어? 만들기만 하면 자기가 팔 만한 곳은 많이 안다며 날래 만들라며 오히려 닦달하고 갔지 않네."

"안 그래도 내가 두 번째로 준비한 게 그런 건데."

철현은 무언가를 들고 왔다. 고무줄 위에 형형색색의 실을 감은 팔찌였다. 철현은 양손으로 잡아당겨 늘어나는 것을 보여주며 옅은 미소를 지었다. 찬근은 고개를 끄덕이며 철현이 만든 밴드형 팔찌를 요리조리 살폈다.

"이번엔 문안을 이렇게 써보라. 골라 묶는 재미."

"죽이네. 죽여."

명훈은 찬근을 존경스러운 눈빛으로 쳐다봤다. 철현은 두 번째 아이템에 펜던트를 달기로 했다. 찬근이 별 모양이 새겨진 펜던트가 좋겠다고 하자 철현도 동의했다. 두 사람이 죽이 착착 맞았다.

명훈은 그저 실실거리며 웃었다. 찬근은 전화를 걸어 작업자들을 불러 모았다.

첫 아이템이 대박 난 기념으로 자축 파티를 했다. 그래봐야 시장통 싸구려 탁주를 주고받는 것이었지만. 신이 난 명훈은 노래방까지 쏜다며 두 사람을 끌고 나갔다. 도착한 곳은 고려호텔 주변에 있는 노래방이었다. 원래 일반인은 출입할 수 없는 곳이었지만 명훈은 예외였다. 당 간부의 자제이기도 했고 워낙 뻔질나게 드나드는 진성 단골이었던 것이다.

노래방 룸으로 들어가자 조명이며 인테리어가 화려하고 고급스러웠다. 막 평양에 상경한 촌놈처럼 두리번거리고 있는데 얼음과 물수건을 들고 세 명의 여성이 들어왔다. 화려한 꽃무늬 치마를 입은 아가씨들은 하나같이 미인이었다.

"오랜만에 오셨습네다."

분홍색 꽃무늬 치마를 입은 여성이 명훈을 보며 반갑게 말했다.

"사업하느라 좀 바빠서. 동무, 인사하기요. 여기는 나랑 같이 사업하는 지섭 동무. 저쪽은 찬근 동무."

"반갑습네다. 려명희라고 합니다."

통통한 볼살의 려명희가 철현을 향해 눈웃음을 치며 인사했다. 철현은 어색한 미소를 지으며 묵례를 했다.

"그런데 무슨 사업을 하십네까?"

려명희가 차분한 목소리로 물었다.

"옷차림 사업이라고나 할까?"

"어머, 그럼 이분이 도안가 선생님입네까?"

"그럼. 지섭이는 중국에서 아주 잘나가는 디자이너지."

명훈은 여자들에게 그간 갈고 닦은 서울말씨를 자랑했다.

여자들은 술과 안주를 테이블에 가지런히 놓았다. 그런데 그녀들의 손목에 낯익은 팔찌가 차여 있었다. 명훈이 고개를 갸웃거리며 물었다.

"여성 동무들, 그 팔찌는 다 어디서 났네?"

"천하에 명훈 오라버니가 혁명 팔찌도 모릅니까? 요샌 이 팔찌 안 하는 여성 동무들 찾기가 더 어렵답니다."

명숙이라는 아가씨가 손목의 팔찌를 흔들며 말했다.

말없이 웃고 있던 찬근이 서류가방을 꺼냈다. 가방 안에는 형형색색의 다양한 팔찌가 가득 담겨 있었다. 여자들이 가방 안을 보더니 두 눈이 휘둥그레졌다. 찬근은 양팔을 벌리며 말했다.

"여성 동무들 선물이오!"

아가씨들은 우르르 달려들어 서로 착용해보겠다고 호들갑이었다. 그때부터 세 남자에 대한 대우는 특별해졌다. 려명희는 VVIP에게만 내놓은 노래방 기계를 통째로 들고 들어왔다. 그 안에는 오래된 노래부터 최신 케이팝까지 한국 가요가 가득했다.

마이크를 잡은 명훈은 물 만난 제비처럼 노래를 불렀다. 노래하면서도 땀을 뻘뻘 흘렸지만 노래 솜씨가 수준급이었다. 철현이 노래할 때는 명훈의 아이돌 댄스가 폭발했다. 커다란 몸집과 달리 동작이 제법 유연했다. 찬근도 어색해하면서 함께 어깨를 들썩였다. 각자 몇 곡씩 노래를 부르고는 게임과 벌주의 향연이 펼쳐졌다. 탄력을 받은 철현이 입을 열었다.

"동무들 손병호 게임이라고 들어봤소?"

"손병호가 누구네?"

"남조선 연예인인데 그 사람 이름 따서 만든 게임이디."

"큰일날 소리입니다. 그러다 보위부에서 알면 일납니다."

아가씨들이 정색을 하며 말했다.

"여기 있는 동무들이 말하지 않으면 보위부에서 어떻게 아네? 신경 쓰지 말라. 뭔지 몰라도 재밌겠네. 한번 해보자우."

명훈은 자기가 책임지겠다며 빨리 하자고 졸라댔다. 처음에는 주춤대던 아가씨들도 벌주가 몇 잔 들어가자 눈에 쌍심지를 켜고 달려들었다.

"술이 들어간다. 쭉쭉 쭉 쭉쭉! 언제까지 어깨춤을 추게 할 거야. 내 어깨를 봐. 탈골됐잖아 !"

"지섭 동무, 내래 너무 마셔서 어지럽습니다."

연거푸 벌주를 마신 아가씨가 이마에 손을 얹으며 말했다.

"명훈 동무가 흑기사 좀 해야겠소?"

철현이 명훈에게 말했다.

"흑기사가 뭡니까?"

명숙이 물었다.

"대신 마셔준다는 거디."

철현은 아가씨의 술잔을 명훈에게 건넸다. 명훈은 실실거리며 받아 마셨다.

한참을 그렇게 놀던 그들은 모두 취기가 가득했다.

철현이 갑자기 진지한 얼굴로 찬근과 명훈을 향해 말했다.

"우리 이렇게 된 거 도원결의를 하면 어떻겠소?"

"도원결의가 뭐네?"

"삼국지의 유비 관우 장비가 평생 의리를 지키기로 약속한 거."

"거 좋지!"

명훈이 술잔을 높이 들자 찬근과 철현도 손을 맞잡은 채로 술잔을 들었다. 우연인지 노래방 벽에는 복숭아꽃 그림이 그려져 있었다.

개성공단 철수 15일 차

철현은 찬근과 함께 신제품 제작에 대해 논의한 후 사무실로 들어왔다. 명훈이 웬일로 책상 앞에 앉아 노트북 화면을 뚫어져라 쳐다보고 있었다. 먹을 때 말고는 의자에 앉는 일이 없는 그였기에 수상쩍은 생각이 들었다.

철현이 다가가자 명훈은 깜짝 놀라 잽싸게 노트북을 닫았다. 철현도 잽싸게 노트북을 열었다. '즐거운 생활영어' 폴더에는 다양한 야동 파일이 있었다. 명훈이 철현을 보며 씨익 웃었다.

"즐거운 생활영어 폴더에 좋은 자료가 많네."

"그런 쪽 냄새는 기가 막히게 맡네."

얼굴이 벌게진 명훈은 실실거리며 고개를 끄덕였다. 철현은 노트북을 닫으려다 뭔가 생각난 듯 물었다.

"명훈 동무, 저번에 페이스북 연결하는 방법 안다고 했지?"

"페이스북은 왜?"

"21세기에 페이스북을 쓰는 데 이유가 있냐? 잔소리 말고 노트북에 좀 연결해줘."

"간나새끼, 부탁하는 놈이 공손하지는 못하고."

명훈은 투덜거리면서도 순순히 노트북에 프로그램을 설치했다. 설치하면서도 "이건 아는 사람이 몇 명 안 되는데"라는 둥 쉬지도 않고 생색을 냈다. 철현은 인내심을 가지고 듣다가 한마디 던졌다.

"그놈의 주둥이는 피곤하지도 않냐?"

"간은 피곤해도 주둥이는 괜찮아. 됐다, 자 접속해보라."

명훈은 자신이 대단한 일을 해냈다는 듯 뿌듯해했다.

철현은 기특하다는 듯 명훈의 어깨를 두드린 후 떨리는 손으로 자판을 두들겨 로그인을 했다.

명훈도 다가와 노트북 화면에 얼굴을 들이밀었다. 철현은 엉거주춤 몸을 굽히며 화면을 가렸다.

"나랑 친구 맺어야지?"

"됐다. 매일 얼굴 보는 것도 지겨운데 네트 안에서까지 간섭받기 싫다."

명훈이 의아한 표정으로 말했다.

"지섭 동무! 그런데 거주지역이 서울로 나왔는데?"

철현은 움찔했다.

"아, 이거! 서울에 출장 갔을 때 개설해서 그런 거야."

"뭔가 수상한 냄새가 나는데?"

"냄새? 뭔 냄새? 너나 좀 씻어라. 냄새 난다."

명훈은 자신의 몸에 코를 대고 킁킁거리더니 뭐라고 구시렁대며 침대로 향했다. 만화책을 보는가 싶더니 잠시 후 코 고는 소리가 들렸다. 역시나 명훈은 둔했다. 철현은 가슴을 쓸어내렸다.

명훈이 깊이 잠든 것을 확인하고 페이스북을 클릭했다. 친구 목록에서 '김지은'을 클릭했다. 프로필 사진도 게시물도 없었다.

* * *

퇴근 시간이 훌쩍 넘었지만 개성시대 직원들은 회의실에 모여 있었다. 이들은 숨을 죽이며 TV 뉴스를 보고 있었다.

"과장님은 언제 나와요?"

이 주임이 물었다.

"뉴스 중간에 나온다고 했는데."

"과장님 출세하셨네요. 뉴스에도 나오고."

"과장님이 능력 있어서 나온 거냐? 철현 씨 때문에 나온 거지."

김 대리가 이 주임에게 면박을 주며 입을 실룩거렸다. 개성공단 철수와 철현에 대한 뉴스에 출연해달라는 요청이 왔을 때 모두가 김재일 대리를 추천했다. 그때 이 과장이 PD에게 본인이 적임자라고 호소했다. 철현을 친동생처럼 여겼다며 자신이 직접 나서서 국민들에게 사실을 알릴 의무가 있으며, 당시 현장에 있던 최고참으로서 책임이 있다고 말했다.

"뉴스가 무슨 애들 장난도 아니고. 그리고 말이 나와서 그러는데 과장님이 저기 나가서 말할 자격이나 있어?"

김 대리가 삐딱한 자세로 앉아 입을 삐죽거리며 말했다.

"우리 중에서 그럴 자격이 있는 사람이 어디 있어요? 그 나물에 그 밥이죠."

이 주임이 눈을 흘기며 말했다.

"그래도 과장님은 아니지. 과장님이 인원 체크만 제대로 했어도."

"김 대리님, 그렇게 말씀하시면 안 되죠!"

이 주임이 김 대리를 매섭게 쏘아보며 말했다.

"…."

"과장님이 인원 체크하자고 했을 때 '이상 무'라고 대답한 게 누군데요?"

"그게 누군데? 설마 나라고 하는 거야?"

"그걸 제 입으로 꼭 말해야 아시나? 아무튼 꽁무니 빼는 데는 뭐가 있다니까."

반박하려던 김 대리는 이 주임의 매서운 눈빛에 입을 다물었다.

"이제 나와요."

막내 사원이 소리쳤다. 모두가 일제히 TV로 눈을 돌렸다.

"개성공단 기업의 피해 규모가 1조 원을 넘어 2조 원에 가깝다는 주장도 나오고 있습니다. 그만큼 신중하지 못한 정부의 결정이었다는 비판 여론이 큽니다. 개성공단 기업들의 줄도산이 예상되는 가운데 정부는 아무런 대책도 내놓지 못하고 있습니다. 이 결정이 대통령의 독단에 의한 것이라는 의혹도 제기되고 있는데요. 이 내용은 다음에 다시 자세히 보도하도록 하겠습니다. 오늘은 평양에 남겨진 김철현 씨의 직장 동료를 스튜디오에 모시고 얘기 나눠보도록 하겠습니다. 어서 오십시오.”

앵커의 소개에 이 과장은 굳은 표정으로 뻣뻣하게 인사했다.

“김철현 씨가 북파 간첩이라는 평양방송의 보도가 나오고 있는데 정부는 아직까지 정확한 입장 표명을 하고 있지 않습니다. 국민들의 의혹이 커지고 있는 상황인데 같은 직장 동료로서 어떻게 보시는지요?”

“철현이가 간첩이라뇨? 말도 안 됩니다. 그 녀석처럼 떨떨한 간첩이 어딨겠습니까? 생긴 건 간첩같이 생겼을지 몰라도 철현이는 절대 아닙니다.”

“네, 평소 직장생활은 어땠습니까?”

“저희 회사는 모든 직원이 가족 같은 분위기입니다. 철현이는 제 동생이나 다름없었어요.”

이 과장의 대답에 김 대리가 큰 소리로 웃음을 터뜨렸다. 사람들은 고개를 돌려 김 대리를 노려봤다.

“개뿔, 동생이나 다름없기는. 그렇게 부려먹더니.”

김 대리가 빈정거리며 말했다.

화면 속의 이 과장은 말을 잇지 못하고 눈시울을 붉혔다.

“국민들이 궁금해하는 점은 김철현 씨가 남겨지게 된 이유인데요. 그만큼 상황이 급박했습니까?”

“그게… 제가 철수 명령을 전화로 받은 게 새벽 2시쯤 됐어요. 세 시간 안에 판문점을 통과해야 한다는 말에 정신이 하나도 없었어요. 아니 세 시간 안에 철수하라는 게, 그게 말이 됩니까?"

"그만큼 긴박한 상황이었다는 건데, 정부가 발표하기 전에 개성공단 기업들에 아무런 시그널도 주지 않았습니까?"

"없었죠. 저희는 철석같이 믿었습니다. 특히나 저희 회사는 철수하기 5일 전에 설비 증설을 하면서 많은 자금을 투자한 상황이라, 그 때문에 지금 부도 나기 직전입니다."

"기업들의 피해액이 만만치 않은데요. 개성공단 기업의 피해 복구에 대해 정부 측과 얘기되고 있는 건 없습니까?"

"전혀 없습니다. 저희 회사 같은 경우는 며칠 후면 1차 부도 위기인데 직원들 모두 생계를 걱정해야 하는 판입니다."

"네, 안타까운 실정입니다."

뉴스를 보고 있던 이 주임이 울음을 터트렸다. 직원들 모두 심정이 말이 아니었지만 아무도 입을 열지 않았다.

앵커가 인터뷰를 마치고 자리에서 일어났다. 원고를 손에 쥔 앵커의 목소리가 미세하게 떨렸다.

"오늘의 앵커 브리핑입니다. 남과 북이 마주하고 있는 최접경 지역, 다리가 하나 놓여 있습니다. '돌아오지 않는 다리'라는, 영화에도 등장했던 이 다리의 이름은 원래 이것이 아니었습니다. 휴전 이후 전쟁 포로들은 이 다리 위에서 남한 혹은 북한, 한쪽을 선택해야만 했습니다. 상대편이 지급한 피복과 군화조차 벗어버리고 맨몸으로 건너야 했던 다리. 한번 정하면 다시는

돌이킬 수 없었지요. 다리의 이름은 그렇게 붙여졌습니다. 그리고 여기 또 다른 다리가 있습니다. 통일대교, 서울과 개성공단을 이어주던 다리입니다. 남측 124개 기업, 5천여 개 협력업체 12만 5천 명의 노동자가 꿈을 품었던 곳입니다. 갑작스러운 남측의 중단 결정과 이에 질세라 대응한 북측의 엄포로 인해 기업인들 역시 그 옛날 피복과 군화를 벗고 황망히 떠나야 했던 그 누구들처럼… 애써 만든 완제품조차 챙기지 못한 채 황급히 몸만 빠져나와야 했지요. 폭주하는 북한을 막아내지 못했다는 무력감, 상대를 향한 분노, 어찌 보면 남과 북은 이제 돌아오지 못할 다리를 건넌 듯 보이기도 합니다. 그러나 '분노와 무력감은 정책이 아니다', 돌아갈 다리를 아예 끊어버리는 대신 냉정한 대응이 필요하다는 말입니다. 돌이켜보면 '돌아오지 않는 다리'는 '돌아오지 않는 다리'가 아니었습니다. 우리는 엄혹한 냉전의 시기에도 그 다리를 오갔습니다. 다리가 존재하는 한 이것은 양쪽의 어느 한 정권이든 함부로 불가역을 말할 수 없는 반만년 중에 기껏해야 70년을 이데올로기로 인해 갈라져 있는 2016년…. 오늘의 앵커 브리핑이었습니다."

개성시대 직원들은 눈시울이 붉어졌다.

개성공단 철수 26일 차

 찬근이 가게 문을 걸어 잠그려는데 누군가 문을 두드렸다. 찬근은 짜증스럽게 문을 열었다. 정장을 말끔하게 차려입은 여자가 찬근을 빤히 쳐다봤다.

"뉘기요?"

"저 못 알아보시갔소? 몇 주 전에 팔찌 사간 사람인데?"

 찬근은 기억이 났는지 반가운 표정으로 문을 활짝 열었다.

"기억하고 말고요. 전에 가게에서 200개 주문해간 동무 맞디요?"

"네, 맞습네다."

"그런데 동무래 어쩐 일로."

 여자는 핸드백에서 명함을 꺼내 보였다.

"인민무역상사?"

"저희는 중국이 50퍼센트 지분을 갖고 있는 합작 회삽네다. 외화벌이를 위해 좋은 물건을 찾고 있디요. 마땅히 실적이 없어 당에 눈치를 보고 있던 상황이었디요. 그때 우연히 중국 바이어가 제가 차고 있는 이 팔찌를 보더니 관심을 갖는 게 아니갔시오? 그래서 이렇게 황급히 달려온 겁네다."

"이 팔찌라면?"

"맞습네다. 거기서 중국 상인들한테 이 팔찌가 무지 인기 있답니다. 이게 전지현인가 뭔가 하는 동무 팔찌라나. 아무튼 중국에서 한류로 난린데 이런 팔찌 구하기 힘들다면서 이 물건 파는 데를 알려달라고 해서 오게 됐시오."

이 순간 찬근은 얼마나 가슴이 벅차오르는지 대답을 쉬이 하지 못했다. 마침 그때 명훈과 철현이 지하실에서 올라왔다.

"뉘기래 왔어?"

찬근은 두 사람에게 여자를 소개하며 찾아온 목적을 설명했다.

"일단 들어오시라요."

철현이 아직 문 밖에 서 있는 여자에게 말했다.

네 사람은 탁자 앞에 앉았다.

철현이 새로 만든 제품들을 가져왔다.

"이건 전에 구입하신 팔찌를 개선해서 밴드형으로 만든 거고, 그리고 이건…."

여자는 철현이 보여준 물건을 모두 마음에 들어 했다.

"중국 바이어들이 이거 보면 좋아할 거 같네다. 최대한 많이 만들 수 있도록 준비해주시라요."

세 사람은 서로의 얼굴을 쳐다봤다. 모두가 벅차오르는 기쁨을 주체할 수 없어하는 표정이었다.

여자는 새로운 샘플을 모두 챙겨 들고 떠났다.

첫 번째 아이템은 예상치도 않게 성공적이었다. 명훈은 너무 흥분돼서 잠이 안 올 것 같다고 하더니 바로 코를 골았다. 찬근은 내일부터 바빠질 테니 일찍 잔다며 자기 방으로 갔다.

철현은 잠이 오지 않았다. 그는 창고에서 찾아낸 재봉틀을 밤새도록 돌리며 뭔가를 만들었다.

잠에서 깬 명훈이 늘어지게 하품을 하며 말했다.

"뭘 그렇게 열심히 만드네?"

"내가 전에 말한 패션 인민복."

"그걸 지금 만든다고? 뭐 그렇게 급해서리."

"이럴 때일수록 더 열심히 해야지. 입어보라."

명훈이 주섬주섬 일어나 새로 만든 인민복을 입고는 거울을 보며 흐뭇하게 웃었다.

"햐! 역시 옷이 날개라더니 완전히 딴사람이네!"

"내래 옷태가 좋은 거지."

"아바이 만날 때 그거 입고 잘 보여라."

명훈은 얼마나 맘에 들었는지 거울 앞을 떠나지 못했다.

제3장
이중간첩

개성공단 철수 29일 차

며칠 후 추가 주문이 들어왔다. 주문량을 대려면 재료를 구입할 자금이 필요했다. 명훈은 아버지를 만나 융통을 좀 해보겠다며 오전 일찍 가게를 나섰다. 철현이 저번처럼 노발대발하시는 거 아니냐며 걱정했지만, 명훈은 이번엔 다를 거라며 자신만만해했다.

보위부에 도착하자 지금은 회의 중이라며 비서가 아버지의 방으로 안내했다. 명훈은 기다리는 동안 아버지 방을 둘러보았다. 책상 위에 명훈의 어린 시절 사진과 가족 사진이 놓여 있었다. 사진을 보고 있노라니 자신이 유학을 결정한 날 아버지가 기뻐하던 모습이 생각났다. 새삼 눈시울이 붉어졌다.

문 열리는 소리에 사진을 내려놓았다.

아버지가 수심 가득한 얼굴로 들어와 힘겹게 의자에 앉았다. 군복에 훈장을 주렁주렁 단 아버지의 모습은 명훈과는 달리 단단한 몸에 키가 크고 호리호리했다.

"웬일이네? 또 돈 달라고 온 건 아니디?"

명훈은 뜨끔했다.

"아바이 보러 왔디요. 요즘 어떠십니까?"

"아주 피바람이 불고 있디. 김정일 위원장 때도 이렇지는 않았는데."

"무슨 피바람 말씀입네까?"

"개성공단 사태 때문에 김정은 위원장이 무지 예민해 있디? 게다가 미제놈들 때문에 자금줄이 막혀서 난리도 아니디. 위원장께서 수단 방법을 가리지 말고 자금 마련을 하라는 특명을 내리셨디. 내래 경제특구 진행을 책임지고 있어서 언제 불똥이 튈지 모르디. 갑자기 어디서 돈을 구해야 하는지… 요즘 내래 아주 피가 마른다."

아버지는 담배를 꺼내 입에 물었다.

"좋은 방안이라도 있습네까?"

명훈이 의기소침하게 물었다.

아버지는 한숨과 함께 담배 연기를 내뿜었다.

"방안이 어디 있겠네? 미제놈들 경제 제재 강도가 높아져서 이제 중국 밀수도 힘들어지고 있는데."

그때 비서관이 들어와 아버지에게 귓속말을 했다. 아버지의 얼굴이 점점 굳어졌다. 아버지는 비서관에게 이만 나가라고 손짓한 뒤 다시 담배를 꺼내 물었다.

"무슨 일인데 심각하십네까?"

명훈이 걱정스럽게 물었다.

"안 그래도 난린데 간첩사건까지, 허 참 내…."

아버지는 탁자 위에 파일을 툭 던졌다.

"남조선 간첩 사건 때문에 난리다 난리."

아버지가 철현에 대해 설명했다. 개성공단 직원을 가장한 북파 간첩으로 김일성 초상화를 훼손해서 도주한 상태인데, 소재 파악이 안 돼 수배 중이라고 했다.

명훈은 서류 사이로 삐져나온 사진을 무심히 쳐다봤다. 순간 심장이 멎는 듯했다.

"이, 이 동무래 이름이 뭐디요?"

"김철현. 그놈을 숨겨준 사람도 가차없이 총살 아니겠어?"

"나지섭이 아니라 김철현 맞습네까?"

"나지섭은 또 뭐네?"

"아, 아닙네다."

"그런데 갑자기 왜 찾아왔네? 또 용돈 타령이네?"

"아, 아니라요. 그냥 요즘 하도 소문이 흉흉해서 걱정돼서 왔디요."

"내래 니가 더 걱정이다. 철 좀 들라우."

명훈은 너무 당황해서 용건을 꺼낼 생각도 못 하고 서둘러 뛰쳐나왔다. 다리가 후들거리고 정신이 혼미했다. 설마? 확인하기 전까지 속단하지 말자고 되뇌며 황급히 사무실로 향했다.

지하실로 내려가니 아무도 없었다. 가슴이 계속해서 쿵쿵거렸다. 자신이 아는 나지섭이 간첩이라니! 대체 이걸 어떻게 받아들여야 할지 알 수 없었다.

한쪽 구석에 놓인 철현의 가방이 눈에 들어왔다. 명훈은 가방을 뒤지기 시작했다. 가방 깊숙한 곳에서 신분증을 발견하고 그만 자리에 주저앉고 말았다.

"서울특별시 동작구 노량진동… 간나새끼."

그때 문밖에서 철현의 목소리가 들렸다. 철현이 문을 열고 들어오자 명훈과 눈이 마주쳤다. 명훈은 철현을 보더니 얼굴이 굳어졌다. 직감적으로 이상한 낌새를 느낀 철현은 주변을 살폈다. 그리고 흐트러져 있는 자신의 가방을 발견했다.

"뭐 하네? 동무, 내 가방 뒤졌네?"

명훈은 당황해서 들고 있던 신분증을 뒤로 감췄다.

"뒤에 감춘 게 뭐야?"

"가, 감추긴 뭘 감췄다고 그러네?"

"말은 왜 더듬고 그래? 뒤에 감춘 건 뭐네?"

철현이 명훈이 감춘 걸 뺏으려 하자 그가 강하게 저항했다. 급기야 두 사람은 몸싸움을 했다. 명훈은 뒷걸음질을 하다 넘어졌다. 철현은 명훈 위로 쓰러졌다. 명훈의 손에서 신분증이 떨어졌다. 철현의 얼굴이 굳었다. 명훈은 철현을 거세게 밀쳤다.

"종간나새끼, 동무래 남조선 간첩이지?"

철현은 가방을 잘 간수하지 못한 자신을 원망했다. 일단 명훈을 진정시켜야 했다.

"아니 그게, 명훈아, 내 말 좀 들어보라."

"간나새끼, 내래 다 알고 왔으니 닥치라."

명훈이 일어나 소리쳤다.

"명훈아, 무슨 말을 들었는지는 모르겠지만 내가 사실대로 말할게. 일단 좀 진정하자.”

“간나새끼, 듣긴 뭘 들어? 우리 아바이가 당간부인 걸 알고 의도적으로 접근한 거 맞디?”

“그런 게 아냐. 일단 차분하게 내 얘기 들어봐! 다 설명해줄게.”

“닥치라! 간나새끼. 이미 아바이한테 다 들었어. 날래 자수하라!”

철현이 자초지종을 설명하려고 접근하자 명훈은 방어 태세를 취했다. 그는 이미 이성을 잃은 상태였다. 또다시 격렬한 몸싸움이 벌어질 것 같은 일촉즉발의 상황이었다.

“간나새끼, 보위부에 고발하갔어!”

명훈은 철현을 거세게 밀치고 밖으로 나가려 했다. 철현은 명훈의 큰 몸집에 밀려 쓰러지면서 그의 목덜미를 잡았다. 명훈이 바닥에 쿵하고 쓰러졌다.

“명훈아, 괜찮아?”

“간나새끼, 폭력을 쓰겠다 이거네?”

“그런 게 아니잖아? 일단 좀 진정하고 얘기라도 들어보고 나서 오해를 하든가 말든가 하면 안 될까?”

“얘기는 보위부에 가서 하라!”

“개자식, 너하고 내가 이 정도 사이….”

말이 떨어지기도 전에 명훈이 일어나 주먹을 크게 휘둘렀다. 하지만 속도가 빠르지 못했다. 철현은 가볍게 주먹을 피한 뒤 명훈을 밀치고 지하실 계단을 올랐다. 허겁지겁 가게를 빠져나가다가 마침 들어오던 찬근과 마주쳤다.

"지섭 동무, 어딜 가네? 일 안 하고."

철현은 뒤도 돌아보지 않고 달아났다. 명훈이 허둥지둥 뛰어 올라왔다. 머리가 엉클어지고 단추도 뜯겨나간 모습을 보고 찬근은 심각한 상황임을 알아챘다.

"명훈 동무, 무슨 일 있네? 대체 이게 뭔 꼴이네?"

"간나새끼 잡히기만 해봐라!"

명훈은 철현의 뒤를 쫓았다.

철현은 죽을힘을 다해 뛰었다. 평양 재래시장을 빠져나와 한참을 달리고서야 잠시 한숨을 돌렸다. 행인들이 의아한 눈초리로 철현을 쳐다봤다. 철현은 최대한 자연스럽게 잰걸음으로 걸었다. 어디로 가야 할지 막막했다. 다시 도주를 하는 상황에 마음이 무거웠다. 명훈이 이 사실을 보위부에 알리면 대대적인 수색이 벌어질 게 뻔했다. 발각되는 것은 시간 문제였다.

철현의 몸은 무의식적으로 대동강으로 향했다. 그때 빗방울이 떨어지기 시작했다. 처음 도주했을 때처럼 말이다. 빗방울은 순식간에 장대비로 변했다. 철현은 처음에 은신했던 대동강 하수구를 찾아 뛰어갔다.

명훈은 평양 재래시장을 여기저기 뒤졌다. 무거운 몸 때문에 계속해서 숨을 헐떡거렸다. 철현의 모습은 보이지 않았다.

"간나새끼 어디 간 거야?"

명훈은 주변을 둘러보다 포기하고 가게로 돌아왔다. 명훈을 보자 찬근이 물었다.

"무슨 일이네, 동무? 지하실이 아주 난장판이던데?"

명훈은 철현의 비밀을 말하려다 아버지가 한 말이 떠올랐다. *숨겨준 사람도 가차없이 총살이다.*

"간나새끼가 나보고 뚱돼지라고 하지 않갔어? 성질나서 한바탕했지."

"간나새끼들 가지가지하네? 지섭 동무는 어디 갔네?"

"몰라. 그 간나새끼 더럽게 빠르네."

명훈이 씩씩대며 대답했다.

"아무튼 서로 화해하라. 이번에 주문 들어온 거 납기가 얼마 안 남은 거 모르네? 이러고 있을 때가 아니디."

명훈이 대답이 없자 찬근이 다그쳤다.

"간나새끼, 알았냐고!"

명훈은 건성으로 대답하고 지하실을 나왔다. 의자에 앉은 채 생각에 잠겼다. 지섭이 간첩이라니 도무지 믿기지 않았다. 자신이 아는 지섭은 간첩의 모습과는 거리가 너무 멀었다. 지섭은 마지막으로 이런 말을 했다.

얘기라도 들어보고 나서 오해를 하든가 말든가 하면 안 될까?

그 말이 자꾸만 머릿속을 맴돌았다. 명훈은 머리를 절레절레 흔들었다.

"들어보긴 뭘 들어봐, 간나새끼."

흥분이 가라앉자 명훈은 냉정해졌다. 아까의 상황이 객관적으로 보였다. 명훈은 지섭이 자신을 위협하지 않은 게 이상했다. 도리어 흥분한 상태에서 그를 위협한 건 자신이었다.

정신 차려, 정신! 그렇다고 그가 간첩이라는 사실은 변함이 없었다. 혼란스러웠다. 명훈은 이내 머리를 흔들었다.

밤이 깊을수록 비가 점점 거세졌다. 바람까지 심하게 불었다. 한기가 몰려왔다. 평양의 밤 기온은 철현에게 너무 가혹했다. 급하게 뛰어나오면서 가지고 온 물건이 아무것도 없었다. 철현은 다시 혼자가 됐고 서울로 갈 수 있는 길은 점점 더 아득해졌다. 좌절감이 몰려왔다. 어머니 생각이 간절했다. 추위가 뼛속까지 파고들었다. 몸을 돌돌 말아 최대한 체온을 붙들었다. 어느덧 서서히 눈꺼풀이 감겼다.

개성공단 철수 30일 차

찬근은 자고 있는 명훈을 흔들어 깨웠다. 명훈이 놀라 벌떡 일어나더니 반사적으로 몸을 움츠렸다. 찬근의 얼굴을 보고는 안도의 숨을 내쉬었다.

"뭘 그렇게 놀라네?"

"놀라긴 누가 놀랐다고 그러네!"

"그런데 어제 지섭 동무 안 들어왔네?"

명훈은 대꾸도 하지 않고 자리에서 일어났다.

"좀 찾아봐야 하는 거 아니네? 어젯밤에 떠내려갈 듯 비가 왔는데. 간나새끼 얼어 죽지나 않았는지 모르겠네."

찬근이 걱정스런 얼굴로 말했다.

"몰라. 들어오겠지."

명훈은 태연한 척 대답했다.

"의리도 없는 간나 새꺄! 날래 가서 찾아보라우!"

명훈은 찬근의 잔소리에 밖으로 나왔다. 밤새 내린 비 탓에 아침 기온이 쌀쌀했다. 명훈은 몸을 움츠린 채 국밥집으로 향했다.

'간나새끼, 밥은 처먹었는지 모르겠네.'

따뜻한 국밥 국물을 보자 지섭이 더욱 생각났다.

숟가락을 들었던 명훈은 다시 내려놓았다. 차분하게 지섭의 말을 들어보지 않고 무작정 흥분했던 자신이 후회됐다.

뒤이어 아버지와 나눈 대화가 생각났다. 김정은 집권 이후 불고 있는 '피바람'을 명훈도 익히 알고 있었다. 주변에서 친구들과 그 가족들이 조용히 사라지는 걸 봐왔기에 당장 아버지가 걱정됐다.

지섭이 공안에 먼저 발각되면 자신이 은폐해줬던 사실이 알려질 게 뻔했다. 그가 간첩이라는 것을 알았건 몰랐건 그건 중요하지 않다. 자신뿐 아니라 아버지도 위험해질 것이다. 공안보다 지섭을 먼저 찾는 게 급선무라는 것을 깨닫자 갑자기 마음이 급해졌다.

명훈은 숟가락을 내려놓고 자리를 박차고 일어났다.

***

철현은 추위에 몸을 바들바들 떨며 슬며시 눈을 떴다. 밤새 혹독한 추위에 죽지 않고 살아 있는 게 다행스러웠다. 몸을 일으키자 이게 웬일인가! 너덜너덜한 담요가 덮혀 있는 게 아닌가. 철현은 놀라서 벌떡 일어났다.

주위를 둘러봤지만 하수구 안에는 자신뿐이었다. 하수구 밖으로 머리를 빠끔히 내밀었다. 남자의 다리가 보였다. 철현은 다시 하수구 안으로 몸을 움츠렸다.

어떻게 해야 할지 판단이 서지 않았다. 남자는 혼자였고 아직 자신을 보지 못한 것 같았다. 가슴이 쿵쿵댔다. 심호흡을 크게 했다. 조심스럽게 다시 하수구 밖으로 고개를 내밀려는 순간 놀라서 주저앉고 말았다. 바로 눈앞에 남자의 얼굴이 보이는 게 아닌가. 철현은 도망치려고 방어 태세를 취했다. 그런데 남자가 심드렁한 표정으로 하수구 안으로 들어와 철현의 앞에 앉았다.

철현은 어리둥절했다. 무작정 도망치기엔 남자의 모습이 그리 위협적으로 보이지 않았다. 위협은 고사하고 만사 귀찮다는 표정이었다. 게다가 고약한 냄새에 노숙자와 다름없는 차림새였다. 나이는 오십 대쯤 됐을까. 아니, 워낙 꾀죄죄해서 예순 살은 훨씬 넘어 보였다. 대체 언제 씻었는지 손이며 얼굴이 검은 때로 뒤덮였고, 입고 있는 군용 점퍼도 손대면 바스라질 듯 낡디낡았다. 무엇보다 철현의 존재를 무시하는 듯한 저 심드렁한 표정은 뭐란 말인가!

남자는 코를 훌쩍이더니 더러운 소매로 코를 닦았다. 철현이 조심스럽게 입을 열었다.

"누, 누구세요?"

"뭐? 에이 퉤! 켁켁, 아이 죽겠네."

남자는 재채기를 하는 건지, 가래를 뱉는 건지 연신 켁켁댔다.

"누구시냐고요!"

철현이 다시 큰 소리로 묻자 남자가 날카롭게 노려봤다. 철현은 뒤로 한발 물러섰다. 남자는 손가락으로 귀를 후비며 여전히 귀찮다는 듯 말했다.

"귀 안 먹었으니까 조용히 말해."

"누, 누구세요?"

철현이 목소리를 낮춰 물었다.

"누구? 그런 넌 누구야?"

남자가 헛웃음을 지으며 물었다.

"저요? 저는 그저… 지나가던 사람이죠."

"지랄하네. 지나가는 놈이 내 구역에 들어와서 네 집처럼 자고 있냐? 잠을 자려면 곱게 자든가. 네놈이 하도 코를 골아서 내가 밤새 잠을 설쳤잖아! 충혈된 이 눈깔 좀 봐!"

남자는 더러운 손으로 눈을 뒤집어 깠다.

"그랬나요? 죄송합니다."

남자는 됐다며 건성으로 손을 저었다. 그러고는 가방에서 무언가를 주섬주섬 찾았다. 종이가 말려 있는 뭉치를 꺼냈다. 철현은 흉기가 나오는 건 아닐까 겁에 질려 뒤로 주춤거렸다.

그런데 종이 뭉치를 펼치자 감자가 나오는 게 아닌가! 남자는 철현을 보며 피식 웃었다. 누렇게 찌든 이가 활짝 드러났다. 남자가 감자 하나를 내밀었다.

"쫄기는? 너도 하나 먹을래?"

"쫄긴 누가 쫄아요? 추워서 그런 거죠."

"지랄 염병하고 자빠졌네."

철현은 감자를 받고 허겁지겁 먹어치웠다. 남자가 남은 감자 숫자를 세더니 하나를 더 건넸다. 철현은 넙죽 받아 또다시 순식간에 먹어치웠다.

허기를 채운 철현은 남자를 쳐다봤다. 남자는 애처로운 철현의 표정에 어이없다는 듯 웃더니 다시 감자 하나를 건넸다.

"너, 공화국 사람 아니지?"

철현은 깜짝 놀라 손에 든 감자를 떨어뜨렸다.

"야이, 새끼야! 하나 남은 거 줬더니 떨어뜨리고 지랄이야!"

철현은 떨어진 감자를 주워 손으로 툭툭 털었다. 입에 한가득 감자를 넣고는 남자를 보며 씨익 웃었다.

"등신, 웃기는. 너 남조선 사람이지?"

알면서도 모르는 척했단 말인가? 아니면 슬쩍 떠보는 걸까?

"아 아니에요!"

철현은 시치미를 뗐다.

"얼씨구, 누굴 속이려고 그래? 네 말투가 남조선 말툰데?"

철현이 감자를 입에 잔뜩 문 채 벌떡 일어나 주먹을 쥐었다.

"까불지 말고 앉아 처먹기나 해."

남자는 별 관심 없다는 듯 감자만 우걱우걱 씹었다. 아무리 봐도 그냥 노숙자에 불과했다. 철현은 잠시 눈치보다가 다시 자리에 앉았다.

"너 간첩이냐?"

"아니라니까요!"

"하긴 너같이 덜떨어진 간첩이 어딨겠냐? 근데 왜 여기서 자빠져 자고 있어?"

"그러는 어르신은 왜 이러고 계세요? 어르신이야말로 진짜 간첩 아니에요?"

"간첩? 허허, 한때 간첩이었지. 남파 간첩!"

"남파 간첩이 왜 여기 있어요? 남한에 있어야지."

"이 새끼가 어디서 도끼눈을 뜨고!"

남자는 잠시 허탈한 웃음을 짓더니 자신의 이야기를 늘어놨다.

재일교포 출신인 남자는 아내의 소개로 북한에 방문했다고 했다. 나중에 알고 봤더니 아내는 의도적으로 자신한테 접근했고 결국 이곳에 와서 정착하게 됐다. 체류하는 동안 강도 높은 세뇌 교육을 받았고, 한국을 잘 알고 있는 자신을 남한에 보냈다고 했다. 그 후 15년 동안 임신한 아내와 헤어져 홀로 남한에서 간첩 활동을 했고, 김정은 집권 후 가족의 생사가 위험해졌으며, 그러던 중 국정원에 포섭됐다는, 삼류 첩보 소설 같은 사연이었다.

"결국 이중간첩으로 월북을 가장하고 여기 왔지. 그런데 와보니 가족들은 이미 처형당하고 나도 이중간첩이라는 게 발각돼서 쫓기는 신세가 됐다. 뭐 이런 사연이다. 너는 뭐 하는 놈이야?"

철현은 한숨을 내쉬고 자신의 사연과 그동안의 일을 털어놨다.

남자는 이야기를 다 듣더니 이런 코미디가 어디 있냐며 한참을 웃어댔다.

"그런데 여기서 얼마나 사신 거예요?"

"25년쯤 됐나."

남자는 기억이 가물가물한지 손가락을 꼽으며 말했다.

"그동안 대체 어떻게 발각되지 않고 지내신 거죠?"

남자는 가방을 뒤져 무언가를 꺼냈다.

"요게 보위부 신분증 아니겠냐? 요것만 있으면 평양시내를 다니는 데 문제없지. 그리고 여기 지하도에 텃밭이 있어서 굶어 죽을 일은 없지."

"지하도에 텃밭이요?"

"여기 지하도가 무지 크거든. 숨기도 편하고, 습하기는 하지만 이만한 곳이 없지. 게다가 평양시내를 모두 관통하는 곳이라 여차하면 도주하기도 편하고."

남자의 말에 철현은 솔깃했다.

"평양시내를 다 관통하면 무지 복잡하지 않아요?"

"이 머릿속에 지도가 그려져 있지."

남자는 손가락으로 자신의 머리를 가리켰다. 철현은 신기하다는 듯 남자를 쳐다봤다.

저녁이 되자 다시 추위가 온몸을 파고들었다. 철현은 남자가 준 종이 상자로 몸을 감쌌다.

"여기 있으면 다른 건 다 괜찮은데, 가끔 맥주 생각이 나서 아주 미치겠더라고. 서울에 있을 때 한강 고수부지에서 혼자 맥주 참 많이 마셨는데."

"저도 퇴근하고 동료들하고 먹던 맥주가 그립네요."

철현과 남자는 입맛을 다셨다. 그때 부와왁 하는 소리와 함께 고약한 냄새가 밀려왔다.

"우웩, 뭔 냄새가 이렇게 지독해요?"

"지독하긴! 너도 일 년 내내 감자만 먹어 봐."

"그래도 그렇지 냄새 나서 못 있겠네."

"이 새끼가 추운데 자리 빌려줬더니, 싫으면 꺼져!"

"꼭 못 있겠다는 말은 아니죠."

"그럼 저기 가서 찌그러져 자. 배고플 땐 잠이 보약이다."

매서운 바람에 그들은 상자로 입구를 막았다. 춥고 배고팠지만 그래도 낯선 곳에서 의지할 사람이 생겼다는 생각에 위안이 됐다. 추위에 몸을 떨던 철현은 어느새 스르르 깊은 잠에 빠져들었다.

개성공단 철수 31일 차

철현은 눈을 떴다. 편안하고 깊은 잠이었다. 주변을 살피자 남자가 보이지 않았다. 철현은 멍하니 앉아 떨어지는 빗줄기를 바라봤다.

지하도 안쪽에서 뭔가 움직이는 소리가 들렸다. 철현은 반사적으로 몸을 일으켰다. 어둠 속이라 형체가 보이지 않았다. 숨을 죽이고 귀를 기울였다. 무언가 이쪽으로 다가오고 있었다. 철현은 바짝 긴장한 채 바닥에 있는 돌멩이를 주워 들었다. 어둠 속에서 형체가 드러났다. 남자였다.

"인기척이라도 좀 하지. 바지에 오줌 쌀 뻔했잖아요."

"내가 내 집에 오는데 무슨 인기척을 해?"

남자는 자리에 앉으며 종이 뭉치를 풀었다. 또 감자였다.

"감자 캐러 갔다 오는 길이다. 너 처먹으라고."

"감자 말고는 없어요?"

"이 새끼가 배가 덜 고팠구먼. 먹기 싫으면 먹지 말고!"

"아니, 누가 먹기 싫대요?"

"그럼 그냥 주는 대로 먹어. 비가 와서 어디 가서 먹을 거 구할 데도 없으니까."

남자는 주머니에서 라이터를 꺼내 장작에 불을 지폈다. 그리고 신발을 벗어 젖은 발을 말렸다. 철현도 가까이 다가앉았다.

"이게 때죽나무라고 불을 피워도 연기가 안 나는 나무야. 어때? 연기 안 나지? 6·25때 빨치산에서 숨어 살던 사람들이 불 피울 때 사용한 나무지."

남자는 장작을 더 올렸다. 어느새 하수구 안은 훈훈해졌다.

"그런데 지금 몇 시쯤 됐어요?"

"시간이 뭣이 중하냐? 어차피 할 일도 없는 놈이. 오후 서너 시 됐을 거다."

남자는 숯불 속에서 감자를 뒤적거리며 심드렁하게 말했다.

"네? 제가 그렇게 오래 잤다고요?"

"아주 시체처럼 자던데."

잠시 후 남자는 감자를 꺼내 철현에게 휙 던졌다. 그는 갓 꺼낸 감자를 뜨겁지도 않은지 바로 한입 베어 먹었다.

"아저씨, 서울에 갈 방법 없을까요?"

"서울 가면 뭐 좋은 거 있어?"

"제 집도 있고 가족들도 보고 싶으니 그렇죠. 아저씨는 서울에 갈 생각 없으세요?"

"서울 가면 나 같은 놈 잘 왔네 하고 반겨줄 거 같냐? 나는 생각 없다. 그리고 서울이 여기서 무슨 안방 가는 거냐?"

"방법이라도 알려주세요. 혼자라도 가게."

"이 새끼 아침부터 왜 이리 보채? 너 돈 있어?"

"없죠."

"돈도 없고 빽도 없는 놈이 어떻게 간다고?"

"그러니까 아저씨한테 도와달라는 거죠."

"이 꼴통 같은 새끼, 서울까지 걸어갈래? 압록강은 그냥 뭐 헤엄쳐 갈 거야? 바다는?"

철현은 말없이 한숨만 푹 쉬었다.

"감자나 먹어라. 여기선 돈 없으면 아무것도 못 해. 자본주의 사회에서만 돈이 필요한 게 아니다. 여기서도 돈만 있으면 안 되는 게 없어."

남자가 한결 나긋해진 목소리로 말했다.

"어딜 가나 돈 없이는 살 수가 없네요?"

"이제 알았냐?"

남자는 주머니에서 맥주 캔 하나를 꺼냈다. 철현은 맥주를 보자 눈이 커다래졌다.

"그거 어디서 구하셨어요? 저도 한 모금만요!"

철현의 간절한 부탁에도 남자는 단숨에 맥주 한 캔을 다 비우고 빈 캔을 한구석에 집어던졌다. 그러고 보니 한귀퉁이에 다 마셔 찌그러진 맥주 캔이 수십 개 쌓여 있었다. 철현이 툴툴거렸지만 남자는 아랑곳하지 않았다.

빗줄기는 그칠 줄을 몰랐다. 남자는 장작을 더 뗐다.

남자가 방귀를 뿡 뀌더니 바닥에 드러누웠다. 그리고 이내 코를 골기 시작했다.

철현은 떨어지는 빗줄기를 보며 한숨을 내쉬었다. 오늘따라 어머니에 대한 그리움이 간절했다.

홀로 두 남매를 키우며 고생만 하신 어머니였다. 철현이 초등학교 때부터 어머니는 시장에서 품팔이를 하셨다. 동생을 등에 업고 한 손에는 철현의 손을 잡고, 머리에는 커다란 짐을 이고 시장 바닥을 종일 돌아다녔다. 그렇게 고생한 세월만큼 어머니의 등은 활처럼 휘었다.

아들 걱정에 잠못 이룰 노모를 생각하니 마음이 아팠다. 어떻게든 서울로 돌아가야 했다. 그러기 위해선 남자의 말처럼 돈을 마련하는 게 시급했다. 하지만 어떻게…. 고민하던 철현도 어느새 잠이 들었다.

눈을 떴을 땐 사방에 어둠이 깔린 뒤였다. 장작불은 이미 꺼져 있었고 남자는 보이지 않았다. 밖을 보니 비는 그쳤다. 하루 종일 하수구 안에서 쭈그리고 있어서인지 몸이 뻐근했다. 굳은 몸도 풀 겸 밖을 나와 기지개를 켰다. 그때 누군가 철현의 어깨를 잡았다. 철현은 화들짝 놀라 몸을 돌렸다. 순간 중심을 잃고 강물에 빠질 뻔했다. 그런 철현의 몸을 붙든 것은 다름 아닌 명훈의 손이었다. 철현은 기겁을 하고 바짝 얼어붙었다. 명훈은 철현의 멱살을 잡고 어딘가로 질질 끌고 갔다.

"간나새끼, 어쩐지 여기에 있을 거 같더니만. 여기가 동무 처음 만난 곳 아니네?"

철현은 명훈의 손을 뿌리치려 했지만 쉽지 않았다.

"나 잡으러 왔냐?"

철현이 원망스러운 듯 말했다.

"입 꽉 다물라우, 종간나새끼."

픽! 명훈이 철현의 얼굴을 가격했다. 철현의 눈앞에 불꽃이 작렬했다.

"야, 잠깐만."

픽! 명훈의 체중이 실린 주먹이 사정없이 철현의 얼굴에 꽂혔다.

"제발 내 얘기 좀."

픽!

"오 분만! 딱 오 분만 내 얘기 좀."

픽!

그제야 철현은 입을 다물었다. 얼굴은 이미 피범벅이 되어 있었다. 명훈은 주먹질을 멈추고 씩씩거리며 철현을 봤다.

"딱 오 분만이다. 짧은 기간이었지만 그간의 정을 생각해서 기회를 주는 거니 날래 말해보라."

명훈과 철현은 흐르는 강물을 바라보며 한참을 말없이 앉아 있었다. 명훈이 담배를 꺼내 불을 붙이고 철현에게 건넸다. 철현은 한 모금 길게 빨고 내뱉었다. 그제야 주먹질당한 가슴의 통증이 느껴졌다.

"너는 내가 무슨 말을 해도 안 믿을 거지?"

"개소리 그만하고 하려던 말이나 해보라."

"개성공단 알지? 나 거기서 일했다."

"개성공단 노동자로 위장한 간첩이라고 하더니 이 새끼 간첩

맞네."

"못 믿겠지만 개성공단 철수하면서 혼자 여기에 남겨졌다."

"남조선에서도 버림받았네?"

철현은 담배 연기와 함께 긴 한숨을 내쉬었다.

"버림받았다는 말이 맞을지도 모르지. 철수 발표하는 날 술자리가 있었거든. 술에 취한 채로 화장실에 갔었는데, 글쎄 깨어보니 혼자 길바닥에 쓰러져서 자고 있었던 거야."

"…."

"다들 술에 취해서 내가 없는 걸 못 알아채고 판문점을 넘어가 버린 거고."

명훈은 웃음이 나오는 걸 참았다.

"그걸 나보고 믿으라는 거네?"

"하긴 나도 믿기지 않았는데 너라고 믿겠냐?"

"그런데 왜 보위부는 널 간첩이라 생각하는 거네?"

철현은 김일성 초상화에 볼펜이 꽂히게 된 사연, 즉 도주한 날 있었던 이야기를 했다.

명훈은 피식 웃었다.

"다른 사람이면 모르겠지만 너라면 그러고도 남지."

"그게 왜 하필이면 거기에 꽂히냐고? 왜 나는 하는 일마다 뜻대로 되는 게 하나도 없는지."

명훈이 철현의 손을 잡고 일어났다.

"가자."

"가긴 어딜 가?"

"보위부에 가야디. 동무래 말이 사실이면 보위부에 가서 자수하면 되디 않갔어?"

"자수하면 보위부에서 내 말을 믿어주겠어? 게다가 초상화까지 훼손했는데. 미국 기자도 여기서 10년을 넘게 잡혀서 고문까지 당하는 마당에 내가 살아남을 수 있겠어?"

"그거야 내래 알 바 아니디."

"우리, 친구 아니었냐?"

"친구? 간나새끼. 그래, 친구 맞지."

"친구 맞는데 친구한테 어떻게 이럴 수 있냐? 제발 살려주라. 살아 돌아가서 불쌍한 우리 엄마 봬야 해. 우리 엄마 나 키우면서 얼마나 고생하셨는데. 지금도 끙끙 앓으면서 나 돌아올 날만 기다리고 계실 거야. 제발, 명훈아."

"바로 그게 문제야! 친구라는 게 진짜 큰 문제지! 네가 공안에 잡히면 나랑 친구였다는 걸 알디 않갔어? 어차피 불게 될 거 내가 신고라도 해야 죄가 줄어든다. 나도, 우리 아바이도."

철현은 아무리 호소해봐야 소용없으리라는 걸 알았다. 그야말로 절망적인 순간이었다. 바로 그때 번뜩 떠오르는 생각이 있었다.

"알았다. 가기 전에 마지막 부탁 하나 하자."

철현은 명훈을 물끄러미 쳐다봤다.

잠시 후 둘은 강변에 나란히 앉아 맥주를 들고 있었다. 단숨에 맥주를 들이켠 철현은 속이 뻥 뚫리는 기분이었다.

"캬아, 이 맛이지! 남한 맥주와는 비교할 수가 없지만."

"간나새끼, 대동강 맥주가 우리 인민의 자랑 아니네? 인민 맥주! 그건 그렇고 갑자기 맥주 타령이네?"

"며칠 동안 혼자 강물을 바라보고 있는데 이런 생각이 들더라고. 대동강변에서 맥주 파티를 하면 정말 좋겠다는 생각. 맥주도 마시고 공연도 하고 말이지."

"잡혀가서 뒈지기 전에 파티나 한판 벌여보자고?"

철현은 피식 웃었다.

"북조선이 요새 경제제재로 힘든 상황에 뭔가 활력이 필요하다고 알고 있는데 그런 파티를 한다는 것만으로 세계의 이목이 쏠리지 않을까? 그걸 기회로 여러 가지 외화벌이에 도움도 될 것 같고, 개방 이미지도 심어줄 테고, 뭘 해도 잘될 것 같아서 해본 소리다."

말끝에 철현은 슬쩍 명훈의 눈치를 살폈다. 표정을 읽을 수 없었다. 철현은 고개를 돌리며 맥주를 단숨에 들이켰다. 자신을 향한 명훈의 시선이 따갑게 느껴졌다.

"농담한 걸 가지고 죽일 듯이 쳐다보냐?"

철현은 명훈을 힐긋 쳐다보며 말했다.

그 순간 명훈의 얼굴에 꽃이 활짝 피었다.

"아니, 그게 아니라, 너 이 새끼 완전 천잰데?"

"…"

"됐고. 당장 내일 아바이한테 가서 얘기해보갔어. 그거 완전 대박이네. 한잔 더 마시라!"

철현의 예상대로 명훈이 반응했다. 북한에서 외화벌이는 무엇보다 중요했다. 그건 곧 목숨과도 같다는 걸 철현은 짧은 평양 생활에서 알게 됐다.

"방금 전까지 아바이 인생 망치게 생겼다며 난리 치더니?"

철현이 퉁명스럽게 말했다.

"어차피 아바이는 냅둬도 실적 못 내서 숙청이고, 우리 집안이야 널 신고한다 해도 은폐해준 죄가 가볍지 않디. 나중에 들통나더라도 이렇게 실적이라도 쌓아놓으면 죄가 줄어들지 않갔어? 대동강 맥주 파티! 아바이 동무가 그러는데, 김정은 위원장 동지가 해외 만방에 새로운 지도체제를 선전하기 위한 사업을 찾는 중이라고 했디!"

명훈은 기대에 찬 눈빛으로 철현을 쳐다봤다.

"기런데 동무 이름이 철현이라며?"

철현은 고개를 끄덕였다.

"지섭이라는 이름은 도대체 뭐간?"

"서울에 있을 때 별명이 노량진 소지섭이었거든. 잘생긴 한국 배우 이름이다."

"어쩐지. 하지만 동무가 어딜 봐서 소지섭이네?"

"요렇게 반만 가리고 보면 소지섭 같다고 해서."

철현이 손바닥으로 얼굴의 반을 가리며 말했다.

철현과 명훈은 킬킬대며 웃었다. 명훈이 바지를 털고 일어나 걸었다. 철현은 명훈을 뒤따라가며 힐끔힐끔 뒤를 돌아봤다.

"뭐 떨어뜨린 거라도 있네?"

"아, 아니."

"그런데 왜 자꾸 똥 마려운 강아지처럼 그러네? 빨리 가자."

철현은 다시 하수구를 쳐다보고는 명훈을 따라갔다.

철현과 명훈은 얼큰하게 취한 몸을 끌고 찬근의 가게 지하실로 왔다. 시끄러운 소리에 찬근이 지하실로 내려왔다. 철현을 보자 찬근이 심드렁한 목소리로 말했다.

"간나새끼, 아새끼도 아니고 가출을 하고 지랄이네?"

"미안하다."

"내일부터 밤샘 작업 할 생각하라. 납기가 얼마 안 남았는데 속 편하게… 뭐네, 이 냄새? 간나새끼들 지들끼리만 술 처먹고 다니네? 날래 잠이나 자라."

찬근이 가고 나자 명훈은 곧 곯아떨어졌다.

철현은 한결 가벼워진 마음으로 책상 앞에 앉아 노트북을 열었다. 하지만 화면만 응시한 채 한동안 꿈쩍을 하지 않았다. 몇 분 후 드디어 결심한 듯 마우스를 클릭했다. 철현의 페이스북 화면이 떴다. 또다시 망설이던 그가 메시지 창을 열었다. 그리고 조심스럽게 자판에 손을 올렸다.

철현 지은아….

제4장
평양 1호 스타트업

개성공단 철수 32일 차

아침을 먹는 내내 세 사람은 말이 없었다. 명훈이 슬금슬금 찬근의 눈치를 살폈다. 찬근이 뭔가 눈치를 챈 것 같아 불안했다. 철현도 명훈과 같은 생각이었다. 명훈과는 어떻게든 타협 아닌 타협을 보았지만 찬근에게 비밀이 노출되는 순간 어떻게 될지 뻔했다. 두 사람이 계속 눈짓을 교환하자 찬근이 수저를 딱 하고 내려놓았다.

"간나새끼들, 할 말 있으면 하라우. 똥 마려운 강아지처럼 지랄들이네?"

"우, 우리가 어쨌다고?"

명훈이 깜짝 놀라 갈라진 목소리로 말했다. 찬근이 명훈과 철현을 번갈아 노려보았다.

"지섭 동무래 남조선 사람이디? 그 말 하려고 한 거 아니네?"

"그, 그걸 이제 알았네?"

철현은 그만 수저를 떨어뜨렸다. 명훈 역시 놀라서 입을 다물지 못했다. 찬근은 다시 수저를 들고 묵묵히 밥만 먹었다.

"찬근 동무, 알고 있었네?"

명훈이 입술을 파르르 떨며 물었다.

"모르는 게 이상하디. 조선족 중에 저런 이상한 말투 쓰는 사람이 어디 있나? 대놓고 남조선 말투를 쓰는데 그걸 어케 모르나?"

"알았으면서 왜?"

명훈은 체념한 듯 물었다.

"간나새끼 말 많네. 장사하는 놈이 장사만 하면 되디 뭘 따지간? 저 지섭, 아니 철현? 그래 철현 동무래 관상이 돈복이 덕지덕지 붙게 생겼는데, 그거면 됐디. 내래 말하지 않았네? 돈이 되면 지옥이라도 들어간다고. 그러니까 그만 밥들 먹으라."

찬근은 실리적이었다. 돈 앞에선 냉정했고, 이념이고 나발이고 중요하지 않았다. 그에게는 사업 파트너라면 오바마도 동지가 될 수 있었고, 돈이 된다면 자신의 장기라도 내다 팔 인간이었다.

이 사태를 어떻게 모면할까 고민했던 철현과 명훈은 김빠진 표정으로 서로를 바라보며 피식 웃었다.

철현은 그제야 안심하고 대동강 맥주 파티에 대해 얘기를 꺼냈다. 잘 웃지 않는 찬근의 입술이 찢어질 듯 커졌다. 찬근은 엄지를 척 내밀고 수저를 딱 내려놓고는 벌떡 일어났다.

"나 좀 따라와 보라."

찬근은 상자에서 바리깡을 꺼냈다. 잘 작동되는지 자신의 머리에 대고 확인하더니 철현에게 의자를 가져갔다. 찬근이 시키는 대로 철현은 자리에 앉았다. 찬근은 말없이 철현의 머리를 깎았다.

"동무는 머리부터가 일단 평양에 안 맞아."

"아아, 아, 아파. 살살 좀 해."

철현이 엄살을 부리자 찬근은 뒤통수를 한 대 쳤다. 가만히 안 있으면 아예 빡빡 밀어버린다며 으름장을 놓았다. 철현은 찍 소리도 못 하고 바닥에 떨어지는 머리카락만 맥없이 쳐다봤다. 잠시 후 찬근이 철현의 머리를 이리저리 살피더니 만족스러운 표정을 지었다. 철현은 후다닥 거울 앞으로 달려갔다. 일명 돌격대 스타일이었다. 철현이 울상을 짓자 찬근이 무슨 불만이냐는 투로 노려봤다.

"보기 좋구만! 이제 좀 평양 시민 같네. 어떠네? 내래 솜씨 죽이지 않나?"

철현은 아무 대꾸도 못 하고 입술만 실룩거렸다.

찬근은 옷가지를 챙겨와 철현에게 입혔다. 그러고는 철현의 얼굴에 뭔가 쓱쓱 바르며 흉터를 만들었다. 잠시 후 멀찍이 떨어진 채 철현의 얼굴을 바라보더니 턱을 쓰다듬으며 만족스러운 표정을 지었다. 이번에는 철현을 이끌고 다른 공간으로 갔다. 그는 순식간에 촬영 장비를 설치하고 철현의 사진을 찍었다. 찍고 또 찍다 보니 철현은 기진맥진할 정도였다.

다음으로 찬근은 핸드폰을 꺼내 어딘가로 전화를 걸었다.

"오랜만에 솜씨 좀 발휘해야겠어! 그래, 거기로 필름을 보낼 테니. 알겠소."

몇 시간이나 흘렀을까? 책상 앞에서 쉬고 있는 철현에게 찬근이 시민증을 툭 던졌다. 반나절 만에 철현이 새로운 신분으로 탈바꿈한 것이었다. 명훈도 순식간에 만들어진 신분증을 보더니 깜짝 놀랐다.

 "말만 하면 아주 뚝딱이구만! 그런데 이거 위조된 거 맞네? 내래 아무리 봐도 도저히 모르겠는데!"

 "웬만한 공안에겐 문제없을 기야. 그리고 위험한 일이 있으면 이 달러 뭉치를 건네라."

 찬근이 고무 밴드로 묶인 달러 뭉치를 건넸다.

 "그리고 그 요상한 서울 말씨부터 집어치우라! 공화국에서 살려면 공화국 말투를 똑바로 쓰라!"

 "알갔소, 동무!"

 철현의 어설픈 발음에 셋은 웃음을 터뜨렸다. 한참을 웃던 철현이 한마디 던졌다.

 "서울 말씨는 명훈이도 잘 쓰는데 왜 냅두나?"

 "명훈이는 당 간부 아들 아니갔어? 억울하면 아바이를 잘 만나라!"

* * *

 개성시대 직원들은 퇴근 후 호프집에 모였다. 1차 부도 후 매일같이 술집으로 출근했다. 회사에 오래 앉아 있어봐야 넋 나간

사장의 얼굴만 보게 될 뿐이고 집에 들어가 봐야 답답하기만 했다. 월급도 밀리기 시작했고, 사장은 미안하다며 직원들에게 각자 살길을 알아보라고 했다.

총선을 목전에 두고 나날이 정치 공방만 더해지는 가운데 정부는 아무런 대책도 내놓지 못하고 있었다. 어디에서도 해답을 찾기가 어려웠다.

김재일 대리가 맥주잔을 쾅하고 내려놓으며 입을 열었다.

"과장님, 이제 어떻게 하실 거예요?"

"뭘 어떻게 해?"

"가정도 있으신데 살길을 찾아봐야죠."

이 과장은 말없이 남은 맥주를 비우고는 한 잔을 더 주문했다.

"이 주임은 어쩔 거야?"

김 대리가 또 물었다.

"저라고 대책 있겠어요?"

이 주임은 한숨을 푹 내쉬었다.

TV 뉴스에서는 개성공단 소식이 연이어 흘러나왔다. 야당은 총선을 앞둔 여당의 정치 공작이라며 비난했다.

"개자식들, 개성공단이 무슨 애들 장난도 아니고. 정치하는 새끼들 다 똑같다니까?"

김 대리가 또다시 입을 열었다.

"그러니까 선거를 잘해야 되는 거다."

김 대리는 이 과장을 보며 피식 웃었다.

"선거는 개뿔. 그러면 뭐합니까? 세상이 달라지냐고요?"

"네는 뭐가 그리 매사에 삐딱하노? 너 같은 정치 혐오론자 때문에 이 모양 이 꼴인 기다."

김 대리는 입을 삐죽거렸다.

앵커가 뉴스를 마치는 마무리 멘트를 했다.

"평양에 외롭게 남겨진 한 국민을 생각합니다. 정부가 사실상 방치한 그분은 지금 외롭게 평양 거리를 전전하며 하루를 어떻게 살고 있는지, 시청자 여러분께 그 이름을 다시 알려드리겠습니다. 그의 이름은….”

"김철현!"

창고 문을 열고 신나게 뛰어 들어온 명훈은 철현의 이름부터 불렀다. 철현은 명훈의 표정부터 살폈다. 심드렁한 표정을 확인하고 별 기대감 없이 한마디 툭 던졌다.

"갔다 온 건 어떻게 됐냐?"

명훈은 더 이상 표정을 감추지 못하고 활짝 웃었다.

"위원장 동지가 찾던 딱 그런 사업이라며 좋아하셨다. 내래 태어나서 아버지한테 처음으로 칭찬도 듣고. 하하하."

기쁨도 잠시, 막상 이렇게 되니 철현은 이런 중대한 사업을 자신이 해낼 수 있을지 겁이 났다. 명훈은 철현의 표정을 보더니 한마디 던졌다.

"표정이 그게 뭐네? 기쁘지 않네?"

"기, 기쁘지. 너무 기뻐서 그래."

"찬근 동무한테도 빨리 말해줘야디."

명훈이 나가자 철현은 노트북을 열어 성급히 폴더를 뒤졌다. 김 대리가 여러 차례 회사에 보고한 문서가 기억났다. 마음이 들떠 손이 빠르게 움직였다. 이번 일만 성공하면 도피 자금을 만들 수 있었다. 반면, 도피의 위험성에 대한 불안감이 마음속에 교차했다.

"분명히 어딘가에 파일이 있을 텐데, 이 새끼 폴더는 죄다 야동만 있냐."

한참을 뒤지다가 사업계획서를 모아놓은 폴더를 발견했다. 철현은 주먹을 힘껏 쥐었다. 그중 신상품 개발 관련 파일을 클릭했다. 문서는 무려 100페이지가 넘었다. 마우스로 클릭해가며 한 장 한 장 넘겼다. 도저히 무슨 말인지 모르는 용어에 해석 불가능한 그래프며 해독 불가능한 숫자들이 가득했다. 글이건 그림이건 단지 암호로만 보였다.

'김재일 이 재수없는 놈. 좀 알아먹게 쓰든가 하지.'

그때 밖에서 우당탕하는 소리와 함께 찬근이 숨을 헐떡거리며 들어왔다. 철현은 잽싸게 노트북을 닫았다.

"동무, 빨리 나와보라우?"

철현은 찬근을 따라 지하실 계단을 올랐다.

가게 입구를 보는 순간 자신의 눈을 의심했다. 여자들이 잔뜩 모여들어서 물건을 보고 있었다. 명훈은 신이 나서 손님들을 응대하고 있었다.

"야, 이게 무슨 일이냐?"

"나도 모르디? 처음에 우리가 만든 머리끈을 저기 저 여성 동무가 와서 다른 건 없냐 물어보는데, 그 뒤로 사람들이 계속해서 모여들지 않겠어? 그러더니 너도나도 사고 싶다고 난리네?"

한 시간이 지나고 나서야 손님들이 썰물처럼 빠져나갔다. 찬근은 이마의 땀을 닦으며 자리에 주저앉았다.

"철현 동무, 오늘 주문만 몇 갠 줄 아네?"

"몇 갠데?"

"놀라지 마라. 500개가 넘는다. 이거 다 맞추려면 오늘부터 야근이다, 야근. 오늘 아주 일복이 터졌구만. 야식은 내가 준비할 테니 동무들은 걱정 말라! 샌드위치에 딸기잼 발라 먹으면 어때?"

"역시 북한 사람들 자본주의 배척하지만 할 건 다 하네."

철현이 무심코 던진 말에 두 사람의 표정이 싸늘해졌다.

"그게 무슨 의미네?"

명훈이 아니꼽다는 투로 물었다.

"생각해보면 좀 이상하잖아. 자본주의를 혐오하면서 왜 남한의 자본주의를 동경하는지."

"그건 우리 인민들을 조롱하는 말로 들리는데?"

명훈은 얼굴이 벌게져서 쏘아붙였다.

"그런 의미가 아냐. 뭔가 모순이 있다는 의미에서 말한 거야. 비단 여기만 그런 게 아니라 남한도 마찬가지거든. 남한에선 돈이 없으면 무시당하거든. 자본주의가 최고라고 떠들지만 정작 돈 있는 놈들만 살기 좋은 곳이지. 여기나 거기나 모순투성이라는 뜻에서 말한 거다."

그러자 가만히 듣고 있던 찬근이 끼어들었다.

"철현 동무 말이 틀린 건 아니지. 북조선이건 남조선이건 서로 자기가 옳다고 주장하지. 돈 앞에 이념이 뭐가 중요하갔어. 이념이고 뭐고 그건 정치하는 놈들이 하는 소리고, 우리야 잘먹고 잘살면 되는 거 아니갔네?"

"남한 사람들이 겉으로는 우리 민족이 통일해야지 하면서도 실제로는 통일에 대해 반대하거나 두려워하지. 통일하면 경제적 비용이 얼마니 하면서."

철현이 말했다.

"통일? 집어치우라. 남북한이 합친다고 그게 통일이간? 개성공단 같은 경제 공동체가 하나둘씩 늘어나면 되지. 북한의 희토류와 반도체 기술을 가진 남한이 제품을 만들면 일본이나 미제국주의도 누르고, 그럼 부자 나라가 되는 거 아니네? 인민들도 배부르게 먹을 수 있고."

찬근의 말에 명훈도 무슨 뜻인지 알겠다는 듯 한마디 거들었다.

"뭐 우리 자식들이 왕래하다 보면 결혼도 할 테고, 그러다 보면 그 자식들이 알아서 통일을 하지 않갔어."

"내 말이. 경제가 우선이지. 결국 통일은 자연스럽게 뒤따라올 테고. 근데 현실의 문제는 결국 핵 아닐까?"

철현이 명훈의 어깨를 두드리며 말했다.

"잘나가다가 또 뭔 소리네? 비핵화는 공멸이야, 공멸!"

명훈이 또다시 발끈했다.

"확실히 보상을 받고 핵을 팔면 되지 않았어?"

찬근의 말에 명훈과 철현이 피식 웃었다.

"역시 동무는 타고난 장사꾼이야."

"내래 말하지 않았네. 돈이 우선이라고. 결국 비핵화를 카드로 보상받으려면 남북한 지도자들의 의지가 중요한데, 그게 가능하겠어? 남한 지도자가 그럴 것 같네?"

"지금 남한 대통령은 그런 거 관심 없다."

철현이 한숨을 내쉬며 말했다.

"간나새끼, 그러게 왜 갑자기 진지한 얘기를 꺼내고 난리네? 가능성도 없는 얘기 해봐야 입만 아프다. 닥치고 술이나 먹으러 가자. 오늘도 내래 쏘갔어."

명훈이 호탕하게 말했다.

"간나새끼, 오늘 야근해야 되는 거 모르나?"

찬근의 말에 명훈은 아쉬운 듯 한숨을 내쉬었다.

"그나저나 동무들, 우리 여직원 하나 뽑아야 하디 않갔어?"

찬근이 걱정스런 표정으로 말했다.

"직원?"

명훈이 퉁명스럽게 대꾸했다.

"내래 시장에서 장사도 하고 인부들 일당도 챙기고 재고 관리에 자금 관리에 도저히 감당이 안 되고 있어. 그리고 대동강 맥주 파티도 준비하려면 일손이 있어야디 않갔어?"

"야, 지금 월급까지 줘가면서 언제 사기당한 돈을 메꾸나? 나라도 도울 테니 그런 말 말라."

"동무가 참 잘도 하겠다. 차라리 고양이한테 일을 가르쳐서 시키지. 철현 동무 생각은 어떠네?"

"나야… 있으면… 좋지."

철현은 소심하게 맞장구를 쳤다.

"간나새끼들, 에미나이 분 냄새 좀 맡고 싶은 게구만."

명훈은 시큰둥하게 한마디 던지고는 밖으로 나가버렸다.

"저 자식 돈독이 바짝 올라서리."

찬근은 명훈의 뒷모습을 보며 투덜거렸다.

개성공단 철수 37일 차

  명훈은 자다가 벌떡 일어나 화장실로 갔다. 새벽 공기가 제법 차가워 몸을 움츠린 채 볼일을 보고 다시 지하실로 들어왔다. 그 순간 눈앞에 시커먼 물체가 보이는 게 아닌가! 그는 숨을 헉 내뱉었다. 철현이 몸을 돌려 게슴츠레한 눈빛으로 쳐다봤다. 두 눈이 움푹 파여 있었다.

  "이런 종간나새끼, 깜짝 놀랐네. 안 자고 뭐 하네?"

  "기획서 쓰고 있어. 대동강 맥주 파티."

  "이 시간까지? 어디 좀 보자."

  명훈은 철현의 자리를 강제로 빼앗았다. 철현은 잠시 쉴 겸 새벽 공기도 맡을 겸 밖으로 나가 담배를 빼 물었다. 담배 연기를 한 모금 내뱉기도 전에 명훈의 외침 소리가 들렸다. 다급히 자신을 부르는 소리에 철현은 담배를 끄고 지하실로 달려 내려갔다.

  "왜? 무슨 일 있어?"

  "이거 동무가 생각한 거네?"

"그럼 내가 하지 누가 하냐?"

"평양 걸그룹이라? 이거 완전 죽여주는데?"

명훈의 작은 눈이 커다래졌다.

"근데 하려고 해도 걱정이다. 안무를 만들고 가르칠 사람도 없고."

"그런 건 걱정 말라. 평양예술단에 내래 아는 사람이 있지."

"평양예술단에도 사귀었던 여자가 있냐?"

"어떻게 알았네?"

"어떻게 알긴. 평양에 너랑 안 사귄 여자도 있냐."

"아무튼 걱정 말라. 여기 젊은 여성 동무들 남조선 걸그룹 춤은 하나씩 출 줄 알디."

명훈이 실실거리며 말했다.

"당에서 허가를 해줄까?"

철현은 걱정스러운 듯 말했다.

"지금도 평양에 걸그룹이 있다. 있긴 있는데…."

"구리다는 말이지?"

"기렇디!"

평양에 걸그룹이라니? 아무리 생각해도 말이 안 됐다. 누가 안무를 짜고 곡은 어떻게 만들 것이며… 의상이야 자신이 직접 만든다 쳐도 그 외에는 할 수 있는 게 없었다.

그런 와중에 명훈이 호기롭게 말했다.

"걱정 말라. 걸그룹 전문가인 나 리명훈과, 남조선 물 먹은 네가 살려내야지!"

명훈은 걱정 말라며 철현의 등을 툭툭 쳤다. 이놈은 역시 되든 안 되든 벌여놓고 본다. 어차피 수습은 누군가가 해줄 거라 믿는 것이다. 철현은 너무 피곤해서 더 이상 대꾸할 기운도 없었다.

해가 뜨기도 전에 명훈은 아버지를 만나러 간다며 요란법석을 떨었다. 철현이 만들어준 인민복을 입고 거울을 보며 뿌듯해했다. 철현은 작업을 마친 노트북을 명훈에게 넘기고 나자 졸음이 물밀듯 밀려왔다.

"내래 이 기획안 승인받기 전에는 돌아오지 않갔어!"

명훈이 기어이 밀어붙이겠다며 나섰다. 마음에 들면 되든 안 되든 과감히 밀어붙이는 것이 바로 명훈의 특징이었다. 말려본들 소용없다는 걸 철현도 잘 알았다.

명훈이 나가려고 하자 찬근이 들어오며 말했다.

"동무, 가더라도 밥은 먹고 가야디?"

"그럴까?"

세 사람은 밥상 앞에 앉았다. 명훈이 미역국을 세 그릇이나 비우고는 손으로 입을 닦으며 말했다.

"맛 좋구만. 그런데 철현 동무는 왜 안 먹네?"

"그냥."

철현은 밥만 깨작거리고 있었다.

"그런데 웬 미역국이네? 오늘 누구 생일이네?"

명훈이 묻자 찬근이 대답했다.

"간나새끼 빨리도 묻는다. 오늘 철현 동무 생일 아니네."

"동무 생일이네? 간나새끼 왜 말 안 했네?"

명훈이 철현을 향해 말했다.

"한국에서도 못 챙긴 생일, 굳이 여기까지 와서 챙겨서 뭐 하냐? 그런데 찬근 동무는 어떻게 내 생일을 알았어?"

찬근은 미역국을 후루루 마시고 그릇을 내려놓았다.

"저번에 동무 신분증 만들면서 봤디. 근데 왜, 맛없네? 남조선에선 생일에 미역국 안 먹나?"

"안 먹긴. 엄마가 거의 매일 끓여주셨는데."

"어마이 동무가 끓여주신 것보다 못해서 안 먹나?"

"아니. 우리 엄마 미역국은 진짜 맛없어. 내가 굴이 싫다는데도 매번 굴을 넣거든. 진짜 미치는 줄 알았다니까."

철현의 표정이 갑자기 어두워지며 눈가가 촉촉해졌다.

"근데 왜 그러네? 뭐가 맘에 안 드네?"

명훈이 의아해하며 물었다.

"아니. 우리 엄마가 끓여줬던 것보다 백배는 맛있다."

철현은 개성공단으로 떠나던 날 아침이 떠올랐다. 날마다 밥상에 오르는 미역국이 지긋지긋했는데 그날도 역시 미역국이었다. 안 그래도 심란한데 또 미역국이라니! 철현은 숟가락도 들지 않고 짜증을 내며 집을 떠났다. 그 일이 못내 마음에 걸렸다. 그 후 집으로 전화를 걸면서도 그 일에 대한 미안함은 전하지 못했다. 철현은 애써 마음을 달래며 찬근이 끓여준 미역국을 순식간에 비워냈다.

명훈이 인민복을 멋지게 빼입고 나서려는데 찬근이 외쳤다.

"어이, 명훈 동무! 아무래도 안 되겠다. 여직원 뽑아야갔어!"

명훈은 순간 주춤하더니 웅얼거리며 대답했다.

"음, 일단 나 올 때까지 기다리라. 동무들 에미나이 보는 눈을 내가 못 믿겠으니."

"일없다. 당장 오늘 밤에도 철야해야 할 판이다!"

명훈은 듣는 둥 마는 둥 하고 가게를 나섰다.

사실 찬근과 철현은 직원을 뽑기로 이미 합의를 본 상태였다. 명훈이 동의하건 말건 밀어붙이기로 했다. 면접도 오늘 이미 잡혀 있었다.

철현과 찬근이 분주히 움직이고 있는데 노크 소리가 들렸다. 두 사람은 갑자기 거울 앞으로 달려가더니 잽싸게 자리로 돌아와 점잖게 앉았다.

"들어오시라요!"

찬근은 목소리를 깔고 말했다. 문을 열자 매끈하게 빠진 다리가 먼저 보였다. 두 사람의 시선은 잘록한 허리로 점점 올라갔다. 어느새 입꼬리도 점점 올라갔다. 그런데 봉긋한 가슴을 지나 얼굴로 시선을 옮긴 순간 두 사람은 뒤로 넘어질 뻔했다. 찢어진 눈매, 움푹 파인 눈두덩이, 유난히 튀어나온 광대뼈의 여자가 두 사람을 보며 활짝 웃고 있었다. 몸매는 이십 대였지만 얼굴은 아줌마였다. 여자는 두 사람 앞에 서서 생글생글 웃었다. 찬근과 철현은 반사적으로 시선을 피했다.

"거… 서 있지 말고 앉으시라요."

여자가 자리에 앉았고 한동안 침묵이 흘렀다. 두 사람은 고개를 숙인 채 서로 먼저 말하라며 눈짓을 보냈다. 찬근이 옆구리를 찌르는 통에 철현은 고개를 들 수밖에 없었다. 그는 헛기침을 한 번 하고 입을 열었다.

"야, 야근이 많아서 좀 젊은 사람이 필요한데…."

"저 십 대 아닙네다. 제가 좀 동안이라서요. 호호, 올해 스물다섯 살 꽃띠입네다."

찬근은 웃음이 나오려는 걸 간신히 참았다. 철현도 이를 악물었다. 찬근이 기어이 풋 하고 웃음을 터뜨렸다. 여자가 고개를 갸웃했다. 다행히 그녀는 눈치가 없어 보였다. 두 사람은 여자에게 헛된 희망을 안겨주지 않고 재빨리 면접을 마무리했다.

다음 면접자가 문을 두드렸다.

"들어오시라요!"

두 번째 여자는 단정하고 차분한 옷차림에 얼굴도 평범했다.

"자기소개하시라요."

철현이 말했다.

여자가 우물쭈물하자 찬근이 대신 대답했다.

"이 동무는 개성공단에서 얼마 전까지 일하다 잠시 쉬고 있소."

철현은 찬근을 째려봤다. 철현이 다시 질문했다.

"거기서 무슨 일 했소?"

"뻔하디 않네. 생산직이지."

또 찬근이 끼어들었다.

"내래 동무한테 물어봤네? 왜 동무가 대답하고 난리네?"

"왜 화는 내고 그러네? 이 동무가 내 사촌동생이라 그런 거지."

찬근은 구시렁거리며 고개를 숙였다.

세 번째 면접자가 들어왔다. 몸집이 큰 여자는 수줍은 듯 고개를 숙이며 자리에 앉았다. 이번에도 찬근이 여자를 향해 손을 들고 알은체를 했다.

"이번에도 네가 아는 동무냐?"

"우리 옆에 제물포집 이씨 알디? 그 집 여식이디."

철현은 할 말을 잃었다.

찬근은 괜히 종이를 만지작거리며 딴청을 피웠다.

"자기소개해 보시라요?"

"쪼기, 콤퓨, 타….”

여자는 들릴 듯 말 듯한 목소리로 말했다.

"네? 뭐라고요?"

철현이 귀를 쫑긋 세우고 고개를 앞으로 내밀었다.

"콤퓨타 타자수… 일했….”

"컴, 뭐요?"

철현은 답답해서 찬근에게 통역을 요청했다. 찬근은 환하게 웃으며 열정적으로 설명했다.

"콤퓨타 타자수로 일하다 얼마 전에 심각한 오타를 내서 잘렸디. 이 동무래 성격이 아주 차분하디. 목소리가 조금 안 들리는 게 흠이긴 하지만. 그래도 타자 칠 때는 짐승 같디. 동무, 그렇지 않네?"

찬근의 말에 여자는 고개를 끄덕거렸다. 하지만 대화가 거의 진전이 되지 않아 더 이상 질문하지 않고 보내버렸다.

네 번째, 다섯 번째, 여섯 번째, 그리고 열 번째 면접자까지 모두 찬근이 아는 여자들이었다.

"동네 잔치 하냐? 어찌 죄다 네가 아는 여자야?"

"그게 뭐가 중요하네? 착실하고 일 잘하면 그만이디."

"너 분명히 말하는데, 네 지인이라고 뽑아주면 절대 안 된다. 알았지?"

"난 그냥 면접에 오라고 했을 뿐이지, 뽑아준단 말은 안 했다."

작고 볼품없는 회사에 무슨 면접자가 이렇게 많이 오나 싶었는데 역시나 모두가 찬근의 지인에 친인척, 사돈의 팔촌들이었다.

열한 번째, 열두 번째, 열세 번째, 열네 번째…. 다들 취직을 해야 하는 이유가 절실했다.

"동생들이 다 실업자가 돼서…."

"아바이 동무가 일하다 다치셔서 제가 돈을 벌어야만…."

"평양예술대학 출신입네다. 그런데 마땅히 할 일이 있어야디요. 그런데 설마 일터가 여기는 아니디요?"

"면접만 벌써 백 번입네다. 뭐든 시키면 다 할 테니…."

어디든 청년 실업은 심각한 사회 문제인 듯했다.

마지막 면접자가 왔을 때 두 사람은 지쳐서 의자에 눕다시피 앉아 있었다. 턱을 괴고 있던 찬근이 철현의 허리를 쿡 찔렀다. 철현은 귀찮다는 듯 앞을 봤다. 그의 눈이 휘둥그레졌다. 무릎이 살짝 드러나는 검은색 스커트에 흰색 블라우스, 잘록한 허리와 긴 생머리, 그리고 도도한 듯 부드러운 미소를 머금은 여자가 걸어오고 있었다.

그녀는 자리에 앉아 두 다리를 살짝 왼쪽으로 모으고 두 손을 무릎 위에 올려놓았다. 우중충한 이 지하실과는 도무지 어울리지 않는 분위기였다.

"바, 반, 반갑습네다. 도… 동무, 자기소개해 보시라요."

찬근이 더듬더듬 말했다.

"정금란이라고 합니다. 독일에서 유학하고 귀국한 지 얼마 안 됐습니다."

독일 유학파라니! 너무 과한 스펙이 아닌가. 철현과 찬근은 그만 말이 막혀버렸다.

"뭐 안 물어보십니까?"

여자가 묻자 찬근이 실실거리며 대답했다.

"물어볼 것도 없디요. 내래 합격."

"저도 합격!"

철현과 찬근은 서로 몸을 돌려 힘 있게 악수했다.

정금란은 어리둥절한 표정으로 두 사람을 바라볼 뿐이었다.

개성공단 철수 40일 차

삼 일 만에 명훈이 활짝 웃으며 나타났다.

"어이, 동무들! 철현이 기획안을 당에서 승인까지 받았다고 날래 진행하라고 하디 않갔어? 잘했다고 아바이 동무가 용돈까지 주셨디."

철현과 찬근은 하던 일을 멈추고 명훈에게 달려가 얼싸안으며 호들갑을 떨었다. 그때 한구석에서 분주히 일하고 있던 정금란과 명훈의 눈이 마주쳤다.

"저 에미나이!"

명훈의 눈이 휘둥그레졌다.

"내래 여직원 뽑는다고 안 했네? 우리도 면접 보느라 쎄가 빠지게 고생했디. 왜 맘에 안 드나?"

찬근이 명훈의 눈치를 보며 말했다.

"아니, 그게 아니라… 금란이가 어떻게 여기를?"

"아는 동무네?"

철현이 황당한 표정을 지으며 끼어들었다.

"혹시 저 동무도 사귀었었네?"

"오라비, 오랜만이라요!"

금란이 명훈 쪽으로 걸어와 악수를 청했다.

"그게 아니라 독일 유학 때 친하게 지냈디. 금란이, 세상 참 좁다. 하하하."

"오라비, 아니 사장님은 아직도 그렇게 에미나이들을 후리고 다니십네까?"

"일없다. 오라비가 맘잡고 사업하느라 그럴 틈도 없디."

명훈은 금란과 이런저런 얘기를 나눴다. 철현과 찬근이 자리를 피해주려고 나가려는데 명훈이 말했다.

"또 하나 좋은 소식이 있는데 안 듣고 나가게?"

명훈이 실실 웃었다. 세 사람은 궁금한 눈초리로 명훈을 쳐다봤다.

"이게 통과되면 우리한테 직접 행사를 맡겨보겠다고 하디 않갔어?"

"그게 정말이네? 그런데… 우리가 할 수 있을까?"

철현은 기뻤지만 한편으로 걱정됐다.

"뭐 어떻게 되지 않갔어? 철, 아니 지섭 동무가 있는데."

"동무는 매번 얼렁뚱땅이야? 수습도 안 하는 놈이."

철현이 기가 차다는 듯 명훈에게 말했다.

"뭘 벌써부터 고민이네? 일이야 벌어지면 그때 고민하면 되디. 안 그러네, 찬근 동무?"

찬근은 가만히 듣고 있다가 무겁게 입을 뗐다.

"지섭 동무 말이 맞디. 일단 뭐라도 준비는 해야 되지 않갔어?"

그때 금란이 자리를 뜨자 철현이 말했다.

"행사 기획이란 쉽게 볼 게 아니야. 전에 작지만 그런 일을 하는 회사에 있었거든."

그 회사는 충무로에 있는 종합광고회사로 명함이나 전단지, 간판, 현수막 등을 제작하는 회사였다. 사실상 행사 등을 '기획'하는 게 아니라 기획에 필요한 물품을 만들어 공급하는 회사였다. 거기서 철현이 맡은 일이란 이런저런 허드레 잡무일 뿐이었다.

"거보라우, 우리 철현 동무가 해보디 않았네?"

"아주 지 듣기 좋을 대로 해석하는구먼."

"그게 뭐가 중요하네? 아무튼 동무만 믿갔어!"

철현은 갑자기 막막한 심정이었다. 급하게 김 대리의 파일을 뒤져 짜깁기한 기획안이라 어디서부터 실행해야 할지 알 수 없었다. 하지만 이왕 벌어진 일 어떻게든 되겠지 생각했다. 일단 지금은 이 좋은 분위기를 망치고 싶지 않았다.

명훈이 오늘도 자기가 쏘겠다며 세 사람을 데리고 나갔다.

술을 거하게 마신 네 사람은 노래방에 갔다.

"오늘은 여성 동무도 오셨네. 환영합니다. 그런데 오늘도 뭐 좋은 일이라도 있으신가?"

려명희가 나긋나긋한 목소리로 물었다.

명훈은 대동강 맥주 파티에 대해 숨도 쉬지 않고 설명했다.

"와! 대단한데요. 저도 꼭 초대해주시라요!"

"기럼, 당연히 초대해야디. 참, 오디션에 참여해보면 어떠네?"

"무슨 오디션 말입니까?"

"걸그룹 공연을 할 겁네다. 평양 최초 걸그룹 공연!"

"걸그룹이라면 휘파람새도 있고, 평양에 몇 개 있잖습네까?"

명훈이 손가락을 펴서 양옆으로 까딱까딱했다.

"그런 게 아니라 제대로 된 거. 남조선풍 의상과 춤, 음악."

"제가 그런 걸 어찌 합니까? 일없습네다."

"려명희 동무야말로 우리랑 놀 때 남조선풍 아니면 상대를 안 하지 않았네?"

명훈은 꼭 참여해달라고 계속 졸랐다.

노래방을 나와 돌아오는 길에 명훈은 몇 번이나 전봇대를 잡고 구역질을 했다. 덩치가 산만 한 명훈을 부축하다가 찬근이 바닥에 곤두박질치기도 했다.

간신히 돌아와 명훈을 눕히고 철현도 자리에 누웠다. 하지만 명훈이 코 고는 소리에 좀처럼 잠이 오지 않았다. 이상하게 잘 풀리고 있는 상황이 왠지 두려웠다. 서울에서는 뭘 해도 안 됐는데 여기서는 꼬일 듯하던 실도 금세 풀렸다.

철현은 책상 앞에 앉아 노트북을 열었다. 페이스북에 로그인하자 지은에게서 메시지가 와 있었다.

김지은 오빠?

어제 온 메시지였다. 철현은 심호흡을 크게 하고 힘겹게 자판을 두들겼다.

김철현 지은아, 오빠다.

철현은 자판에 손을 내려놓고 한참 동안 메시지 창을 응시했다. 잠시 후 메시지가 왔다.

김지은 정말 오빠 맞아? 지금 어디야? 다친 데는 없고? 밥은 잘 먹고 있어?

김철현 하나씩 물어봐라. 안전하게 잘 숨어 있어.

김지은 정말 다행이야. 근데 진짜 오빠 맞지? 혹시….

김철현 오빠 맞아. 김철현.

김지은 내 생일이 언제야?

김철현 내 생일도 기억 못 하는데 네 생일을 어떻게 알아?

김지은 그렇지. 오빠가 내 생일을 알 리 없지. 오빠 맞는 거 같네.

김철현 아니, 그것만 갖고 믿어버리면 어쩌냐? 생일 모르는 건 공안이나 나나 마찬가지잖아. 너도 나처럼 사기당하기 딱이군.

김지은 그런가? 그럼 엄마 생신이 며칠이야?

김철현 2월 21일.

김지은 엄마 생신은 아는구나.

김철현 당연하지. 작년 생신 때는 우리가 목도리 해드렸잖아. 밍크 목도리.

김지은 얼마짜리?

김철현 2만 5천 원.

김지은 오빠 맞구나. 대체 어떻게 지내는 거야?

김철현 일을 좀 하고 있다.

김지은 혹시 강제노역 같은 거야?

김철현 그런 거 아냐. 아직은 안전해. 여기서 나 숨겨주는 사람들 일을 돕고 있어. 그건 그렇고 엄마는 좀 어때?

잠시 후에야 지은의 대답이 돌아왔다.

김지은 잘 계셔. 근데 며칠 전 오빠 생일이었는데 미역국도 못 먹고.

김철현 먹었어. 날마다 엄마가 끓여줬던 미역국이 지긋지긋했는데. 창고에 미역 아직도 가득 쌓여 있겠지?

다시 지은의 메시지가 끊겼다.

김지은 엄마 건망증이 심하시잖아. 기억 안 나? 고등학교 때 오빠가 생일에 왜 미역국도 안 끓여주냐고 투덜댔던 거. 엄마가 그때부터 까먹을까 봐 걱정돼서 매일 끓여주신 거잖아.

김철현 그랬나? 기억이 안 나네. 그럼 요샌 미역국 안 먹겠네?

김지은 무슨 소리! 지금도 매일 먹는데.

김철현 나도 없는데 왜?

또다시 타이핑이 멈추더니 잠시 후 지은의 답변이 왔다.

김지은 오빠가 아직도 서울에 있는 줄 알서.

김철현 그게 무슨 말이야?

김지은 실은… 엄마 치매에 걸리셨어. 나도 얼마 전에 알게 됐어. 오빠, 너무 걱정하지 마. 아직 심각한 정도는 아니니까.

김철현 심각한 게 아니라니! 그 정도면….

김지은 오빠 걱정할까 봐 말 안 하려고 했는데.

김철현 건망증이 심하다고만 생각했었는데… 면목이 없다. 지은아, 네가 엄마 잘 돌봐드려.

김지은 알았어. 오빠 걱정이나 해. 그런데, 국정원에 알려야 할까? 몇 번 와서 이것저것 묻더라고. 이 과장님이 그러시는데 국정원에서 오빠를 공안사범으로 몰아가고 있대. 언론도 그렇고.

김철현 짐작은 했어. 정부의 실수가 알려지면 곤란하니까. 양쪽 정부가 결국 나를 간첩으로 몰아가는 게 유리하다고 생각할 거야. 그게 다 정치적 논리 아니겠어?

김지은 그럼 어떻게 해? 무서워.

김철현 일단 지금은 아무도 믿을 사람이 없어. 내 힘으로 해결하는 수밖에.

김지은 어떻게?

김철현 당분간 돈을 모을 거야. 여기서도 돈만 있으면 뭐든지 할 수 있거든. 돈만 있으면 탈출도 가능해. 그러니까 너만 알고 있어. 엄마한테도 당분간 말하지 마. 괜히 잘못 말하면 가족들도 위험하니까. 내가 간첩이 아니라는 걸 직접 증명할 거야.

김지은 내가 도울 일 없을까?

김철현 아직은. 가끔 돌아가는 상황만 좀 알려줘. 엄마 잘 돌봐 드리고.

김지은 알았어. 오빠 몸조심하고.

김철현 그래. 다음에 다시 연락할게.

철현은 노트북을 닫았다.

가슴 한구석이 아렸다. 잠을 이룰 수 없었다. 어머니가 치매라니! 어떻게든 빨리 돈을 모아 서울에 가야겠다는 생각이 절실해졌다. 철현은 뒤척이다 새벽녘이 돼서야 겨우 잠이 들었다.

개성공단 철수 50일 차

세 사람은 걸그룹 오디션 때문에 오전부터 분주했다. 면접관석 뒤에는 '혁명 소녀 가수단 면접'이라고 굵은 붓으로 쓴 글이 붙어 있었다. 세 사람은 거울 앞에 나란히 서서 잔뜩 멋을 냈다. 철현은 선글라스를 꺼내 썼다. 김 대리의 트렁크에 있던 선글라스였다.

"뭐야? 동무 이건 반칙 아니네?"

명훈이 철현의 선글라스를 보고 투덜거렸다.

"반칙은? 격투기하냐?"

"하긴 동무는 그렇게 눈을 가리는 게 면접자에 대한 예의디?"

명훈이 빈정거리듯 말했다.

"이런 거 딱 쓰고 해야 카리스마가 생기는 거다."

두 사람이 티격태격하는 동안 1호 사원 정금란이 들어왔다. 오늘도 펜슬스커트에 흰 블라우스를 입은 모습이 모두의 눈을 즐겁게 했다. 그녀가 세 사람에게 대기자 명단을 나눠주었다.

첫 번째 참가자가 들어왔다. 세 사람은 깜짝 놀랐다.

"려명희 동무? 설마했는데 진짜 왔네? 잘 오셨소. 이렇게 차려입으니 몰라보겠네. 노래 실력이야 잘 아니 춤 좀 봅시다."

"이래 봬도 내래 평양예술대학에서 무용 전공을 했디요."

려명희가 양팔을 들어 우아한 동작을 하며 말했다.

철현의 눈이 반짝거렸다.

"걸그룹 춤을 출 건데 괜찮겠소?"

"남조선 춤 말입네까?"

"기렇디."

"러블리즈의 〈아츄〉를 추긴 할 텐데…."

말이 끝나자마자 려명희는 춤을 추기 시작했다. 반주도 없이 직접 노래를 불러가며 추었다.

춤이 끝나자 세 사람은 일제히 기립 박수를 쳤다.

"첫 번째부터 대박인데!"

"이러다 잘하는 사람이 너무 많아서 뽑기 어려우면 어쩌네?"

하지만 두 번째 이후 그들의 기대는 여지없이 무너졌다.

세 번째 참가자. 툭 건드리면 부서질 것 같은 가녀린 여성은 로봇처럼 어색하게 춤을 췄다.

네 번째 참가자. 박치에 몸치였다.

여섯 번째. 그냥 논할 가치가 없었다.

일곱 번째. 나이가 지긋하신 분이 경로당 춤을 추었다.

여덟 번째. 무조건 뽑아달라고 생떼를 부렸다.

아홉 번째. 오찬근의 조카로 장기자랑 대회인 줄 알았다며 성대모사를 했다.

열 번째, 열한 번째, 그리고 열아홉 번째….

세 사람은 영혼이 빠진 것처럼 멍해졌다.

"이러다 날 새겠다?"

철현이 힘없이 말했다.

"그러게. 내래 이제 토 나올 것 같네."

"이제 몇 명 안 남았는데, 겨우 한 명 뽑게 되는 거 아냐?"

세 사람은 절망감에 풀이 죽었다. 다음 참가자가 들어오자 세 사람은 아무 기대 없이 자기소개를 청했다.

"지금 댄스 강사를 하고 있습니다."

댄스 강사라는 말에 세 사람은 일제히 고개를 들고 참가자를 쳐다봤다. 여자는 짧은 치마와 몸에 착 붙는 상의를 입고 있었다. 철현이 못 믿겠다는 표정으로 명훈에게 물었다.

"평양에 댄스 강사가 있다는 말은 처음 들어봤는데? 명훈 동무, 평양에 댄스 학원도 있나?"

"내래 처음 들어보는데. 당에서 알면 가만있지 않을 텐데."

"요즘 상류층 자녀들한테 남조선 걸그룹, 아이돌이 인기 최고 아닙네까? 그래서 단속을 피해 가르치는 겁니다."

댄스 강사가 조심스럽게 말했다.

"아! 기렇군요. 근데 원래 직업이 뭐디요?"

철현이 물었다.

"평양예술대학에서 무용을 가르쳤지요."

"그런데 예술단에 있지 않고 왜 댄스 강사를 하고 있디요?"

"요즘 경제가 안 좋다 보니 월급이 6개월 넘게 밀려서요. 먹고는 살아야 하고, 고민하던 차에 아는 중국분이 추천해주셨지요."

"그런 사연이 있었구만. 아무튼 실력 한번 봅시다."

미소를 띠었던 여자의 얼굴이 갑자기 진지해지더니 춤을 출 자세를 취했다. TV에서 보던 걸그룹의 춤들을 자유롭게 구사했고, 마무리 동작까지 깔끔하게 끝냈다. 세 사람은 입을 쩍 벌리고 물개 박수를 쳤다.

"이야! 진짜 남조선 걸그룹이 앞에 있는 줄 착각했지요. 무조건 합격입네다."

"내래 반했시오. 기런데 동무는 이름이 뭐요?"

"오명숙입네다."

여자는 한쪽 눈을 윙크하듯 감으며 대답했다.

"명숙. 참 좋은 이름이디요."

세 사람은 입구까지 졸졸 따라가 여자를 배웅까지 하며 계속해서 칭찬을 늘어놓았다.

"우리 너무 대놓고 칭찬한 거 아니냐?"

여자가 가고 나자 철현이 말했다.

"간나새끼, 동무가 제일 오래 손뼉 치더니 뭔 개소리네? 그깟 게 뭐가 중요하네? 흙탕물에서 진주를 발견했는데."

마지막 참가자는 십 대 정도 돼 보이는 앳된 얼굴이었다. 부모님 몰래 걸그룹 댄스를 연습했다고 했다. 어설프긴 해도 댄스 강사가 잘 가르치면 쓸 만하다 싶었다. 세 사람은 진이 빠져 몸을 뒤로 축 늘어뜨렸다.

"한 명만 더 있으면 최소한 걸스데이 정도 멤버는 될 텐데. 그

렿디 않네, 지섭 동무?"

"그러게. 한 명이라도 더 있으면 하는데."

세 사람은 머리를 모아 고민했지만 세 명을 제외하고는 가르친다고 될 일이 아니었다.

"안 되면 세 명으로 해야지 않겠어?"

"그나마 세 명이라도 뽑은 게 어디네. 자, 수고들 했고, 한잔해야디?"

"또?"

"이렇게 해야 복이 들어오는 거야. 잔말 말고 준비하라."

감각공화국 임직원은(그래봐야 임원 3명, 신입 직원 1명뿐이지만) 뒤풀이를 했다. 3차까지 마신 뒤 노래방으로 향하며 다들 비틀거리는데 정금란만은 예외였다.

"금란 동무는 술을 그렇게 먹고도 멀쩡하디요."

찬근이 신기한 듯 말했다.

"뭔 소립니까? 내래 아직 시작도 안 했는데? 아주 약해빠져서리 어떻게 공화국의 혁명 전사라고 하겠소?"

찬근이 풋 하고 웃었다.

"역시 여자 리명훈 맞네."

"그게 무슨 소립니까?"

"노, 농담입네다."

금란이 무섭게 노려보자 찬근은 금세 꼬리를 내렸다.

금란은 노래방은 처음이라며 무척 들뜬 표정이었다. 오전에 오디션을 본 노래방 도우미 려명희가 일행을 반갑게 맞아주었다. 명훈은 그 자리에서 바로 합격 통보를 해주었다.

"정말입니까? 내래 떨어질 줄 알고 얼마나 조마조마했는지."

"떨어지긴? 2등으로 합격했다. 행사가 한 달도 안 남았으니까 열심히 하자."

"기럼요. 몸을 불살라 연습할 테니 염려 마시라요."

일행은 노래방에 와서도 게임을 하며 술을 거하게 마셨다. 금란은 벌주를 연거푸 마시고도 얼굴빛 하나 변하지 않았다. 그런 금란에 명훈이 한마디 던져보았다.

"동무, 너무 마신 것 같은데 내래 흑기사라도 해줄까?"

"일없습네다. 이 정도로는 끄떡없디요."

"음, 벌주는 이제 됐고 노래나 뽑아보시라요."

모두가 박수를 치며 "노래해! 노래해!" 외쳤다.

금란이 갑자기 묶고 있던 머리를 풀어헤치더니 긴 머리를 뒤로 쓸어 넘겼다. 그 모습에 다들 입이 떡 벌어졌다.

"남조선 음악 하나 틀어보시라요!"

"어떤 걸로?"

"걸그룹 노래 있으면 아무거나 틀어보시라요."

그냥 혁명가나 부르라고 했지만 대꾸도 하지 않고 포즈를 잡았다. 반주가 나오자 금란은 현란한 춤과 함께 노래를 불렀다. 완벽에 가까웠다. 모두가 물개 박수를 치며 환호했다.

"동무래 언제 이런 걸 배웠소?"

"내래 말을 안 해서 그렇지, 독일에 있을 때 별명이 설현이었습네다."

"마지막 멤버 안 찾아도 되겠네! 안 그렇소, 지섭 동무?"

철현은 헤롱거리며 엄지를 척 들어 보였다.

***

국정원 3차장 집무실에 한 요원이 급하게 노크를 하며 들어왔다. 요원은 차장 책상에 서류를 올려놓았다.

"최근 김철현의 동향에 대해 입수한 정보입니다."

"김철현을 찾았다고?"

"찾은 건 아니고 김철현이 최근 페이스북을 이용했습니다. 사이버 팀에서 확인하고 오는 길입니다."

"페이스북에 접촉했다니 그게 무슨 말이야?"

3차장은 요원을 노려봤다.

"네. 확인한 결과 세 차례 접속했습니다. 모두 동생 김지은과 채팅을 했습니다. 심문해볼까요?"

3차장은 손으로 턱을 쓰다듬으며 생각에 잠겼다.

"일단 김지은의 페이스북을 해킹해서 김철현과 접촉해봐. 진짜 김철현인지, 아니면 북한이 해킹한 건지 모르니."

"네."

"지금부터 보고는 나한테 직접 하고."

"네, 알겠습니다."

요원은 경례를 하고 나갔다.

3차장은 손깍지를 하며 미소를 지었다.

제5장

대동강 파티

개성공단 철수 53일 차

선발된 걸그룹의 첫 모임이 있는 날.

명훈은 멋을 잔뜩 내느라 거울 앞을 떠나지 못했다.

"명훈아, 이번 행사 잘 마무리되면 탈북하는 것 좀 도와주라."

노트북의 자료를 정리하던 철현이 말했다.

갑작스런 말에 명훈은 당황했다.

"탈북? 그게 무슨 말이네?"

"여기서 계속 이렇게 지낼 순 없다는 거 알잖아. 게다가 어머니가 치매래."

"기렇구만. 시간이 있으니 일단 좀 생각해보자. 탈북이 그리 간단한 건 아니디. 바로 옆 동네 가는 것도 아니고. 내래 좀 알아보갔어."

요 며칠 철현의 안색이 좋지 않은 이유가 그것이었다. 명훈은 갑자기 걱정이 되었다. 얼마 전 그의 유학 동기 가족이 탈북을 시도하다 잡혀서 소리 소문 없이 사라진 일이 있었다. 만약 철현이 붙잡히게 되면 자신뿐 아니라 아버지도 위험해질 수 있었다.

준비를 마친 명훈이 출발하자고 했다.

"먼저 나가 있어. 바로 뒤따라 갈게."

명훈이 나가자 철현은 페이스북을 실행했다. 지은의 메시지가 와 있었다.

김지은 오빠, 며칠 동안 연락이 없어서 걱정되네. 확인하면 답장 좀 줘.

밖에서 명훈이 재촉하는 소리가 들렸다. 철현은 나간다고 대답하고 노트북을 덮으려다 급히 자판을 두드렸다.

김철현 별일 없으니 걱정 마. 지금 나가봐야 해서 저녁에 다시 얘기하자. 좋은 소식이 있다.

철현은 잠시 망설인 후 글을 삭제했다. 그리고 다시 입력했다.

김철현 급한 일이 있다. 저녁에 다시 얘기하자.

***

세 사람은 찬근의 창고로 향했다. 춤 연습장으로 쓰기 위해 찬근이 창고 한쪽을 비워놓았다고 했다. 기다리던 멤버들은 철현 일행을 보자 오와 열을 맞춰 선 채 허리 숙여 인사했다.

철현은 먼저 이름을 정하자고 제의했다.

"평양시스터즈 어떻습네까?"

려명희가 먼저 손을 들어 제안했다.

"인민시스터즈가 더 화끈하지 않습니까?"

"돌격시대 제안합네다!"

"혁명시대요!"

"공화국소녀는 어떻습니까?"

"레드걸요!"

"레드걸은 미제 이름 아닌가? 붉은혁명단이 더 낫디 않갔네?"

찬근이 끼어들었다. 그러자 다들 표정이 일그러졌다.

'걸그룹에 그런 살벌한 이름이라니.' 철현은 속으로 중얼거렸다.

"투표로 정하면 어떨까? 민주적 방식으로."

게다가 공산주의 사회에서 민주적 방식이라니! 철현은 웃음이 났다.

어쨌든 각자 원하는 이름을 써서 제출한 뒤 투표를 하기로 했다.

"1번 공화국소녀, 2번 인민시스터즈, 3번 평양시스터즈, 4번 붉은혁명단, 5번 돌격시대…."

투표 결과 '공화국소녀'가 제일 많은 일곱 표를 얻었다. 아쉬워하는 사람들도 있었지만 모두 한마음으로 박수를 치며 좋아했다.

"그런데 지섭 동무, 곡은 뭘로 하디? 남조선 음악으로 출 수도 없고."

그제야 모두의 입에서 "아!" 하고 탄식이 흘러나왔다.

"거기까진 생각을 못 했네. 지섭 동무, 어쩌지?"

"그러게. 걸그룹 곡이 아니면 흥이 나지 않는데."

"평양예술대학 동기 중에 작곡을 하는 동무가 있긴 한데…."

오명숙이 입을 열었다.

"그 동무가 도와줄까?"

철현이 간절한 눈빛으로 물었다.

"걱정 마시라요. 제가 부탁하면 도와줄 겁니다."

"그럼 명숙 동무가 곡하고 안무를 준비하고, 내래 의상을 준비해보갔소."

"알갔습네다. 공화국을 위해 최선을 다하겠습네다."

오명숙은 여전사와 같은 각오로 주먹을 쥐며 이를 악물었다. 다른 멤버들도 이 한 몸 부서질 때까지 열심히 하겠다며 의지를 다졌다. 명훈이 박수를 치며 말했다.

"오늘은 이 정도로 마치고 안무와 곡이 나오면 그때 다시 모입시다. 그럼 그때까지 주체적으로 몸을 풀어 오도록."

"알겠습네다!"

멤버들이 돌아가자 철현이 말했다.

"의상 준비하려면 오늘 재료도 사야 되고 할 일이 많아. 명훈이는 행사 진행할 사회자 섭외했어?"

"걱정 말라. 내일 오기로 했으니."

"오케이. 그럼 재료 사고 어떻게 진행할지 회의도 하자고. 바쁘니까 빨리 움직이자."

"그러자구!"

명훈과 찬근은 신바람이 나서 어깨를 들썩이며 철현을 따라 나섰다. 의상을 위한 재료를 고르는 데 반나절도 넘게 걸렸다. 철현이 원하는 원단을 찾기가 쉽지 않았다. 겨우 비슷한 재료를 구한 세 사람은 잠시 한숨 돌리자며 찻집으로 들어갔다.

"기런데 지섭 동무, 의상 스타일은 구상한 게 있네?"

"한 세 가지 정도?"

"어떤 건데?"

"하나는 빤짝이 의상으로 아주 섹시하게 만들고, 하나는 긴 원피스에 치맛자락이 쭉 찢어진."

"거, 미쓰에이처럼 말이디?"

"그렇지."

"아주 요염하겠는데!"

명훈과 찬근은 상상을 하며 낄낄거렸다.

명훈이 무슨 생각이 난 듯 웃음을 멈추고 진지하게 말했다.

"당에선 젊고 참신한 행사를 원한다 하는데, 드론으로 쇼라도 해보면 어떨까? 내래 유학시절에 유튜브에서 봤는데 아주 기가 막히던데."

철현이 명훈의 등을 세게 두드렸다.

"좋은 생각인데! 그런데 드론은 어디서 구해?"

"기렇디. 우선 드론을 구하는 게 문제디."

그때 차를 홀짝거리며 듣고 있던 찬근이 입을 열었다.

"내래 아는 중국 상인이 있는데 한번 알아보갔어."

두 사람은 그 말이 무슨 의미인지 알았다. 찬근에게 불가능이란 없었다.

세 사람은 밤 11시가 넘어서 지친 몸을 이끌고 지하실로 돌아왔다. 명훈은 곧바로 침대에 쓰러져 코를 골았다. 철현은 눈이 감겼지만 노트북을 열어 페이스북을 실행했다.

알림에 "응"이라는 지은의 마지막 메시지가 있었다.

김철현 지은아.

대답이 없었다.

너무 늦은 시간이라는 생각에 노트북을 닫으려는 순간 지은의 대답이 왔다.

김지은 오빠.

김철현 아직 안 자고 있었어?

김지은 이제 막 들어왔어. 오는 길에 개성시대에 좀 들렀거든.

김철현 다들 잘 있고?

김지은 거기도 말이 아냐. 1차 부도는 간신히 막은 거 같긴 한데 다음이 문제지.

김철현 그렇겠지. 사장님이 개성공단 증설한다고 대출까지 왕창 받았으니.

김지은 그건 그렇고 오빠는 왜 핸드폰 연락이 안 돼?

김철현 핸드폰? 물에 빠지고 나서 고장이 났어.

김지은 그렇구나. 지금 위치가 어디야?

김철현 말해도 잘 모를 거야. 평양 어디쯤이라고만 알고 있어라.

김지은 혹시 누구랑 있어?

김철현 그것도 나중에 말할게. 그냥 사업 같이 하는 친구들이야.

김지은 사업? 무슨 사업?

김철현 아직은 좀 그렇고 나중에 얘기할게. 엄마는?

김지은 주무셔. 오늘도 오빠 왜 퇴근 안 하냐면서… 아무래도 병원에 한번 다시 가봐야 할까 봐.

김철현 그게 좋겠다. 엄마 생각하니 마음이 아프다. 오빠가 도움이 못 돼서 미안하다.

김지은 그런 소리 하지 말고 몸 건강하게 돌아올 생각만 해.

김철현 그래. 다시 연락할게.

철현은 노트북을 닫고 이불 속으로 몸을 밀어넣었다. 탈북 얘기는 꺼내지 않았다. 위험한 일이기에 괜한 걱정만 줄 것 같아서였다.

***

국정원 요원은 3차장에게 전화를 걸었다. 잠에서 깬 3차장은 발신자를 확인하고 방을 나와 전화를 받았다.

"지금이 몇 신데 전화야?"

"급한 건이라 빨리 보고드려야 할 거 같아서. 죄송합니다."

"무슨 일인데?"

"방금 김철현과 김지은이 채팅을 한 게 확인됐습니다."

요원의 말에 3차장은 선잠에서 깼다.

"김철현이? 어떻게 채팅을?"

"그것까지는 아직 확인 못 했습니다. 김철현이 무슨 사업을 한다고 했습니다."

"뭐라고? 도피 중에 무슨 사업을 한다는 거야?"

"자세한 얘기는 피하더라고요."

3차장은 담배를 꺼내 물었다. 불을 붙이려다 아내의 기척을 듣고 도로 집어넣었다.

"도대체 일이 어떻게 돌아가는 거야?"

"좀 더 확인해보겠습니다."

"알았어. 아무한테도 보고하지 않았겠지?"

"네."

3차장은 전화를 끊었다. 모든 게 이상했다. 철현이 어떻게 그곳에서 도피를 할 수 있으며, 게다가 채팅을 하고 어떻게 사업까지…. 어쩌면 철현이 정말 간첩일지도 모른다는 생각에 정신이 번쩍 들었다. 어디까지 보고를 해야 할지 고민됐다. 일단 정확한 상황 파악을 하는 게 우선이었다. 자칫 이 내용이 언론에 노출된다면 야당의 정치적 공세며 국정원의 위상 추락 등 사태가 심각해질 것이다.

개성공단 철수 54일 차

철현은 행사 준비를 하기 위해 노트북을 열었다. 잠시 망설이다 페이스북을 실행했다. 동생과의 대화 내용을 몇 번이고 다시 읽었다.

"뭘 그렇게 얼빠진 놈처럼 앉아 있네?"

명훈이 갑자기 다가오며 말했다.

"아, 아니."

"오후에 작곡가 선생 만나기로 하디 않았어?"

"그렇지. 빨리 준비하고 나가자."

철현은 노트북을 닫고 자리에 일어났다.

명훈은 중구역까지 지하철을 타고 가자고 했다. 역사 안으로 들어가자 화려한 문양의 기둥과 아치형 천장이 눈에 띄었다. 곳곳에 김일성을 찬양하는 그림과 인민들이 깃발을 들고 있는 선동적 그림들이 붙어 있었다. 노선이 많지 않은지 안내판에 표시된 역은 몇 개 되지 않았다. 표를 끊고 기다렸지만 열차는 좀처럼 소식이 없었다.

"지하철이 다니긴 하냐?"

"기럼. 내래 걸어가자고 여기까지 데리고 온 줄 아네? 원래는 이렇디 않았는데 전력난 때문이다. 저기 오고 있네."

역무원이 빨간 깃발을 흔들며 멈추라는 신호를 보냈다.

열차 안은 광고판이나 어떤 부착물도 없이 정말 순수한 운송 수단일 뿐이었다. 실내 조명도 몇 개 켜지 않아 어둑했으며 승객들 표정도 이와 다르지 않았다.

중구역에 내려 지하도를 빠져나오자 오명숙이 마중을 나와 있었다. 두 사람은 오명숙을 따라 골목 골목을 지나 낡은 상가 건물로 들어갔다. 지하실로 내려가 문을 두드리자 한 남자가 나왔다. 볼살이 통통하고 배가 불룩 나온 남자는 명숙을 보자 환하게 웃었다.

"이게 얼마만이네! 동무래 시집간 줄 알았더니 아직도 한량이구만. 허허."

"기러는 동무는 아직도 여전하네. 5년 전이나 지금이나."

오명숙은 철현과 명훈을 인사시켰다. 철현은 악수를 하고 실내를 둘러보았다. 몇 개 안 되는 장비들은 오래돼 보였다. 녹음이 가능한지 의심스러웠다.

"어떤 음악이 필요하디요?"

"그게… 저희가 걸그룹 댄스를 출까 하는데…."

철현이 조심스럽게 말하자 작곡가는 웃으며 말했다.

"편안하게 말하시라요. 내래 주문대로 딱딱 맞춰드리니."

"기렇습니까? 남조선 걸그룹 음악 같은 곡이 필요한데, 여기 음악 색깔하고 좀 안 맞아서 아무래도 어렵디 않겠습네까?"

"남조선풍 말이디요?"

"당에서 뭔가 새롭고 혁신적이며 혁명적으로 창발성 있는, 주체적으로 력사에 새바람을 불러일으킬 기런 걸 원한다 해서."

명훈의 말에 작곡가 선생은 껄껄 웃었다.

"유로댄스 풍으로 할까? 아니면 일렉트로니카? 기왕 하는 거 SM 스타일로 할까? BPM은 120정도면 될 거 같고."

"그런 게 다 가능합네까?"

세 사람이 동시에 놀란 목소리로 물었다.

"나라고 뭐 행진곡이나 군가풍 같은 거나 하는 줄 아시나? 음악은 하나 아니갔소. 이 음악 한번 들어보시갔소?"

작곡가는 노트북에 담긴 음악을 실행했다.

철현은 놀라서 입이 떡 벌어졌다. 유로풍 일렉트로니카 음악으로 한국에서 출시해도 될 만한 최신 사운드였다.

"이걸 다 직접 작곡하신 겁네까? 대단합네다."

"동무래 음악을 좀 아네. 백두혈통의 정서가 주체적으로 아로새겨진 곡이지."

작곡가는 원하는 스타일을 묻고 즉석에서 미디로 작곡해서 들려줬다. 건반으로 간단한 베이스 리프를 만들고 비트를 쌓아갔다. 악기가 쌓일 때마다 점점 그럴듯해졌다.

드디어 완성. 즉석에서 만든 곡이라고는 믿을 수 없을 만큼 완성도도 높았다.

"기런데, 이런 음악을 당에서 승인할지⋯. 너무 과한 것 아닙 네까?"

명훈이 걱정스럽게 말했다.

작곡가는 컴퓨터에 연결된 건반을 통해 북한의 유행가인 〈휘 파람〉을 메인 멜로디로 넣었다. 다시 들어보니 자본주의 곡 같 기도 하고 혁명곡 같기도 했다. 모두가 엄지를 척 내밀었다.

***

개성시대 직원들은 퇴근 후 술집에 한 명씩 모여들었다. 집에 들어가 궁상을 떠니 같은 처지끼리 모여 앞날에 대한 불안을 함께 나누는 게 나았다.

"과장님, 그나저나 보상 문제는 어떻게 되고 있어요?"

이 주임이 냉랭한 공기를 뚫고 먼저 입을 열었다.

이 과장은 인상을 구기며 입에 소주를 털어 넣었다.

"말도 마라. 얼마 전 개성공단 비상대책위원회에서 내년 추 경예산에 포함해야 한다는데. 참 내, 어이도 없지. 줄줄이 도산 하고 나서 보상하겠다는 거 아냐. 그게 말이 되냐?"

"저희 회사 어떻게 해요?"

이 주임이 울먹이며 말했다.

"낸들 알겠냐."

이 과장은 길게 한숨을 내뱉었다.

"게다가 지금 총선이라 개성공단에 신경이나 쓰겠어? 개성공단 얘기 꺼냈다간 색깔론 공격이나 하는데. 철현이를 아예 간첩으로 몰아가는 거 못 봤냐?"

"하나당, 이 개 같은 놈들!"

김 대리가 소주잔을 움켜쥐며 분노했다.

"지랄! 총선 때 야당은 무능하다면서 여당 찍은 놈이 누군데?"

이 과장이 김 대리를 향해 비웃듯 말했다.

"참 내, 과장님!"

"왜!"

"부산 갈매기는 여당 아이가? 그런 사람은 누군데요?"

"어험! 네는 엘리트라 어디든 갈 수 있다면서 회사 걱정은 왜 하나?"

"그만 좀 하시죠. 술김에 내뱉은 말 가지고 죽을 때까지 우려먹겠네."

김 대리가 소주잔을 탕 하고 내려놓았다.

이 과장은 능글맞게 웃으며 김 대리의 잔에 술을 채웠다.

"알았다, 알았어. 농담이다. 우리끼리 아웅다웅해봐야 뭘 하겠냐? 화 풀고 한잔해라."

이 과장이 술잔을 들자 김 대리도 마지못해 건배를 했다.

"그나저나 철현 대리님은 잘 지내고 있을까요? 벌써 두 달째 소식이 없는데."

이 주임이 입을 열었다.

철현의 이야기가 나오자 다들 표정이 어두워지며 아무 말도 못 했다.

TV 뉴스에서 여당 의원이 개성공단 철수에 대한 발표를 하고 있었다.

"개성공단 철수는 국가안보를 위한 청와대의 불가피한 선택입니다. 야당이 제기하는 개성공단 철수 결정에 있어 대통령에 대한 의혹 제기는 선거를 정치적으로 이용하고자 하려는 의도 아닙니까? 김철현 같은 빨갱이를 두둔하는 일부 야당 내 종북 세력들의…."

이 주임은 울분을 터트렸다.

"아니, 쟤들은 뭐만 나오면 종북 타령이래요?"

"믿는 사람도 문제지."

이 과장이 풍선에서 바람 빠지는 소리를 내며 말했다.

"아직도 그걸 믿는 사람이 있어요?"

김 대리가 끼어들었다.

"매일 종편만 보는 사람들 얼마나 많은데? 계속 듣다 보면 사실이건 아니건 믿게 된다니까."

이 주임이 굳은 얼굴로 두 사람을 번갈아 봤다.

"그나저나 내일부터 개성공단 문제 해결 촉구 집회한다는데 가실 거예요?"

"가야지."

이 과장은 어깨를 축 늘어뜨리며 대답했다.

"가봐야 정치인들이 콧방귀나 뀔까요?"

김 대리가 한쪽 입꼬리를 올리며 말했다.

"콧방귀든 똥방귀든 뭐라도 해야 하지 않겠나? 회사에 죽치고 앉아 있으면 뭐 하나. 다들 내일은 잔소리 말고 다 참여해라. 알았나?"

개성공단 직원들은 깊은 한숨과 함께 쓰디쓴 소주를 들이켰다. 뉴스를 마치며 유재하의 〈가리워진 길〉이 엔딩 송으로 흘러나왔다. 이 과장은 말없이 술잔을 기울이며 노래를 따라 흥얼거렸다.

개성공단 철수 65일 차

공연일이 열흘 앞으로 다가왔다. 공화국소녀 멤버들은 밤샘 연습을 강행했다. 몇 번 수정을 거쳐 곡이 늦게 나온 데다 그에 맞춰 안무를 변경하느라 시간이 촉박했다. 게다가 생업과 병행해야 하기에 일곱 곡을 준비하는 게 여간 힘든 게 아니었다. 강행군에 지칠 법도 했지만 누구 하나 군소리 없이 잘 따라줬다.

아침 일찍 철현과 찬근은 멤버들을 응원하러 나왔다.

"수고가 많으십니다!"

"수고라니요, 당을 위해서 하는 일 아니겠습니까?"

땀을 닦으며 말하는 명숙의 표정은 비장했다.

"준비는 잘돼가나요?"

"시간이 많이 부족하디요. 그래도 극복해야디요."

철현이 봐도 아직은 동작이 어설픈 데다 호흡도 잘 맞지 않았다. 어려운 상황에서도 웃음을 잃지 않는 멤버들이 측은하고도 대견했다.

연습을 지켜보고 있는데 명훈이 허겁지겁 들어왔다. 그는 숨을 거칠게 내뱉으며 알아듣지 못할 말을 내뱉었다.

"도, 동무, 큰일….."

"무슨 소리네? 숨 좀 쉬고 말하라."

명훈은 허리를 굽혀 숨을 크게 내쉬었다.

"다, 당에서 검열 나온다고 하디 않갔네?"

"무슨 검열?"

"우리 춤을 직접 보고 심의를 한다고 하는구만!"

"심의는 뭔 심의?"

"요즘 평양에서 남조선 춤이 유행이라는 걸 당에서도 알고 있디 않갔네? 음성적으로 하다 보니 당에서도 골머리를 앓고 있는데, 혹시 공개 행사에 그런 춤이 나오지 않을까 우려된다면서 한번 봐야겠다네."

명훈의 말에 멤버들은 혼란에 빠졌다. 안무를 담당한 오명숙에게 철현이 물었다.

"명숙 동무, 혹시 안무를 변경하는 건 어떻디요?"

"부분적으로 바꾸는 건 몰라도 전체를 바꾸는 건 방법이 없디요. 안 그래도 시간이 부족한 판인데, 검열관이 보면 춤을 거의 다 바꾸라고 할 게 뻔합네다."

철현은 명훈에게 다가가 귓속말을 했다.

"명훈아, 아버지한테 좀 얘기해보면 안 될까?"

"기렇디 않아도 방금 아바이 만나고 오는 길인데, 당에서 직접 나온 거라 힘들다고 하시디 않네."

명훈이 힘없이 대답했다.

고민하며 안절부절못하고 있는데 검열관들이 들이닥쳤다. 명훈은 멤버들을 소개하고 진행 상황을 설명했다. 지위가 높아 보이는 남자는 설명을 듣는 내내 못마땅한 표정을 지었다. 그가 명훈의 말을 끊고 입을 열었다.

"설명은 그 정도면 됐소. 당을 위해 이렇게 불철주야 노력하니 아주 보기가 좋구먼. 준비한 것부터 봅시다."

오명숙이 고개를 끄덕이더니 멤버들을 모아 작은 소리로 설명을 했다.

음악이 나오자 멤버들이 자세를 취했다. 안무에 들어가려는 순간 검열관이 손을 휘저으며 음악을 끄라고 했다.

"음악이 좀 요란하지 않소? 이게 도대체 무슨 음악이디?"

"아… 그게… 김정은 위원장 동지의 지시대로 혁명 력사를 주체적으로 해석한 선진적인 가락을 강조하는 진취적이고도…."

명훈이 횡설수설했다.

망했구나 싶었는데 의외로 검열관은 고개를 끄덕였다.

"좋소. 일단 한번 봅시다."

다시 음악이 나왔다. 음악과 함께 절도 있는 동작으로 춤을 추었다. 명훈과 철현은 춤을 보며 안심을 했다. 오명숙이 가장 군무에 가까운 춤인 각기춤 동작을 보여준 것이다.

음악이 끝나자 검열관은 애매한 표정을 지었다. 멤버들은 모두 긴장한 표정으로 굳어 있었다.

"기런데 그 동작이 뭘 의미하는 거디?"

오명숙이 앞으로 나와 설명을 했다.

"이 동작은 일종의 군무입네다. 여성 동지들의 혁명적 의식을 고취시키고 절도 있는 공화국의 존엄을 표현하고자 했습네다."

명숙의 대답에 명훈과 철현은 입이 떡 벌어졌다. 검열관은 고개를 끄덕였다.

"기렇디. 춤을 보니 아주 혁명성이 투철하구만. 이 춤은 우리 군에서 춰도 좋겠구만. 그래, 다른 춤은 또 없나?"

순간 오명숙의 표정이 일그러졌다. 명숙이 우물쭈물하자 검열관이 날 선 목소리로 말했다.

"뭘 기렇게 망설이나? 날래 춰보라우?"

"그게, 다른 건 아직 준비가 덜 돼서…."

"준비가 안 됐다니? 행사가 얼마 남지도 않았는데 그동안 뭘 했기에?"

"그런 건 아니고… 아직 마지막 작업이 남았다는 겁네다."

"기럼 된 데까지만 보면 되지 않갔어? 날래 해보라우!"

오명숙은 잠시 생각하더니 음악을 틀었다. 문제는 동작들이 대부분 남한 걸그룹 춤을 짜맞춘 것이었다. 어쨌든 멤버들은 최선을 다해 춤을 추었다. 춤을 추는 내내 명훈과 철현은 조마조마했다. 멤버들이 무대를 향해 엉덩이를 흔들어댔다.

음악이 끝나자 검열관은 무거운 표정과 함께 눈살을 찌푸렸다.

"그 춤은 도대체 뭐디?"

"공화국소녀들의 최고령도자 동지에 대한 사랑과 존경의 애틋한 마음을 표현한 것이디요."

오명숙의 대답에 명훈과 철현은 감탄이 절로 나왔다.

검열관은 끄덕거리더니 입을 열었다.

"음, 의미는 뭐 그렇다 치고 동작들이 너무 자본주의 냄새가 나는데."

그는 하나라도 트집거리를 잡아야만 자기 임무를 제대로 해내는 거라고 생각하는 것 같았다.

"동무들 생각은 어떻소?"

검열관이 함께 온 일행들을 향해 물었다

"위원장 동지 말씀이 맞습네다. 춤이 좀 경망스러운 데다 선동적이고 퇴폐적인 게 아무래도 이 춤을 만든 동무의 사상 검증이 필요한 듯 싶습네다."

일행 하나가 대답했다.

"기래, 우리 경애하는 최고령도자 동지의 취향에는 안 맞디. 고상한 음악을 좋아하시디."

검열관의 말에 일행은 다시 장단을 맞췄다.

"기렇습네다. 동무들! 다시 검열하러 올 테니 그때까지 그 동작들은 수정해서 보고하라우."

그 말에 대답하는 사람은 아무도 없었다.

"왜 대답이 없소?"

검열관이 호통을 치자 그제야 멤버들은 "알겠습네다"라고 대답했다.

다행히 검열관은 대체로 흡족한 듯 한 사람 한 사람에게 일일이 악수를 건네고 자리를 떠났다.

멤버들은 바닥에 털썩 주저앉았다.

"그래도 이만하면 다행이디?"

명훈이 눈치를 보며 말했다.

"그렇지만 안무를 이 시간에 어찌 바꾸란 말이오?"

명숙이 한숨을 내쉬며 말했다.

그때 잠자코 있던 찬근이 슬그머니 입을 열었다.

"고저, 지금 이 분위기에 말하기는 그렇지만….."

찬근이 잠시 망설이자 철현이 재촉했다.

"뭔데? 날래 말해보라."

"그게 말이디….."

찬근이 눈치를 살피며 또 망설였다.

"답답하게! 빨리 말해보라!"

"드론 말이디….."

"드론이 뭐?"

명훈이 짜증난다는 듯 소리쳤다.

"그게 비행 허가를 내줄 수 없다고 하네."

"그걸 지금 말하면 어떻게 하네?"

철현이 벌떡 일어나며 소리쳤다.

"아니, 내래 분위기 좋을 때 말하려고 했지."

"그럼 분위기 좋을 때 하지 그걸 지금 말하나?"

"나보고 어쩌라고 지랄들이네?"

세 사람은 풀이 죽은 채 한참을 자리에 주저앉아 있었다.

그때 오명숙은 멤버들과 다시 한 번 파이팅을 외치고 철현 일행에게 다가왔다.

"동무들, 힘내시라요! 세상에 쉬운 일이 어디 있겠습니까? 방도가 있을 테니 힘들 내시라요."

명훈이 철현의 등을 두드렸다.

"동무, 드론은 내래 당에 아는 분이 있으니까 다시 부탁을 해볼 테니 힘내라."

"그래. 이런다고 안 될 일이 되는 것도 아니고, 나도 이만 들어가서 일해야겠다. 의상도 준비하고 포스터도 준비하고."

철현이 애써 웃으며 말했다.

명훈은 아버지를 찾아가 부탁한다며 자리를 떴고, 찬근과 철현은 지하실로 돌아왔다.

철현이 포스터 시안을 보여주며 걱정스러운 표정을 지었다.

"포스터도 문제가 되지 않을까?"

"너무 외설적이라고 할 것 같긴 하구만."

찬근의 대답에 철현은 잔뜩 실망하며 의상을 펼쳐 들었다.

"반인민적이라고 할 거 같지 않네?"

"기렇겠지?"

철현은 의상을 집어던지려다 다시 책상 위에 내려놓았다.

생각에 잠겨 있는 철현에게 찬근이 눈치를 보며 다가왔다.

"군복 입고 추면 어떠네? 당에서 아주 좋아할 것 같은데."

철현은 어이없다는 듯 찬근을 쳐다봤다.

"그게 말이 되냐? 군복 입고 추는 춤을 누가 좋아하겠어? 말 같지도 않은 소리를."

"기렇디. 내래 생각해도 말 같지 않네."

찬근은 머리를 긁적였다.

"잠깐! 꼭 그렇지는 않을 것 같은데."

철현이 뭔가 떠오른 생각이 있는 듯 찬근의 등을 치며 말했다.

"남자들이 제복 입은 여자들 보면 아주 자지러지지?"

찬근은 알쏭달쏭한 표정으로 고개만 끄덕였다.

"여경이 제복 입은 모습 보면 뭔가 야릇하지 않나?"

"기렇디!"

"제목을 좀 섹시하게 변형해서 입혀보면 어떨까? 일테면 요렇게."

철현은 방금 떠올린 디자인을 종이 위에 스케치하기 시작했다.

"소매는 이 정도 짧게, 허리선을 강조하고, 배꼽이 살짝 보이도록 기장도 짧게… 엉덩이가 볼록 튀어나오도록 하고, 남자 군복 바지에 멜빵을 넣고… 어때?"

"이야! 동무 완전 천재 아니네?"

찬근은 철현이 스케치한 의상을 보며 연신 감탄했다.

개성공단 철수 73일 차

대동강 선착장 앞에 대형 무대가 설치돼 있었다. 그 앞으로 백 미터 길이로 대형 천막과 탁자가 길게 늘어섰다. 5천 명을 수용할 수 있는 엄청난 규모였다. 대형 무대 옆에는 특별 제작된 홍보 영상이 재생되고 있었다. "연하고 부드럽고 향긋한 맛! 무더운 여름철은 물론 사계절 누구나 즐겨 찾는 대중 음료 대동강맥주!"라는 홍보 문구와 함께 북한 주민들이 생맥주를 마시는 장면이 흘러나왔다. '우리민족끼리 TV'라는 웹사이트와 조선중앙TV에서도 이 영상을 내보내는 중이었다.

영상을 보는 철현의 표정은 일그러졌다. 당에서 제작한 그 여상은 조잡하기 짝이 없었다. 철현은 영상을 외면하고 주변을 둘러보았다. 행사장 주변에 붙은 포스터도 다시 한 번 꼼꼼히 확인했다. 무대 앞뒤로 조명과 음향, 특수효과 등을 준비하느라 분주했다. 무대 뒤 대기실에서는 공화국소녀 멤버들이 최종 리허설 준비를 하고 있었다.

분주히 움직이는 사람들 가운데 명훈의 모습이 보였다. 명훈은 서빙하는 여종업원들 주변을 맴돌며 쓸데없는 농담을 던지고 있었다. 잠시 후 찬근이 나타나 명훈의 귀를 잡아당겨 끌고 왔다.

"간나새끼, 바빠 죽겠는데 에미나이 옆에서 껄떡대기나 하고!"

"껄떡대기는! 주의사항도 일러주고 옷차림도 점검하고 그랬디."

"동무만 주의하면 되니까 개수작 부리지 말고 내래 따라오라."

명훈은 투덜거리며 찬근을 따라갔다. 찬근은 드론 조종사를 만나 비행 동선과 이벤트에 대해 논의했다. 명훈은 옆에서 구경하며 드론을 만지작거렸다. 그러던 명훈의 동작과 표정이 갑자기 굳어졌다. 그 순간 찬근은 뚝 하는 소리를 들었다. 뒤돌아보니 부서진 드론이 명훈의 손에서 달랑거리고 있었다.

"이런 종간나새끼! 드론이 작살났지 않았네?"

"내래 살짝 만지기만 했는데! 원래 불량품 아니었네?"

찬근은 명훈에게 온갖 욕을 내뱉으며 소리쳤다. 그 소리에 철현이 놀라 달려왔다.

"저 간나새끼가 드론을 망가뜨려 놨으니 이를 어쩌면 좋네?"

명훈은 고개를 푹 숙인 채 억울하다는 표정을 지었다.

"내래 찬근 동무가 도와달라고 해서… 그냥 만지기만 했는데…."

찬근이 또다시 버럭 소리를 질렀다.

"내래 도와달라고 했지 부수라고 했네?"

철현은 드론을 요리조리 살피더니 드론 조종사에게 물었다.

"수리되겠소?"

"부품을 구할 수 있어야 말이디요."

조종사도 난감해했다. 고개를 푹 숙이고 있던 명훈은 조심스럽게 입을 열었다.

"찬근 동무! 상가 근처에 수리공이 하나 있는데, 못 붙이는 게 없다고 하던데 내래 알아보갔소."

철현은 다른 방법이 없기에 명훈의 말을 믿어보기로 했다. 명훈은 드론을 들고 어기적어기적 걸어갔다. 그 모습을 본 철현은 들고 있던 펜을 집어던지며 소리쳤다.

"안 뛰고 뭐 해?"

명훈은 깜짝 놀라 큰 몸을 뒤뚱거리며 뛰었다.

그때 검열관 일행이 철현과 찬근 쪽으로 다가왔다.

"동무들, 준비는 잘돼가고 있디요? 당에서도 이번 행사에 기대가 큽니다."

검열관이 흡족한 표정을 지으며 물었다.

"모두 혁명적인 불꽃처럼 타오르고 있습네다!"

"이번 행사가 잘 끝나면 당에서도 동무들을 높이 치하할 거요."

"그런 건 바라지도 않습네다. 고저 당을 위해서 일하는 겁네다."

찬근은 은근히 기대하면서도 최대한 겸손하게 말했다.

"좋소. 춤을 좀 봅시다."

갑작스런 그 말에 두 사람은 서로 얼굴만 보며 난감해했다.

"그 그게, 지금 한창 연습 중이라."

"왜? 아직 준비가 안 됐소?"

검열관이 얼굴을 일그러뜨렸다.

"아닙네다. 연습을 열심히 했디요."

무대 뒤로 검열관 일행을 안내했다. 연습 중이던 공화국소녀 멤버들이 검열관을 보자 동작을 멈췄다. 표정까지 굳고 말았다.

"동무들! 수고가 많군. 어디 한번 봅시다."

검열관이 의자에 앉으며 말했다.

오명숙이 망설이자 찬근은 할 수 없다는 듯 준비하라고 눈짓했다. 검열관은 흠집을 잡아내고야 말겠다는 눈빛으로 노려봤다.

공화국소녀는 음악에 맞춰 그동안 준비한 춤을 추기 시작했다. 시작한 지 겨우 몇 초쯤 지났을까, 검열관이 음악을 중지시켰다.

"저런 반동적 춤을 추겠다는 건가?"

"저번에 지적하신 동작들 많이 수정했습네다."

명숙이 죄인처럼 고개를 숙이며 말했다.

"달라진 게 없는데 수정했다고? 동무들 내래 인내심 시험하네?"

"아닙니다."

"이 따위 반동적 춤을 무대에 올릴 순 없으니 그리 알라!"

검열관은 자리를 박차고 일어나 일행을 이끌고 사라졌다.

남은 사람들은 아무 말도 못 하고 얼이 빠진 채 한참을 서 있었다. 그때 검열관 일행 중 한 명이 다시 안으로 들어왔다.

"동무들! 그러니까 제대로 바꾸지 그랬네?"

"저희는 최선을 다해서 바꿨디요."

찬근이 울쌍을 지으며 말했다.

"내래 봐도 문제 없긴 한데 오늘 검열관 동지가 기분이 좀 안 좋아서리. 내래 가서 살살 달래볼 테니 동무들도 성의를 좀 보이라우!"

"아이구, 네, 고맙습네다! 고맙습네다!"

철현과 찬근은 돌아서는 남자를 향해 연거푸 구십 도로 인사했다. 행사가 코앞인데 드론이 망가진 것에 이어 춤까지 지적받다니 정말 아찔한 순간이었다. 명숙과 멤버들도 큰 한숨을 내쉬었다.

이제 문제는 안무를 어떻게 수정하느냐는 것이었다. 모두 풀이 죽어 있는 가운데 오명숙이 손바닥을 쳤다. 방법이 있다며 다들 가까이 모이라고 손짓했다. 검열관에게 보여줄 안무와 실제 안무 두 가지를 준비하자고 했다.

"그랬다간 우리 모두 큰일나지 않았어? 안 돼."

찬근이 정색을 하며 말했다.

"아냐. 일단 그렇게라도 하자."

철현이 좋은 생각이라며 명숙의 의견을 거들었다. 하지만 찬근은 결사적으로 반대했다.

"죽을라고 환장했네?"

"행사가 반응이 좋으면 검열관도 문제 삼지 않을 거야."

"그러다 안 되면 어떻게 책임질 거네?"

"일단 행사를 잘 끝내는 게 더 중요하니까 그건 나중에 생각하자고."

"환장하겠구먼."

찬근은 반대하면서도 달리 방법이 없기에 더 이상 반박하지 않았다.

순식간에 시간이 흘렀다. 대동강 강변에 어둠이 밀려왔다. 여전히 준비할 게 산더미였다. 철야를 해야 했기에 모두 저녁을 먹으러 갔다.

혼자 남은 철현은 맥주를 들고 강변에 앉았다. 맥주 한 모금에 긴장이 풀린 듯 철현은 긴 숨을 내쉬었다.

"어이, 개성공단! 혼자 마시기야?"

갑자기 들려온 소리에 철현은 깜짝 놀라 두리번거렸다. 어둠 속에서 누군가가 걸어오고 있었다. 다름 아닌 하수구에서 철현을 도와줬던 전직 이중간첩이었다. 그는 누런 이를 드러내며 철현을 향해 씩 웃었다. 철현은 반가움에 벌떡 일어나 그의 손을 잡았다.

"여기는 어떻게 오셨어요?"

"내 집 앞에서 시끄럽게 떠드는데 잠을 잘 수가 있어야지. 조용하기에 끝났나 싶어서 나와봤더니 자네가 보이지 않겠나."

철현은 "아!" 하고 대답했다.

"맥주 한잔 드릴까요?"

"그럼 안 주려고 했나? 내가 맥주 먹고 싶다고 노래를 불렀는데."

철현이 맥주를 내밀자 남자는 단숨에 한 병을 비웠다. 철현이 다시 한 병을 내밀었다. 맥주를 반쯤 비운 남자는 무대 쪽을 바라보았다.

"뭘 하기에 이렇게 시끄러워?"

"맥주 파티요."

"맥주 파티?"

"네. 저번에 저한테 대동강에서 맥주 한잔하면 좋겠다고 하셨잖아요. 생각해보니 괜찮을 것 같더라고요."

"저번에 갑자기 사라져서 어디 끌려갔나 했는데 잘 살고 있었구만?"

철현은 머리를 긁적이며 웃었다.

두 사람은 오랜 친구처럼 웃으며 맥주를 마셨다.

"그래, 행사는 언제 하는데?"

"모레요. 그날 오시면 제가 맥주 공짜로 무제한 대접할게요."

"지랄! 쫓기는 몸이 '나 잡아가슈' 하고 나오냐?"

"그런가? 알겠어요. 그럼 제가 하수구로 맥주 갖다 드릴게요."

"하수구라니? 그래도 엄연한 집이야!"

이야기하다 보니 철현은 어느새 긴장됐던 마음이 누그러졌다.

"서울 가는 건 이제 포기했어?"

"포기는요! 아저씨가 그러셨잖아요. 돈이 있어야 도망도 갈 수 있다고…."

"돈이 있다 해도 쉽지는 않을 거야."

남자는 달빛에 반짝이는 대동강물을 바라보며 쓸쓸히 말했다.

"쉽지 않아도 가야죠. 이번 행사만 잘 마무리하면 탈북할 생각이에요."

남자는 그저 말없이 맥주를 마셨다. 두 번째 맥주를 비우고 자리에서 일어났다.

"한잔 더 하고 가세요."

철현이 아쉬운 듯 말했다.

"됐다. 귀한 건 아껴야 가치가 있다."

남자는 터벅터벅 어둠 속으로 사라지며 철현에게 손을 흔들었다. 남자가 사라지자 다시 허전함이 밀려왔다. 막상 행사가 끝나고 탈북할 생각을 하니 걱정이 밀려왔다. 발각이 되면 어떻게 될까? 국정원에 알려서 안전한 방법을 찾아야 할까?

자리를 털고 일어나는데 명훈이 달려왔다. 명훈은 숨을 헉헉거리며 드론을 보여줬다.

"감쪽같디?"

그의 말대로 떨어져나갔던 프로펠러가 새것처럼 붙어 있었다.

"정말 감쪽같네!"

"내래 뭐라 그랬네? 그 아저씨래 못 붙이는 게 없다고 하지 않았네."

"밥은 먹었냐?"

"밥 먹을 새가 어딨네? 동무들한테 맞아 죽을까 조마조마해서 숨도 못 쉬고 있었는데."

"밥이나 먹으러 가자."

"그럴까? 내래 배고파 뒈지는 줄 알았디. 날래 가자우."

개성공단 철수 75일 차

세 사람은 새벽까지 마지막 점검을 마치고 행사장 세트 한구석에서 쪽잠을 잤다. 뼛속까지 파고드는 한기에 철현은 몸을 돌돌 말았다.

동틀 무렵 명훈이 철현을 흔들어 깨웠다.

"내래 심장이 떨려서 한숨도 못 잤다."

철현이 눈을 찌푸리며 명훈을 봤다. 명훈의 눈밑에 다크서클이 진하게 드리워져 있었다.

"몇 시야?"

"7시."

"좀만 더 자자."

"잠이 와야 자지. 배고픈데 밥이나 먹자."

"돼지 새끼냐? 몇 신데 벌써 밥을 먹어?"

하지만 명훈이 졸라대는 바람에 철훈은 자리를 털고 일어났다.

식사를 하고 돌아오니 스태프들이 벌써 나와서 분주히 뛰어

다니고 있었다. 다들 피곤할 만도 했지만 오히려 활기가 넘쳤다. 무대 뒤에서는 공화국소녀 멤버들이 마지막 연습에 열중이었다. 모두가 결의에 찬 표정이었다.

찬근은 드론 준비가 순조롭게 진행되고 있다는 듯 철현에게 엄지손가락을 들어 보였다.

1시가 조금 넘었을 때 모든 준비를 마쳤다. 5시 개장을 위해 가볍게 식사를 하고 각자 맡은 위치로 가서 최종 점검을 했다.

공화국소녀 멤버들은 7시 공연을 위해 식사도 거르고 연습 중이었다. 철현이 찾아와 명숙에게 물었다.

"새로운 안무는 잘돼가고 있소? 곧 있으면 검열관이 보자고 할 텐데."

명숙의 표정은 어두웠다.

"검열관도 문제지만 안무가 바뀐 탓에 다들 혼란스러워하고 있습네다."

철현은 걱정스러운 얼굴로 한 시간 뒤에 다시 확인하기로 하고 발을 돌렸다. 그때 찬근이 허겁지겁 달려왔다.

"철현 동무! 저기 보라. 외국에서 취재 나왔디 않았어?"

찬근의 말대로 평양방송뿐 아니라 외신 기자들도 와 있었다. 당에서 나온 간부들이 기자들과 인터뷰를 하는 모습도 보였다. 찬근이 철현의 어깨를 두드리며 손가락으로 가리켰다.

"저기 인터뷰하는 동무 뒤에… 명훈 동무 아니네?"

명훈이 기자들 뒤에서 얼쩡대는 모습이 보였다.

찬근은 얼른 달려가 명훈을 끌고 왔다.

"간나새끼, 왜 알짱거리고 지랄이네?"

"내래 카메라에 딱 잡히는 순간이었는데."

"할 일 없이 그러지 말고 일이나 똑바로 하라우."

"언제는 가만히 있으라며? 난 가만있는 게 도와주는 거라더니."

5시. 드디어 대동강 맥주 파티가 막을 올렸다.

테이핑이 끝나자 축포가 터졌다. 간단한 축사와 함께 건배 제의를 했다. 내외신 기자들의 셔터 소리가 요란하게 터져 나왔다. 철현의 심장은 빠르게 뛰었다. 명훈과 찬근은 어리둥절한 표정으로 정신없이 왔다 갔다 했다.

그런데 10분, 20분, 30분… 시간이 흘렀지만 행사장은 한산하기만 했다. 테이블을 차지하고 있는 사람은 당에서 나온 간부들과 기자들뿐이었다.

"포스터 붙인 거 확실해?"

철현이 초조한 목소리로 물었다.

"기럼. 내래 꼼꼼히 다 붙였디. 당에서도 평양방송에서도 대대적으로 홍보했고, 당에서도 대거 동원한다고 했으니 기다려 보자."

명훈이 자신 있게 대답했다.

그때 군복 입은 남자가 다가왔다.

"곧 있으면 김정은 최고령도자께서 오십네다."

"두 시간 뒤에 오시기로 하지 않았습네까?"

"일정이 변경됐소."

눈앞이 캄캄해졌다. 철현과 명훈은 허겁지겁 명숙에게 달려
갔다.

"며, 명숙 동무! 5시 30분으로 공연 변경이오. 의상 갈아입고
빨리 준비하기요!"

땀을 뻘뻘 흘리며 연습 중이던 명숙은 얼음처럼 굳어버렸다.

"뭐라고요? 기럼 30분밖에 안 남았는데? 한두 시간 더 시간
이 필요한데 어쩌지요?"

"최고령도자께서 방문한다고 하디 않아?"

그러자 멤버들은 빛의 속도로 옷을 갈아입고 나왔다. 밖에서
왁자지껄하는 소리가 들려왔다. 찬근이 숨을 헐떡이며 달려왔
다.

"사람들이 몰려오고 있어."

"정말?"

"그것도 엄청나게 많이. 게다가 양놈들까지… 흑인부터 아랍
인도 수십 명이 오고 있다."

반가운 소식이었지만 마냥 기쁠 수만은 없었다. 덜컥 겁이 나
서 머릿속이 텅 비는 기분이었다. 최악의 경우 숙청까지도 각
오해야 했다. 철현, 명훈, 찬근은 어찌할 바를 몰라 서로의 눈만
쳐다보았다.

그때 검열관 일행이 다급히 들어왔다.

"동무들, 곧 공연 시작인데 안무 확실히 바꿨소?"

준비할 시간도 부족한데 하필 이럴 때! 세 사람은 곧 탄로날
결과에 맥이 빠지는 심정이었다. 하지만 검열관의 심기를 건드

렸다간 행사고 뭐고 끝장날 판이었다. 명훈은 애써 실실거리며 입을 뗐다.

"기럼요. 잘 바꿨습네다."

"그럼 지금 한번 해보기요!"

"그게… 지금 의상과 분장할 시간도 부족합네다. 곧 최고령 도자께서 오시는데 이럴 시간이 없지 않갔습네까?"

최고령도자라는 말에 검열관도 한발 물러섰다.

"만에 하나, 그 발칙하고 퇴폐적인 춤을 최고령도자께 보였다간 그땐 다 목숨줄 내놓을 각오 하기요!"

검열관은 목을 손으로 자르는 동작을 하며 매섭게 째려보았다.

명숙은 멤버들을 불러 다시 리허설을 했다. 하지만 자꾸 안무를 수정하다 보니 멤버들의 실수도 반복되었다. 명숙은 얼굴이 새파래졌다. 과연 이대로 무대에 올려도 될지, 아니면 혹시 다른 방법은 없는지 머릿속이 혼란스러웠다. 에라, 모르겠다 하고 도망가고 싶을 뿐이었다. 멤버들은 울기 직전이었다.

그때 밖에서 엄청난 함성과 함께 박수 소리가 들렸다. 스태프가 급하게 뛰어왔다.

"동무들, 최고령도자께서 오셨소. 바로 공연 시작하라는 지시요."

말이 끝나기 무섭게 공화국소녀 모두가 돌처럼 굳고 말았다. 그야말로 오금이 저리는 순간이었다. 명숙은 망연자실 철현을 쳐다보며 말했다.

"어떻게 하디요? 우리 모두 숙청되는 거 아닙네까?"

밖에서 공화국소녀를 외치는 함성 소리가 울렸다. 사회자의 멘트가 크게 울려 퍼졌다.

"기럼, 소개합네다! 뜨거운 주체의 열정을 새로운 가락에 실어 새로운 지도 체제의 위대한 번영과 영광을 세계 만방에 노래하는 공화국의 귀염 소녀들, 공화국소녀!"

우레와 같은 박수 소리가 들렸다. 철현과 명훈은 고개를 내밀어 밖을 보았다. 비어 있는 자리를 찾기가 힘들 정도로 모든 테이블이 꽉 차 있었다.

"저희 어케 합네까?"

명숙이 몸을 바들바들 떨며 명훈과 철현을 번갈아 쳐다봤다. 철현이 결심한 듯 입을 열었다.

"이래도 죽고 저래도 죽을 거, 그냥 하던 대로 해봅시다."

명숙은 결의에 찬 철현의 눈빛을 보고 결심한 듯 대답했다.

"알갔시요!"

공화국소녀는 이왕 이렇게 된 거 무대 위에서 죽자는 각오를 다지며 드디어 무대로 나갔다.

무대의 조명이 꺼졌다. 주변이 쥐죽은 듯 조용해졌다. 잠시 후 음악과 동시에 화려한 조명이 멤버들을 비췄다. 무대 앞에 설치된 폭죽이 터지면서 환호성이 울려 퍼졌다. 철현의 심장도 함께 뛰었다. 군중들은 열렬하게 박수를 쳤다.

공화국소녀의 첫 곡은 〈반갑습네다〉로 웅장한 오케스트라 연주가 공연의 시작을 알렸다. 일절이 끝나자 잠시 음악이 멈췄다. 형형색색의 스포트라이트가 멤버 한 명 한 명을 차례대로 비췄다. 멤버들이 손을 높이 들자 다시 음악이 흘러나왔다. 댄스로 편집한 곡이었다. 음악과 함께 멤버들이 그동안 준비한 춤을 추기 시작했다. 관중석에서 리듬에 맞춰 박수 소리가 흘러나왔다. 급기야 여기저기서 환호성이 터졌다. 반응은 뜨거웠다. 철현은 넋을 잃고 멤버들을 지켜봤다. 명훈도 무대를 보며 눈물을 흘렸다.

"더럽게. 콧물 좀 닦아라."

명훈은 소매로 눈물 콧물을 닦으며 미소를 지었다.

철현은 꿈을 꾸는 듯했다. 이 엄청난 일을 해냈다는 게 믿기지 않았다. 아직 마음을 놓을 수는 없었지만 어쨌든 주사위는 이미 던져졌다. 이 행사의 성패가 서울로 돌아갈 수 있는 열쇠가 될 것이다. 결과가 어떻게 되든 그 열쇠를 끝까지 놓치지 않으리라고 철현은 마음을 다잡았다.

첫 번째 곡이 끝났다. 군중은 뜨겁게 환호했다. 두 번째 곡도 순조롭게 진행됐다. 문제의 세 번째 곡. 유러피언 일렉트로니카 풍의 휘파람이었다. 과연 북한에서 이런 음악을 어떻게 받아들일까?

우려와 달리 반응은 뜨거웠다. 말초신경을 자극하는 리듬에 군중은 한껏 달아올랐다.

일절이 끝나자 공화국소녀는 일제히 상의를 찢듯 벗어젖혔다. 화려한 의상이 드러났다. 열광하던 관객석이 갑자기 조용해졌다. 명훈이 울먹이며 말했다.

"우린 이제 죽었다."

둘은 그 자리에 얼음처럼 굳어 있었다.

이런 분위기를 아는지 모르는지 공화국소녀는 김정은 앞에서 몸을 돌리더니 엉덩이춤을 추었다. 철현은 무대 앞에 앉은 검열관의 표정을 살폈다. 기가 차다는 표정이었다. 등줄기가 싸늘해 졌다. 철현은 김정은의 표정을 살폈다. 김정은은 입을 손으로 가린 채 별 반응이 없었다.

아니나 다를까, 무대 뒤로 검열관이 뛰어 들어왔다. 얼굴은 이미 붉으락푸르락했다. 검열관이 명훈에게 다가와 정강이를 세게 걷어찼다. 명훈은 그대로 넘어져 바닥에 뒹굴었다.

"이런 간나새끼들! 누가 저 반인민적 춤을 추라고 했어! 춤을 수정하라고 하지 않았네."

명훈은 바닥에 쓰러져 울먹이며 말했다.

"도… 동무, 그게….”

"김정은 최고령도자께서 보고 계신데 저런 반동적 춤을 추다니, 동무들 끝나고 보기요!"

검열관은 또다시 명훈을 세게 걷어차고 나갔다.

철현은 명훈을 일으켜 세웠다.

"괜찮냐?"

명훈은 걷어차인 정강이를 손으로 문지르며 씨익 웃었다.

"이미 엎질러진 물인데 일단 공연은 끝내야 되지 않갔어?"

철현과 명훈은 조마조마한 심정으로 다시 무대를 바라봤다. 여전히 군중의 반응은 싸늘해 보였다.

노래의 후크 부분이 나올 무렵. 곳곳에서 플래시를 연달아 터뜨렸다. 조용하던 관중석에서 일제히 함성과 환호가 울렸다. 무대가 갑자기 용광로처럼 뜨겁게 달궈졌다. 철현과 명훈조차도 어느새 공연의 열기에 빠져들었다.

다섯 번째 곡이 시작됐다. 잔잔한 음악이 흘러나오더니 잠시 후 조명이 모두 꺼졌다. 음악이 멈췄다. 무대는 암흑으로 변했다. 여기저기서 웅성거리는 소리가 들렸다.

그리고….

팟!

조명이 다시 켜졌다. 이어 빠른 음악과 함께 무대 뒤에서 백 댄서들이 뛰어나와 비보이 춤을 추었다. 명숙이 준비한 회심의 안무였다. 북한 댄스 동아리를 섭외해서 비보이 춤을 추자고 제의했을 때 철현은 놀랐다. 평양 땅에서 힙합과 비보이, 케이팝 같은 공연을 하게 될 줄이야! 상상도 못 한 일이 이렇게 눈앞에 펼쳐지다니!

준비한 곡이 모두 끝나자 관중들이 모두 일어나 박수를 쳤다. 한 차례 파도처럼 밀려왔던 환호성이 사라지자 태풍이 지나간 듯 조용해졌다. 모든 시선이 김정은을 향했다. 철현과 명훈도 그제야 정신이 든 듯 김정은의 표정을 살폈다. 도저히 표정을 짐작할 수 없었다.

김정은이 자리에서 벌떡 일어났다.

심장이 쿵! 하고 내려앉았다.

이윽고 김정은이 박수를 치며 활짝 웃는 모습을 보였다. 관중도 다시 일어나 더 크게 박수를 치며 환호했다. 그리고 연신 앵콜을 외쳤다.

명훈은 철현을 끌어안았다. 공화국소녀 멤버들도 이 광경이 믿기지 않은지 그저 멍하니 군중을 바라봤다.

"한 곡 더! 한 곡 더!"

"아쉽지만 공연은 여기까지"라고 사회자가 말했다.

인사를 마치고 무대 뒤로 사라지는 멤버들을 보며 관중석 곳곳에서 탄식이 흘러나왔다. 그렇게 공연이 끝났다 싶어 아쉬워하는데 다시 음악이 흘러나왔다. 북한의 인기곡을 잔잔하게 편곡한 곡이었다. 리듬에 맞춰 다시 멤버들이 등장했다. 케이팝 공연 비디오을 보며 아이디어를 짜냈다며 애초에 오명숙이 기획한 앵콜 무대였다. 메인 보컬인 려명희의 목소리가 애잔하게 흘러나왔다. 나머지 멤버들은 화음을 넣었다.

군중들 모두의 가슴에 진한 감동이 밀려왔다.

이윽고 공연이 끝나자 명훈이 잔득 흥분한 목소리로 말했다.

"동무, 봤디? 김정은 최고령도자께서…."

철현도 얼떨떨한 표정으로 고개를 끄덕였다.

"내래 죽었구나 생각했는데 죽으라는 법은 없구만."

무대에서 내려온 멤버들은 까악꺄악 소리를 질렀다. 철현은 멤버들을 향해 양손을 들고 엄지를 치켜세웠다.

검열관과 명훈의 아버지가 함께 들어왔다. 눈물을 흘리며 부둥켜안고 있던 멤버들은 갑자기 긴장한 얼굴로 그들을 쳐다봤다. 명훈은 철현에게 얼른 숨으라고 눈짓했다. 혹시 아버지가 철현을 알아볼 수도 있기 때문이었다.

검열관은 섣불리 표정을 드러내지 않았다. 혹시 또 정강이를 걷어차이는 게 아닐까 하고 명훈은 마음의 준비를 했다.

그런데 검열관이 멤버들 앞으로 가더니 힘차게 박수를 치며 크게 웃는 게 아닌가. 명훈의 아버지도 흐뭇한 표정으로 멤버 한 명 한 명의 어깨를 두드려줬다. 검열관이 말했다.

"김정은 최고령도자께서 아주 흐뭇해하셨소. 다 동무들 덕분이오. 내래 이럴 줄 알았디. 최고령도자께서 부르시니 다들 가보시오."

명훈과 멤버들은 검열관을 따라 김정은이 있는 객석으로 달려갔다. 명훈은 몸을 바들바들 떨며 김정은 앞에 섰다. 두 사람은 뭔가 대화를 주고받았다. 명훈이 큰 동작으로 경례를 하고 다시 무대 뒤로 돌아왔다.

"뭐래? 뭐래?"

숨어 있던 철현이 나타나 다급히 물었다.

"최고령도자께서 엉덩이춤 좋아하는 걸 어떻게 알았냐고."

명훈, 철현, 찬근은 동시에 웃음을 터뜨렸다. 공화국소녀도 긴장이 풀렸는지 그제야 자리에 주저앉으며 웃어댔다.

명훈이 어깨에 잔뜩 힘을 주며 말했다.

"그리고 배석한 장군에게는 저 동작 중 일부를 군무로 활용해보라고 지시하셨단다. 더 좋은 소식은 공화국소녀를 최고령도자께서 정식으로 데뷔시키라고 지시를 내리셨소."

"아니, 그게 정말입네까?"

명숙이 믿겨지지 않는다는 듯 소리를 질렀다.

"최고령도자의 특별 명령이 내려졌디. 게다가 배석한 중국 공영 TV에서도 멤버들을 소개하고 싶다고 하디 않갔어?"

그 순간 멤버들은 서로 부둥켜안고 비명을 질러댔다. 발을 쿵쿵 구르는가 하면 바닥에 엎드려 오열하는 멤버도 있었다.

그때 철현이 잠시 객석을 쳐다보더니 찬근에게 말했다.

"찬근 동무, 준비됐네?"

찬근은 철현을 보며 힘차게 고개를 끄덕였다.

잠시 후 드론 편대가 무리를 지어 하늘을 나는 게 아닌가! 마치 에어쇼를 보는 듯 십여 대의 드론이 멋진 장면을 연출했다. 예상치 못한 진기한 광경에 모두들 입을 다물지 못하며 하나같이 손가락을 들어 드론을 가리켰다.

그때 작은 헬기 한 대가 김정은을 향해 날아갔다. 김정은 주변의 경호원들이 권총을 꺼내 경계를 했다. 뒷짐을 지며 그 광경을 지켜보던 김정은은 손을 들어 가볍게 제지했다.

자세히 보니 맥주를 실은 드론이 아닌가! 드론이 김정은 앞에서 멈추더니 맥주를 내려놓고 다시 하늘 위로 날아갔다. 모두가 숨을 죽인 채 그 광경을 지켜보았다. 김정은은 손을 내밀어 맥주잔을 잡고 한 모금 마셨다.

"캬! 공군이 주는 맥주 맛이 기가 막히는구먼."

김정은이 맥주잔을 들어올리자 모두가 환호했다. 잠시 후 십여 대의 드론이 편대 비행을 하며 날아왔다. 한마디로 장관이었다. 드론 편대는 멋진 비행과 함께 김정은 외의 의전팀에게도 골고루 맥주를 배달했다. 또다시 환호성이 울렸다.

만족스러운 공연 관람을 한 김정은은 예정 시간보다 한 시간을 더 자리에 머물다 돌아갔다. 김정은이 가고 난 후 행사장 분위기는 더 자유롭고 활기가 넘쳤다.

"우리도 맥주 한잔 해야 하지 않겠어?"

입가에 침이 바짝 마른 명훈이 말했다.

"기럼! 기래야지. 동무들, 대충 정리하고 맥주나 한잔하기요."

철현 일행과 공화국소녀는 군중들 사이로 자리를 옮겼다. 맥주를 마시던 사람들이 공화국소녀를 보자 벌떼처럼 모여들었다.

철현, 명훈, 찬근은 잔을 높이 들어 자축했다.

그때 한 여성이 다가와 인사를 건넸다. 낯익은 얼굴이었다. 찬근은 입에 머금고 있는 맥주를 뿜고 말았다.

"헉! 동무래 혹시 TV에 나오는 그 강영란 방송원 아닙네까?"

명훈이 잽싸게 손을 엉덩이에 슥슥 닦더니 악수를 청했다. 철현은 등줄기가 싸늘해졌다. 자신을 가리켜 남조선의 간첩이며 망둥이라고 날카로운 언어의 비수를 꽂아대던 그 여성 아나운서였다. 철현은 자신을 알아볼까 봐 괜히 딴청을 부리며 눈길을 피했다.

"반갑습네다. 동무들이 오늘 행사를 준비했다 들었습네다. 언제 한번 담화 좀 해주시라요."

명훈과 찬근은 영광이라며 호들갑을 떨었다. 강영란은 웃으며 자신의 일행에게로 돌아갔다. 다행히 철현을 알아보지 못한 눈치였다.

모두가 성공적인 행사를 축하하는 가운데 철현은 슬그머니 자리를 빠져나왔다. 한적한 강변에 앉아 맥주를 마셨다. 저멀리 하수구에 있던 전직 이중간첩의 모습이 보였다. 그가 철현을 향해 엄지를 올려 보였다. 철현이 다가가려 하자 남자는 손을 휘휘 흔들며 유유히 사라졌다.

철현은 멍하니 선 채 남자가 사라지는 모습을 바라봤다. 어두운 대동강물 위로 행사장 불빛이 반짝거렸다. 오늘따라 어머니에 대한 그리움이 간절해졌다. 이제 곧 어머니의 품으로 가리라. 대동강에 비친 불빛처럼 철현의 가슴에 희망의 빛이 떠오르고 있었다.

개성공단 철수 77일 차

개성시대는 분주했다. 얼마 전 다행히 중국 측에서 주문이 들어오면서 선수금을 받아 간신히 2차 부도 위기를 모면했다. 사장이 계약서를 들고 은행에 찾아가 대출을 6개월 연장하면서 직원들의 수명도 늘어났다. 공장과 사무직 등 인력의 70퍼센트가 1차 부도 전후로 빠져나간 터라 남은 사람들이 잔무를 해야 했지만 회사가 위기를 벗어난 것만으로도 다행이었다.

점심을 먹고 들어오던 이 과장에게 이 주임이 달려왔다.

"과, 과장님! 뉴스 좀 보세요."

모두 이 주임을 따라 TV가 있는 회의실로 모였다.

"16일 평양에서 열린 대동강 맥주 파티 소식을 정관식 기자가 자세히 보도해드리겠습니다."

화면이 전환되면서 조선중앙TV에서 발표한 자료 화면이 나왔다. 강영란 아나운서의 힘찬 목소리가 들렸다.

"16일 대동강변에서 성공적으로 펼쳐진 맥주 연회에서 약 2만 명이 공화국의 맥주를 즐겼다. 이는 미제와 그 추종 세력의 고립, 압살 책동을 짓부수며 사회주의 문명 강국을 보란듯이 건설해나가는 우리 인민의 행복하고 낙관에 넘친 생활 모습을 그대로 보여주고 있다."

자료 화면을 통해 대동강 맥주 파티의 전경이 나왔다. 맥주를 나르는 여성들의 모습과 드론을 통해 맥주를 배달하는 진귀한 광경도 보였다. 평양 걸그룹인 공화국소녀에 대한 소개와 공연 현장, 외신들의 촬영 모습, 김정은이 환히 웃으며 박수 치는 장면 등이 연이어 펼쳐졌다.

"친애하는 김정은 동지는 한 달 동안 행사를 진행하라며 특별히 지시하셨으며, 그 관계자들을 한 명씩 손을 잡고 치하하셨다."

그 순간 이 과장이 신경질적인 목소리로 말했다.

"이 주임! 내가 평양의 평 자만 들어도 울화통이 터지는 거 몰라?"

"좀만 기다려보세요, 과장님."

자료 화면 뒤로 기자의 멘트가 흘러나왔다.

"대동강 맥주 파티에서는 공화국소녀라는 걸그룹이 등장해서 화제를 낳기도 했는데요. 북한에 부는 한류 바람에 대해 확인할 수 있었습니다."

김 대리가 갑자기 소리치며 손가락으로 화면을 가리켰다.

"저기! 저기!"

김 대리는 무대 옆에서 지켜보는 남자를 가리켰다. 직원들이 가까이 다가가 눈을 동그랗게 뜨고 쳐다봤다.

"철현 대리님 맞죠?"

"그런 거 같기도 하고 아닌 거 같기도 하고. 북한 사람하고 하도 비슷하게 생겨놔서….."

이 과장이 TV 쪽으로 목을 길게 빼며 말했다.

다른 장면에서 좀 더 크게 화면이 잡혔을 때 비로소 철현의 얼굴임을 확신했다.

"저건 빼박이네, 빼박."

"어쩜 좋아, 얼굴이 영 상해버렸네요."

개성시대 직원들은 이 상황을 어떻게 받아들여야 할지 난감해하며 서로의 얼굴만 멀뚱히 바라보았다.

***

세 사람은 오랜만에 여유로운 시간을 보냈다. 찬근은 한류 늦바람이 들어 온종일 한류 드라마에 빠져 있었다. 명훈은 음악을 틀어놓고 허우적대듯 춤을 추었다. 철현은 공화국소녀의 무대의상을 정비하고 있었다.

쾅! 쾅!

세차게 문을 드드리는 소리에 세 사람은 하던 일을 멈추었다. 철현은 자신의 신분이 발각된 건가 싶어 심장이 쿵 내려앉았다.

명훈이 달려가 조심스럽게 문을 열었다. 정복을 갖춰입은 풍채 좋은 중년 남자가 웃고 있었다. 남자는 방 안을 두리번거리더니 입을 열었다.

"수고들 많소, 동무들! 누가 철현 동무지?"

당황한 철현은 문밖으로 뛰어나가려다가 명훈에게 잡혔다.

"철현 동무, 진정하라."

"진정? 행사 끝나자마자 이용 가치가 없어졌다 이거냐?"

철현은 얼굴이 벌게져서 명훈을 노려봤다.

"뭔 소리를 하는 거야! 이분 우리 아바이 동무시다."

명훈은 아버지에게 철현을 소개했다.

"아바이, 이 친구가 철현 동무입니다. 김철현."

"반갑구만. 나 리병천이오. 내래 동무를 잡으러 온 게 아니니 안심하라."

리병천은 철현에게 악수를 청했다. 그 모습이 자신을 체포하러 온 사람 같지는 않아 철현은 손을 내밀었다. 리병천은 의자에 앉아 담배를 꺼내 물었다. 잠시 후 차분한 목소리로 입을 열었다.

"들어서 알겠지만 내래 평양 경제특구 책임자디."

철현은 경계를 하며 자리에 앉았다. 명훈은 안심하라며 재차 눈치를 보냈다.

"철현 동무 신분에 대해서는 잘 알고 있소."

순간 철현의 눈빛이 흔들렸다. 철현은 명훈을 쏘아봤다.

"동무, 그런 거 아니라고! 아바이 말씀 좀 끝까지 들어보라."

리병천은 온화한 표정으로 말했다.

"동무가 경계하는 건 이해하네. 제안을 하나 할까 해서 왔으니 경계 풀라우. 얘기 들었겠지만 내래 경제특구 사업의 부진으로 숙청 위기에 몰려 있디."

리병천은 담배 연기를 길게 내뱉었다.

"철현 동무의 발상을 좀 사고 싶소. 당에서 나를 3개월 정도 지켜보겠다고 하는데, 그 안에 더 큰 사업을 성공시켜야 하디. 그걸 철현 동무가 도와준다면 내래 책임지고 동무를 남으로 돌려보내 주갔어."

의외의 제안이 믿기지 않았다. 그런 철현을 향해 명훈이 고개를 끄덕였다.

"내래 이래 봬도 공화국 곳곳에 손길이 안 닿는 곳이 없지. 중국이나 일본 등 제3국을 통해 밀입국을 책임져주갔어. 그리고 동무가 공화국에서 일할 때 신분도 뒤탈 없게 손을 꼼꼼히 써두지. 그러니 그런 문제는 신경 쓰지 말고 사업 기획에 전념하라는 기야."

철현은 답이 하나뿐이라는 것을 알았다. 탈북은 위험했다. 리병천의 권력이라면 충분히 안전하게 탈출할 수 있었다. 망설일 게 없었다. 설마 꼼수가 있을까 싶기도 했지만 리병천의 눈빛은 거짓돼 보이지 않았다.

하지만 선뜻 대답할 수 없었다. 돌아갈 수 있다니! 상상만으로도 감격스러운 일이었지만 도무지 믿기지 않는 이 상황이 철현을 망설이게 했다.

"이건 남자 대 남자의 약속이다. 첫눈이 내릴 때까지는 반드시 보내주도록 하갔어."

리병천이 덧붙여 말했다.

"동무래, 오마니 때문에 걱정하는 것 같아 내래 아바이께 부탁했디. 내래 동무가 우리와 함께 계속 여기에 있었으면 했디…."

명훈이 눈시울을 붉히며 말을 이었다.

"동무래, 남조선에 가야 되지 않갔어? 혼자서 탈북은 위험하디. 그러니 우리 아바이 한번 믿어보라. 내래 매일 구박을 받긴 하지만 그래도 가장 존경하는 분이다. 약속은 반드시 지키는 분이디. 그건 내래 보장하갔어."

명훈의 말에도 진심이 느껴졌다. 이른 나이에 어머니를 잃은 명훈은 누구보다도 철현의 간절한 마음을 잘 알고 있었다.

그제야 철현은 고개를 끄덕였다.

그날 밤 철현은 잠을 이루지 못했다. 온갖 생각이 머릿속을 어지럽혔지만 결국 답은 하나였다. 남은 3개월 동안 최선을 다해보자. 철현은 자고 있는 명훈의 얼굴을 쳐다봤다. 칠칠치 못하고 덤벙대는 친구였지만 철현에게는 과거에도 이후에도 다시없을 귀한 인연이었다.

***

국정원 회의실. 어두운 공간 속 스크린에 철현의 얼굴이 비치고 불이 켜졌다. 철현의 모습은 대동강 파티 영상에서 캡처한 것을 확대한 것으로 화질이 좋지 않았다.

"어제 조선중앙TV에서 보도된 자료 화면에서 포착한 장면입니다.”

국정원장은 안경 너머로 인상을 쓰며 화면을 응시했다.

“저렇게 생긴 놈이 북한에 한둘도 아닌데 어떻게 확신하나?”

“안면인식 프로그램 시뮬레이션 결과 김철현과 95퍼센트 일치한 것으로 나왔습니다. 그리고 얼마 전 사이버 팀에서 김철현이 페이스북을 사용한 흔적을 발견했습니다.”

3차장의 말에 국정원장이 놀란 표정을 보였다.

“아마도 해킹 프로그램을 사용한 것 같습니다. 확인 결과 동생인 김지은 씨와 몇 차례 대화가 오갔고요. 혼자서는 불가능한 일이죠. 아마도 북한 내에서 조력자가 있는 게 분명합니다.”

“조력자라… 갈수록 의문만 커지는군. 김지은을 심문했나?”

국정원장은 손깍지를 끼고 턱을 받치며 말했다.

“아직… 뭔가 단서를 찾을 수 있을지도 모르니 좀 더 지켜보는 게 어떨까요?”

국정원장은 심각한 표정으로 보고서를 빠르게 읽어 내려갔다.

“김철현이 평양에서 사업을 하고 있다? 도피 중인 남한 사람이 뜬금없이 사업을 한다… 그것도 평양 한복판에서….”

“북측에 포섭된 건 아닐까요? 아니면 정말로 김철현이 개성에 가기 전부터 이미 포섭이 됐든가.”

“그건 말이 안 돼. 그렇다면 왜 굳이 김일성 초상화를 훼손했다며 간첩으로 몰아가겠나? 그런데 김철현이 사업을 한다고? 아무리 생각해도 앞뒤가 안 맞아. 자네 생각은 어떤가?”

국정원장은 한 손으로 턱을 괴며 물었다.

"어떤 상황인지는 좀 더 지켜봐야겠지만, 어찌 보면 저희한테 유리한 상황 아닐까요?"

3차장은 국정원장의 표정을 살피며 말했다.

국정원장은 굽혔던 등을 펴고 의자 등받이에 깊이 파묻었다.

"그렇지. 개성공단 철수 문제로 시끄러운데 공안 사건으로 넘길 수 있을지도. 개성공단 철수에 대한 당위성도 만들어지겠고, 시끄러운 언론과 야당놈들한테 재갈을 물릴 수도 있겠지."

3차장은 고개를 끄덕였다. 대한민국에서 공안 사건은 만능키나 마찬가지였다. 위기를 기회로 만드는 것. 현 대통령에게는 큰 선물이요, 여의도 입성을 원하는 국정원장에게는 이보다 더 좋은 패가 있을까? 그렇게 되면… 빈 공석은 자신의 자리가 될 게 확실했다.

***

지하실 문을 두드리는 소리에 찬근은 벌떡 일어났다.

"어떤 종간나새끼가 꼭두새벽부터 난리야?"

"당에서 나왔소."

그제야 찬근은 정신이 번쩍 들었다. 후다닥 일어나 두 사람을 두들겨 패다시피 깨우고 주섬주섬 옷을 입고 문을 열었다. 제복을 입은 두 명의 남자가 인상을 쓰며 찬근을 노려봤다. 찬근은 헝클어진 머리를 가다듬고 안으로 들어오라고 안내했다. 철현과 명훈은 제복 남자들을 보고 벌떡 일어났다.

"도시 경영성에서 나왔소."

그들은 찬근에게 편지봉투만 전달한 뒤 절도 있는 걸음으로 문을 나갔다.

명훈이 얼른 봉투를 뜯어보라고 재촉했다. 찬근이 봉투 속에서 종이 한 장을 꺼내 읽었다.

"동무들의 노고를 치하하며 당에서는 대동강 맥주 연회를 1개월간 연장하기로 결정했다. 또한 차주에 열리는 외국 인사 연회에 공화국소녀의 공연을 요청하며 세 사람도 당이 주관하는 파티에 초대하는 바이다."

명훈은 편지를 뺏어 들고 다시 한 번 읽었다.

"이게 무슨 말이네?"

명훈이 어리둥절한 얼굴로 물었다.

"무슨 말이긴 졸라 뺑이 쳐야 된다는 거지."

찬근이 입술을 씰룩거리며 말했다.

"이게 꿈이냐, 생시냐! 드디어 일이 술술 풀리기 시작하는구먼! 안 그런가, 철현 동무?"

명훈은 신이 나서 폴짝폴짝 뛰었다.

철현도 두 사람을 향해 활짝 웃어 보였지만 속으로는 알 수 없는 불안감을 느꼈다.

개성공단 철수 84일 차

세 사람은 파티장으로 들어선 순간 입이 떡 벌어졌다. 여기가 평양인가 싶을 정도로 화려하기 이를 데 없었다. 고딕 양식의 문양과 색채, 천장과 벽면 곳곳에 달려 있는 샹들리에, 눈부신 드레스 차림의 여자들….

정장을 입은 남자가 세 사람을 수상한 듯 쳐다보며 물었다.

"초대장은 있소?"

명훈은 안주머니에서 주섬주섬 초대장을 꺼냈다. 구깃구깃한 초대장을 보자 남자는 인상을 찌푸렸다. 명훈이 구겨진 초대장을 반듯하게 펴려 하자 남자가 명훈의 손에서 초대장을 낚아챘다. 초대장을 본 순간 남자의 표정이 바뀌며 목소리까지 정중해졌다.

"동무들, 이쪽으로 오시디오."

철현 일행은 남자를 따라 요란한 문양이 새겨진 문 앞에 섰다. 안으로 들어가자 중국인, 백인, 아랍인 등 다양한 인종들이 모여 있었다. 한쪽에는 공화국소녀 멤버들도 이미 와서 자리해 있었다. 남자는 군복을 입은 노인 쪽으로 그들을 안내했다.

빈약한 어깨에 배가 불룩한 노인은 가슴에 단 훈장들 때문인지 그 모습 자체로 위엄이 느껴졌다.

"동무들을 이렇게 만나다니 반갑소."

노인은 지긋이 웃으며 세 사람과 일일이 악수를 나누었다. 그러고는 사람들을 향해 큰 소리로 말했다.

"동무들! 여기 대동강 맥주 연회의 영웅적 전사들이 오셨디요. 환영의 큰 박수를 주시기요!"

모두가 일제히 세 사람을 향해 열광적인 박수를 보냈다. 세 사람은 허리를 여러 방향으로 굽혀가며 답례 인사를 했다.

"내 술 한잔씩 받으시오."

노인이 세 사람의 잔에 술을 채워주었다.

"최고령도자께서 입이 마르도록 칭찬을 하셨다는 동지들이 공화국소녀인가?"

그 말에 공화국소녀 멤버들이 노인을 향해 허리를 깊이 숙였다.

"기렇습니다. 오늘 특별한 행사에 공연을 하기 위해 같이 왔습네다."

명훈이 말했다.

"좋소. 오늘 기대해보갔소."

노인은 공화국소녀 멤버들을 한 명 한 명 쳐다보며 격려했다.

"공화국의 영광을 드높이기 위해 멋진 공연을 하겠습네다."

오명숙이 절도 있는 목소리로 말했다.

"허허, 목소리도 아주 구성지고 좋구만. 공연 전까지 다들 편하게 즐기시오."

철현 일행은 다시 한 번 인사를 하고 홀로 나왔다. 안내해준 남자는 술과 다과가 있으니 행사 전까지 편하게 시간을 보내라고 말하고는 자리를 떠났다.

낯선 장소에 덩그러니 남은 세 사람은 얼떨떨한 기분이었다. 명훈이 헛기침을 크게 하더니 입을 열었다.

"동무들, 그렇게 서 있지 말고 자, 자, 한잔하자."

역시 이런 분위기에서는 명훈이 한몫했다.

공화국소녀 멤버들은 신기한 듯 파티장을 돌아다니며 음식을 먹었다. 눈에 띄는 그들의 복장에 남자들이 힐끗힐끗 쳐다봤다.

철현은 여전히 낯설어서 멀뚱히 서 있었다. 그때 자신을 쳐다보는 한 여자의 시선을 느꼈다. 어딘가 낯이 익었다. 철현은 기억을 더듬었다. 평양방송, 여자 아나운서, 바로 강영란이었다.

철현은 순간 고개를 돌려 시선을 피했다. 슬금슬금 자리를 피하려는데 강영란이 사람들 사이를 비집고 다가왔다.

"안녕하십네까? 여기서 또 뵙네요?"

그녀가 눈웃음을 치며 인사했다.

"내, 내래 동무를 본 적이 없시요."

철현은 시치미를 뗐다.

강영란은 싱글싱글 웃으며 대꾸했다.

"설마요! 여기서 저 모르면 간첩인데."

간첩이라는 말에 철현은 심장이 덜컥 내려앉았다.

"간첩은 누가 간첩입네까? 평양방송 강영란 방송원을 내래 모를 줄 아십네까?"

강영란이 까르르 웃어댔다. 게다가 콧소리까지 내며 철현의 어깨를 슬쩍 건드리는 게 아닌가.

"농으로 한 소리에 놀라시긴. 전에 행사장에서 봤죠."

"놀라긴요. 내래 농담한 겁네다."

"재밌으신 분이십니다. 호호호…."

철현의 과한 반응이 재미있는지 그녀는 웃음을 멈추지 못했다.

방송에서와는 다르게 그녀의 목소리는 한결 부드러웠다. 게다가 북한말이 아닌 서울말을 서툴게나마 구사했다. TV 화면 속 아나운서와 같은 사람이라는 게 믿기지 않았다. 명훈과 찬근도 신기한 듯 강영란을 뚫어지게 쳐다봤다.

"그렇게 보니까 좀 민망합니다."

"아나운서 동지를 여기서 또 보게 되다니 영광입니다."

명훈이 호들갑을 떨며 말했다. 강영란은 명훈을 무시하고 철현에게 다시 말했다.

"그런데 오늘 여기는 어쩐 일로 오셨지요?"

"공화국소녀 공연이 있어서 왔디요."

"그래요? 저번 공연을 보지 못해서 아쉬웠는데 잘됐네요."

"이런! 공연 준비를 해야 해서 저희는 이만."

철현이 시계를 보는 척하며 자리를 뜨려 하자 명훈이 말했다.

"동무, 아직 시간 있으니 천천히…."

철현은 명훈에게 곁눈질했다. 명훈은 그런 철현을 보며 입을 삐죽거렸다. 철현이 인사를 하고 발을 돌리려 하자 강영란은 아쉽다는 표정을 지으며 말했다.

"공연 끝나고 다시 뵐 수 있겠죠?"

"시간이 될지 모르겠습네다."

철현은 무뚝뚝하게 대답했다. 그런 철현의 태도에 아랑곳하지 않고 강영란은 그들에게 손을 흔들었다. 철현은 명훈과 함께 서둘러 무대 뒤로 달려갔다.

"저 여자가 날 알아보는 줄 알고 얼마나 조마조마했는지."

"걱정 마라. 지금 변장 상태로는 오마니도 못 알아볼 거니."

두 사람은 공화국소녀의 의상과 메이크업을 꼼꼼히 확인했다.

사회자의 목소리가 문 밖에서 나지막이 들렸다.

"공화국의 위대한 혁명 전사 공화국소녀의 화려한 공연을 시작하겠습니다."

공화국소녀 멤버들은 심호흡을 길게 내쉬고 무대로 올라갔다. 두 번째 공연이라고 멤버들은 한결 여유 있어 보였다.

공연이 시작됐고, 반응은 역시 뜨거웠다. 여기저기서 함성 소리가 터져 나왔다. 엉덩이춤이 나올 때는 따라 하는 사람도 몇몇 있었다.

공연을 마치고 내려오자 강영란이 다가왔다. 철현의 표정이 다시 굳어졌다. 명훈은 걱정하지 말라고 눈짓을 보냈다. 강영란이 박수를 보내며 말했다.

"직접 보니까 아주 굉장합니다. 최고령도자께서 왜 그렇게 입이 마르도록 칭찬하셨는지 알겠네요."

"아직도 부족한 게 많습네다."

명훈이 너스레를 떨며 대답했다.

"이제 시간 좀 내주실 수 있지요?"

강영란은 철현 쪽으로 고개를 돌리며 말했다. 철현이 망설이자 명훈이 귓속말로 속삭였다.

"가보라. 계속 뻗대면 오히려 더 이상하게 볼 거다."

철현은 어쩔 수 없다는 듯 강영란을 따라갔다. 문을 열고 방 안으로 들어갔다. 문을 닫자 밖의 소음이 차단돼 웅웅대는 소리만 들렸다. 철현의 등줄기로 땀이 흘러내렸다.

'침착하자, 침착해. 저 여자는 나를 못 알아본다.' 철현은 속으로 되뇌며 자신을 달랬다.

강영란은 여전히 싱글싱글이었다. 자세히 보니 상당한 미인이었다. 남한 여자들에 익숙한 눈으로 봐서인지 그녀의 자연스럽고 아름다운 외모가 더욱 눈에 들어왔다. 더구나 약간 이국적인 느낌도 있어서 묘한 매력이 느껴졌다. 드디어 영란이 입을 열었다.

"동무는 말투나 억양이 독특한데 여기 출신이 아닌가 봅니다."

"조선족입네다. 남조선에서 사업을 많이 해서리 말투가 좀 섞여 있습네다! 문화어를 쓰도록 하겠습네다."

"아, 아니. 지금이 더 좋은데요. 저도 지금 문화어를 안 쓰고 있는데요."

사실 그 점이 철현도 궁금했다.

"보셔서 알겠지만 최고령도자께서는 개혁을 원하시고 있죠. 좀 더 국제화에 맞추라는 특별한 지시를 내리셨죠. 그러다 보니 저처럼 대외적으로 활동할 때는 좀 더 편안한 남조선 말을 쓰기를 권장해서요."

"기렇습니까?"

"저하고 있을 때는 편한 말로 하세요."

어느새 철현의 경계심은 사라졌다.

강영란은 온화한 말투에 배려심도 깊었다. 보면 볼수록 매력적인 여자였다.

"안 그래도 행사를 기획하신 분들과 인터뷰를 하고 싶었는데 마침 이렇게 뵙게 됐네요."

"인터뷰라면 저보다는 리명훈 동지가 더 적합한데…."

갑자기 강영란은 의자를 당겨 철현에게 가까이 다가왔다. 그녀의 향기가 철현의 온몸을 감쌌다. 철현은 침을 꿀꺽 삼켰다.

"이런 혁명적인 생각을 하신 분은 어떻게 생겼나 궁금했는데, 직접 만나보니 말씀도 잘하시고 미남이군요."

철현의 몸은 땀으로 범벅됐다. 가까이서 들리는 영란의 목소리가 그의 몸을 부드럽게 에워쌌다. 그럴수록 철현은 점점 더 굳어서 긴장한 모습이 역력했다.

"긴장 푸시고 편하게 담화하시라요."

강영란은 다시 의자를 당겨 더 가까이 다가왔다. 무릎과 무릎 사이가 겨우 한 주먹도 안 되었다. 철현의 심장은 빠르게 뛰었다. 두려움의 떨림이 아니었다. 이런 떨림을 느껴본 게 언제였던가. 철현은 은근슬쩍 몸을 뒤로 젖혔다.

"가까이서 보니까…."

그 한마디에 철현은 가슴이 철렁했다.

"평양 남자들하고 어딘가 좀 달라 보였는데 어쩐지…."

"그게 무슨 말입네까?"

철현은 벌떡 일어나 소리쳤다.

당황한 그의 모습에 강영란이 까르르 웃었다.

"뭘 그렇게 놀라세요? 귀엽다는 말씀 드리려고 한 건데."

"아… 내, 내래 다리가 좀 저려서요…."

철현은 헛기침을 하며 자리에 앉았다.

"호호호, 연회 끝나면 뭐 하실 겁네까?"

"그, 글쎄요."

"그럼 저랑 한잔 어떻습네까? 축하도 할 겸. 여기서 얘기하려니 분위기도 좀 딱딱하고…."

"제가… 술을 잘 못해서…."

"그럼 차라도 한잔?"

"차를 마시면 불면증이 와서…."

"호호, 농담도 잘하십네다."

강영란이 몸을 더 가까이 밀고 들어오자 풍만한 가슴골이 훤히 보였다. 철현은 침을 꼴깍 삼켰다. 그때 갑자기 문이 열리며 명훈이 들어왔다. 두 사람은 명훈과 눈이 마주쳤다. 명훈이 못 볼 걸 못 사람처럼 슬그머니 문을 닫으려 하자 철현이 벌떡 일어났다.

"며, 명훈 동무! 아바이 동무가 보자고 하신 거 같던데."

"내래 그런 말 못 들었는데 아… 무슨 말인지 알갔어. 그럼 내래 가볼 테니 하던 일이나 계속하라우."

철현은 재빨리 명훈에게 다가가 팔을 붙들었다.

"같이 오라신다."

"그래? 뭐 그럼 같이 가자."

명훈은 이상하다는 듯 철현을 쳐다봤다.

강영란은 까르르 웃으며 말했다.

"장난 좀 쳐봤어요. 제가 좀 짓궂은 데가 있거든요. 그럼 인터뷰하러 한번 찾아갈게요."

"기럼요. 언제든지 환영입네다."

명훈이 눈치 없이 끼어들었다.

철현은 명훈에게 눈을 흘기며 팔을 잡아끌고 밖으로 나갔다. 어느새 그의 이마에는 땀이 맺혀 있었다.

"동무, 거기서 뭐 하고 있었네?"

명훈이 철현을 빤히 쳐다보며 물었다.

"뭐, 뭐 하긴! 인터뷰했지."

"분위기가 심상치 않던데? 내래 눈치 없이 방해했구만?"

명훈은 야릇한 눈으로 철현을 바라봤다.

"방해는! 적당한 타이밍에 잘 들어왔다."

그러자 명훈은 고개를 갸웃거리며 물었다.

"아바이 동무한테 가봐야디?"

"너 진짜 눈치가 없구나! 저 아나운서한테 내 신분 들킬까 봐 엮이지 않으려는 거잖아!"

"대동강 맥주 파티의 영웅께서 뭐 그렇게 겁이 많으신가?"

"그러다 발각되면? 너나 나나 끝장인거 몰라? 이럴 때일수록 조심해야 한다고."

"걱정 마라. 동무는 평양 사람보다 더 평양 사람 같다. 든든한 신분증도 있겠다, 뭐가 걱정이냐?"

"어쨌든 나 저 여자 느낌이 안 좋아."

개성공단 철수 86일 차

늦은 오후. 가게문을 닫으려던 찬근은 문 앞에 서 있는 여자를 보고 두 눈이 휘둥그레졌다.

"아니, 방송원 동무 아닙네까? 여긴 어쩐 일로 오셨습네까?"

"제가 맞게 찾아왔나 봅네다. 물어물어 찾아왔습네다. 다들 어디 계십네까?"

강영란이 가게 안을 살피며 물었다.

"아! 안에 있시오. 날래 이리로 오시라요."

찬근은 가게 뒤 쪽문을 지나 허름한 지하실로 강영란을 안내했다.

"좀 누추합네다."

"아닙네다. 창발적 사업을 하시는 분들이라 사업장 분위기도 참 독특합네다."

찬근이 지하실 문을 열었다.

갑자기 열린 문 사이로 강영란이 얼굴을 내밀자 철현은 그대로 굳고 말았다.

"방송원 동지께서 어쩐 일로 이런 누추한 곳에?"

명훈이 반갑게 인사했다.

"어쩐 일이긴요? 저번에 취재하러 한번 들른다고 했잖습네 까?"

명훈은 살포시 의자를 내주었다. 강영란은 의자에 앉으며 주변을 둘러봤다.

"보아하니 여기서 취재하기는 적합하지 않네요?"

"아무래도 좀 누추하지요."

강영란은 좋은 곳이 있다며 나가자고 했다. 명훈과 찬근은 신이 나서 좋다고 했다. 어쩔 수 없이 철현도 어거지로 따라나섰다.

강영란은 유경호텔 지하의 고급 바로 세 사람을 안내했다. 명훈이 데려갔던 삼류 바와 달리 이곳은 주로 외국인을 상대하는 곳으로 인테리어가 무척 고급스러웠다. 바텐더는 강영란을 보고는 구십 도로 허리를 숙였다.

"격이 완전 다르네?"

철현이 명훈의 귀에 대고 속삭였다.

"기럼. 북한에서 방송원이면 최고 끗발 있는 직업 아니간."

종업원은 그들을 룸으로 안내했다. 아나운서가 "늘 먹던 거"라고 말하자 종업원은 고개를 끄덕이고 뒷걸음질로 나갔다. 세련되고 서구적인 강영란과 딱 어울리는 장소였다.

"당을 대신해서 제가 한잔 사는 거니 맘껏 드세요."

명훈과 찬근은 머쓱한 웃음을 보이며 감사하다고 인사했다.

종업원이 술병이 놓인 쟁반을 들고 다시 들어왔다. '헤네시 XO'라고 쓰인 양주 라벨을 보자 명훈의 눈이 휘둥그레졌다.

"이… 이건 한 병에 천 달러도 넘는 거 아닙네까?"

"혁명적 영웅들께 이 정도 대접은 해드려야죠."

강영란은 맥주와 양주를 섞어 익숙한 솜씨로 폭탄주를 만들었다. 그러고는 각자 한 잔씩 자리에 올려줬다.

"핵탄주라고 하는 겁네다. 긴장도 푸실 겸 한잔 쭉 드시라요. 원샷입니다."

세 사람은 이런 비싼 걸 언제 또 먹어보겠냐며 연거푸 마셨다. 한 시간이 채 지나기도 전에 세 사람은 술기운이 올라왔다. 강영란도 양볼이 발그레해졌다.

잠시 후 강영란이 화장실에 다녀온다며 일어섰다. 그 순간 몸을 휘청이더니 철현 쪽으로 쓰러지는 게 아닌가! 철현은 본능적으로 몸을 피했고, 아나운서는 소파에 그대로 쓰러졌다.

"이런 간나새끼! 제대로 받아야 할 거 아니네? 방송원 동무, 괜찮습네까?"

강영란은 머리에 손을 얹으며 힘없이 대답했다.

"좀 어지러운데 미안하지만 집까지 좀 바래다주실 수 있습네까?"

"기럼요! 당연히 그래야죠."

종업원에게 요청해 택시를 불렀다. 구식 도요타 택시가 오자 강영란을 먼저 태우고 다음에 철현이 올라탔다. 명훈과 찬근도 타려 하자 강영란이 말했다.

"세 분이 다 오시면 제가 미안하디요."

"기, 기렇디요. 그럼 지섭 동무가 잘 바래다드리라."

명훈이 아쉬운 듯 말했다.

택시가 출발하자 강영란은 어지럽다며 철현의 품으로 쓰러졌다. 강영란의 가슴이 철현의 몸에 완전히 밀착됐다. 철현이 몸을 빼려 하자 강영란이 그의 팔을 붙들었다. 그 순간 철현의 몸이 꿈틀했다. '으… 안 돼….'

택시는 어느새 고급 아파트 단지 앞에 섰다.

"강영란 동무, 다 왔는데 좀 일어나 보시라요."

철현은 강영란의 몸을 부축해 택시에서 내렸다.

"괜히 폐만 끼쳤네요."

"괜찮습네다. 그럼 저는 이만 가보겠습네다. 조심히 들어가시라요."

철현이 다시 택시에 오르려는데 그녀가 몸을 휘청거렸다.

"지섭 동무, 미안하지만 집까지 좀…."

철현이 난색을 표하자 그녀는 아예 길바닥에 주저앉았다. 철현은 하는 수 없이 그녀를 부축해 계단을 올라갔다. 아파트라고는 하지만 엘리베이터가 없어서 육층까지 힘겹게 올라갔다. 문앞에 도착해 강영란을 내려놓자 그녀는 또다시 주저앉았다.

하는 수 없이 그녀를 부축해 침실로 갔다. 철현의 몸은 땀으로 흠뻑 젖었다. 그녀를 침대에 내려놓고 이만 발을 돌리려는데 이게 웬말인가! 강영란이 뒤에서 양손으로 허리를 붙드는 게 아닌가. 철현은 움찔했다. 당기는 힘에 이끌려 그만 그녀의 몸 위로 넘어지고 말았다. 두 남녀의 몸이 자연스럽게 포개졌다. 철현의 입술이 영란의 입술과 닿을 듯 말 듯 했다. 그녀의 살 냄새가 코끝을 간질였다. 찰나의 순간 철현은 정신이 번쩍 들었다. 재빨리 몸을 일으키려 했다. 하지만 그녀의 팔이 그의 머리를 끌어당겨 입술을 포갰다. 철현은 소스라치게 놀라며 영란을 밀어냈다.

"저… 저기, 영란 동무."

영란은 무안한 듯 몸을 일으키고 옷매무새를 가다듬었다.

"미안합니다. 제가 너무 성급했나 봅니다."

"그런 게 아니라 제가 실은 이런 게 처음이라…. 영란 동무가 싫어서도 아닙니다. 오히려 저에겐 과분한 분이죠."

"제가 싫은 게 아니라니 됐어요. 남녀가 서로 좋아하는 게 이상할 건 없지 않아요?"

그 한마디에 철현의 경계는 무너지고 말았다. 그는 저도 모르게 영란을 끌어안았다. 영란도 철현도 이 순간만큼은 자신의 감정에 솔직하기로 했다.

"하룻밤 같이 보낸다고 매달리는 여자 아니니 걱정 마세요. 실은 저도 이런 저한테 놀랐어요. 뭐랄까… 당신은 이곳 남자들과는 뭔가 달라 보였어요. 뭔지 모를 매력이 자꾸만 저를 끌어당겼어요."

어느새 강영란은 깊이 잠들었다. 철현은 동이 틀 때까지 잠을 이루지 못했다. 잠들어 있는 영란의 얼굴을 보니 미안한 마음이 들었다. 어젯밤 끝끝내 그녀의 손길을 뿌리쳤어야 했던 게 아닐까. 괜한 인연을 만들어버린 자신이 원망스러웠다.

철현은 그녀가 깨기 전에 조심조심 아파트를 나왔다.

지하실에 도착하자 명훈은 아직 자고 있었다. 철현은 노트북을 열어 페이스북 메시지를 확인했다.

김지은 오빠가 걱정할 것 같아 얘기 안 하려고 했는데 엄마 상태가 많이 안 좋아. 병원에 갔더니 치매도 심해지고 있고 몸이 점점 굳어가고 있대. 어떻게 해야 할지 모르겠어.

철현은 뭐라고 한참 메시지를 쓰다가 지우고 노트북을 닫아버렸다.

개성공단 철수 87일 차

아침 공기가 제법 싸늘했다. 지은은 옷 속으로 파고드는 한기에 몸을 움츠렸다.

누군가의 그림자가 앞을 가로막았다. 고개를 들자 낯선 남자가 지은을 내려다보고 있었다. 건장한 체구에 각이 진 얼굴. 지은은 온몸에 소름이 돋았다. 몸을 돌려 달아나려는데 몇 발짝떼기도 전에 또 한 명의 남자가 나타났다. 소리를 지르려 하자남자가 다가와 지은의 눈앞에 신분증을 내밀었다.

"국정원에서 나왔습니다. 김지은 씨 맞죠?"

지은은 경계하는 눈빛으로 남자를 쳐다봤다.

"얼마 전 김철현 씨와 연락하셨죠?"

지은의 가슴이 덜컹 내려앉았다.

"김철현 씨가 무사히 돌아오시길 바라죠?"

지은은 아무 대답도 하지 못했다.

"이대로 있으면 김철현 씨가 위험합니다. 저희에게 협조해주셔야 김철현 씨가 무사히 돌아올 수 있습니다."

국정원이 어떻게 알았을까? 감찰을 한 게 분명했다. 국정원이라면 뭐든 못 하겠는가. 지은은 망설였다. 어떻게 해야 할지 판단이 서지 않았다. 하지만 이들은 모든 걸 알고 있다. 협조하지 않는다 한들 다른 방법도 없었다.

"김철현 씨와 언제부터 연락이 되셨죠?"

"…"

"저희는 김철현 씨를 도와주려는 겁니다. 경계하실 거 없습니다. 저는 국정원 제3팀 윤정환이라고 합니다."

지은의 입술이 달싹거렸다. 이렇게 된 이상 국정원에 협조하는 게 오빠에게 정말 유리할지도 모른다. 지은은 체념한 듯 입을 열었다.

"한 달 정도 된 거 같아요."

"지금까지도 연락하고 있죠?"

"가끔요. 안부만 주고받아요."

"지금 어디 계신지 아십니까?"

"정확히 어딘지는 몰라요. 오빠가 평양 어디라고만 말했어요."

요원은 어이가 없다는 듯 인상을 구겼다.

"왜 동료들이나 정부에 알리지 않으셨죠?"

"그게… 오빠가 아직은 밝히지 않았으면 해서."

"이유는 설명하던가요?"

"아뇨. 아직은 시기가 아니라고만 했어요."

"시기가 아니다. 무슨 의미죠?"

"글쎄요? 저는 잘… 저희 오빠 간첩 아니에요. 오빠는 국정원에서 자기를 공안 사범으로 몰아넣을 거라고 두려워하고 있어요."

국정원 요원의 표정이 날카롭게 변했다.

"김지은 씨도 알고 있겠지만 김철현 씨의 상황이 좋지 않아요. 철현 씨의 이상한 행동을 정부는 의심하고 있죠."

"실수로 남겨진 건 모두가 아는 사실이잖아요! 오히려 정부에서 빠르게 대처하지 못한 잘못이 큰 거 아닌가요?"

"저희도 그렇게 믿고 싶습니다. 그래서 김철현 씨와 연락이 닿는 김지은 씨가 저희를 도와주어야 합니다."

지은의 머릿속은 복잡해졌다. 잠시 망설이다 입을 열었다.

"제가 뭘 도와드리면 될까요?"

"일단 저희와 접촉했다는 얘기는 하지 말고 현재 철현 씨가 있는 장소와 무슨 일을 하고 있는지 확인해주셨으면 합니다. 그래야 저희가 북한보다 먼저 찾아낼 수 있을 거 아닙니까. 철현 씨 말대로 쫓기는 입장이라면 말이죠. 북한이 먼저 찾아내면 그때는 저희도 손을 쓸 수 없습니다."

이제 어떻게 해야 할까? 오빠에게 이 사실을 알려야 할 것 같았다. 하지만 국정원이 페이스북을 훤히 들여다보고 있을 텐데….

***

명훈은 잠들어 있는 철현의 몸을 거칠게 흔들어 깨웠다. 실눈을 뜬 철현의 얼굴 위로 히죽거리고 있는 명훈의 얼굴이 보였다. 철현은 귀찮다는 듯 이불을 뒤집어썼다.

"간나새끼, 어제 얼마나 시달렸기에 잠을 못 잤네?"

"시달렸지. 아주 졸라게."

"아나운서 에미나이가 그리 성가시게 했네?"

철현은 벌떡 일어나 베개를 들어 명훈의 뒤통수를 내리쳤다.

"이 새끼 뭔 상상을 하는 거야?"

"순진한 척은 다 하면서 뒤에서는… 간나새끼, 차라리 귀신을 속여라. 그러지 말고 어땠는지 좀 말해보라."

문을 열고 들어오던 찬근은 명훈을 보며 혀를 찼다.

"간나새끼들 아침부터 또 싸우고 난리네?"

"싸우긴, 동무래 우리가 매일 싸움만 하는 줄 아네? 우하하, 글쎄 철현이가 어제 방송원 동무랑… "

"그래? 어제 어떻게 됐네?"

찬근도 덩달아 철현에게 다가와 고개를 들이밀었다. 철현은 자리를 박차고 일어나 침상을 벗어났다.

"엉큼한 간나새끼 보라우. 동무래 이제 팔자 핀 거 아니네?"

"뭔 팔자? 팔자 꼬이는 소리로 들리는구만."

"팔자가 왜 꼬이나? 여기서 아나운서 동무래 완전 끗발 날린다고 하지 않았네? 우리 철현 동무한테 앞으로 잘 보여야겠구만."

그때 마침 TV에 강영란 아나운서가 나왔다.

"철현이 애인 나온다!"

"오호!"

명훈과 찬근이 호들갑을 떨었다.

뉴스 속 강영란의 목소리는 상냥했던 어제와는 전혀 달랐다. 우렁차고 위압적인 목소리였다. 강영란이 개성공단 소식을 전하기 시작했다. 철현은 두 친구에게 조용히 하라고 손짓했다.

"남조선이 무책임하게 개성공단을 방치한 후 남조선에서도 개성공단 관련 인민들이 하루 아침에 직장을 잃고 난민이 되어 가고 있다는 소식을 목도하고 있다!"

명훈과 찬근도 개성공단 문제가 철현에게 심각한 사안임을 잘 알고 있었다. 찬근이 어렵게 입을 뗐다.

"그런데 철현 동무, 개성공단 입주 기업이 몇 개였지?"

"대략 120개 정도?"

"지금 개성공단 내 원자재며 설비, 심지어 완성품들까지 그대로 방치돼 있는 거지?"

"그렇겠지."

"기거 아깝디 않어?"

"고럼, 낭비지. 인민들이 굶주리고 있는 마당에 그런 걸 방치하는 건 큰 죄지. 암."

명훈이 대신 대답했다.

"활용할 방법이 없을까?"

뼛속까지 장사꾼인 찬근이 아쉬운 듯 입맛을 다시며 물었다. 그러자 철현이 어이없다는 듯 한마디 던졌다.

"남한 정부가 가만히 있겠냐?"

"남한 정부가 왜?"

"남한에서 투자한 건데 그걸 북한에서 맘대로 사용하게 그냥 두겠냐고."

"지들이 철수하며 버리고 간 건데 왜 안 되네?"

"헛! 그럼 네 말대로 활용한다 치더라도 가동은 어떻게 하지?"

"우리 공화국을 무시하네?"

"무시하는 게 아니라… 북한은 생산직에 대한 지원만 했는데 그 복잡한 기계를 다룰 수 있는 인력이 있느냐는 말이지. 그뿐인가? 안 그래도 전력난이 심각해서 걸핏하면 정전인데 가동할 에너지가 있어? 한국의 한전하고 수자원공사에서 공급했으니까 돌아갔지 그냥 돌린다고 돌아가는 게 아니잖아?"

그제야 찬근은 고개를 끄덕이며 대답했다.

"듣고 보니 동무 말이 맞네. 설비를 돌리는 건 쉽지 않겠구만."

"개성공단 가동이라니, 생각은 기발하다. 호호."

철현이 쓴웃음을 지으며 말했다.

"내래 외화벌이할 데가 마땅히 없어서 고민하다가 해본 말이디. 음, 혹시 철현 동무는 못 돌리네?"

찬근이 못내 아쉬운 듯 물었다.

"공장장한테 몇 번 설명을 들어서 우리가 사용한 설비 몇 가지는 가동할 수 있지만 다른 공장들 건 전혀 몰라."

그 말에 찬근은 잠시 생각에 잠기더니 입을 열었다.

"개성공단에 남아 있는 옷들이 그렇게 많다고 하는데 그걸 팔 방법은 없을까?"

역시 또 장사꾼다운 찬근의 질문이었다.

"중국에 팔면 어떨까?"

명훈이 말했다.

"말이 쉽지. 개성공단이 가동할 때 만든 제품들은 남조선 브랜드로 나가니까 팔린 거지, 지금 개성공단에서 만들었다고 하면 누가 사가겠네?"

"하긴 기렇디. 하지만 지금 공화국에는 물자가 부족해서 저 공장만 돌아가면 내수로도 다 소화가 가능하디 않겠어?"

그러자 철현이 어이없다는 듯 끼어들었다.

"대체 뭔 소리들이야? 내 입장에 대해선 생각 안 하냐? 난 여기 사업하러 온 게 아냐. 하루라도 빨리 가족들한테 가야 된다고. 그런데 지금 너희들 얘기는 나보고 또 일을 벌이라는 거잖아!"

"동무, 거 미안하게 됐네. 우린 다만 철현 동무가 하루라도 빨리 고향에 가기를 바라는 마음에 한 말이디. 명훈 동무 아바이와 약속을 빨리 이행해야 동무도 빨리 갈 수 있디 않갔어?"

찬근이 말했다. 철현도 그 의도를 잘 알기에 두 친구에게 미안한 마음이 들었다. 하지만 개성공단 재가동은 자신이 할 수 있는 영역 밖의 일이었다. 설령 재가동을 한다 해도 물건을 어떻게 판단 말인가. 철현은 씁쓸한 마음으로 조용히 마당으로 나와 담배를 빼 물었다.

오후에 철현과 명훈은 대동강을 찾아 맥주 파티 현장을 둘러 봤다. 파티가 열흘 넘게 이어지고 있었지만 여전히 행사장은 북적거렸다. 특히 중국인 관광객 숫자가 눈에 띄게 많아졌다. 공화국소녀의 인기도 날로 높아지면서 아이들이 사인을 해달라며 몰려들곤 했다. 한류 스타 못지않은 인기였다.

"찬근이 말로는 우리 팔찌도 저 중국인들이 많이 사갔다던데."

명훈이 맥주를 한 모금 마시고 말했다.

"그러게. 세상 물건은 중국 사람들이 다 사가네."

"중국이 이 세상을 다 사버릴 것 같다."

"그러게. 작년에 블랙 프라이데이 때였던가? 그때도 52초 만에 10억 위안어치가 팔렸다더라."

"정말 그 정도네?"

명훈은 입이 떡 벌어졌다.

"잠깐! 왜 그 생각을 못 했지?"

철현이 소리쳤다.

"갑자기 뭔 소리네?"

"그렇게 잘 팔리면 평양에선 왜 그걸 못 해?"

"못 할 것도 딱히 없지만….."

"평양에서 블랙 프라이데이 행사를 하는 거지."

"역시!" 명훈이 철현의 어깨를 두드렸다. "좋아, 한번 해보자. 이번에도 성공하면 철현 동무도 그만큼 고향 갈 날이 빨라지는 거 아니겠네? 내래 아바이 동무한테 얘기해보갔어."

철현은 주먹을 불끈 쥐었다. 이번에만 성공하면 정말로 돌아갈 수 있으리라.

명훈은 마침 집안 모임이 있으니 식사하면서 아버지에게 얘기해보겠다며 집으로 향했다. 찬근은 공화국소녀 멤버와 저녁을 하고 들어간다고 행사장에 남았다. 딱히 갈 곳 없는 철현은 혼자서 지하실로 돌아왔다.

철현은 노트북 앞에 앉아 페이스북에 로그인했다. 지은의 메시지가 와 있었다.

김지은 오빠, 메시지 보면 연락 좀.

철현은 자판을 두드렸다.

김철현 왜, 엄마한테 무슨 일 생겼어?

김지은 아니, 메시지 확인한 것 같은데 대답이 없어서. 무슨 일 있나 걱정도 되고.

김철현 오전에 급한 일이 있었거든. 걱정 마.

김지은 지금 있는 곳이 정확히 어디야?

김철현 알려줘도 잘 모를 거야. 알면 뭐, 구하러 오게?

김지은 궁금해서 그렇지.

김철현 아직은 모르는 게 좋아.

김지은 아무래도 국정원에 알리는 게 좋지 않을까?

김철현 그런다고 뾰족한 수가 있을까?

김지은 그래도. 그게 더 안전할 거 같은데. 이렇게 시간만 흘러가면 오빠가 더 위험해질 것 같아서. 언론도 오빠를 간첩으로 몰아가는 분위기야.

김철현 지금 알리면 오해만 더 커져. 여기서 어떻게 지내냐고 물으면 뭐라고 답해? 북한의 누군가가 도와주고 있고, 탈출하기 위해 사업을 하고 있다고 하면 국정원이 믿어줄까?

김지은 국정원이 알아야 대책을 세우든가 할 거 같은데.

김철현 괜히 의혹만 더 커져. 그냥 혼자 조용히 해결하는 게 좋아. 게다가 난 국정원 못 믿겠어.

김지은 오빠 혼자 힘으로 뭘 한다고 그래? 정부를 못 믿으면 누굴 믿어?

김철현 근데 너 오늘 좀 이상하다?

김지은 내가 뭘?

김철현 아니다. 이 얘긴 그만하자. 어쩌면 생각보다 빨리 갈 수 있을지 몰라. 그때까지 조금만 기다려.

김지은 오빠, 왜 이렇게 일을 어렵게 만들어?

김철현 관두자. 지금 급한 일이 있어서 다시 연락할게.

철현은 페이스북을 종료했다. 한숨이 나왔다. 무능한 국정원에게 자신의 목숨을 맡기라니. 국민의 안위보다 정치 논리에 따라 움직이는 국정원이 아닌가. 순진한 지은의 생각이 답답하기만 했다.

제6장
불타는 금요일

개성공단 철수 89일 차

철현은 초초했다. 합영투자위원회에 가서 평양판 '블랙 프라이데이'에 대한 기획안을 발표해야 했다. 북한 행정부를 방문하는 자리이기에 신분이 노출될까 두려웠다. 그런 철현을 보고 명훈이 등을 두드리며 말했다.

"동무, 이렇게 뿔테 안경 끼고 수염까지 길렀는데, 게다가 철저하게 위조된 신분도 있으니 걱정마라."

"왜 이렇게 불안하지?"

"거 참, 몇 번을 말하게 하네? 감쪽같다."

"명훈아, 한 번만 더 묻자. 정말 네가 하면 안 되겠냐?"

"됐다. 내래 울렁증 있어 발표하면 다 망한다."

어느새 두 사람은 합영투자위원회가 있는 건물 앞에 도착했다. 합영투자위원회는 북한의 대외 경제 분야를 담당하는 기구로 신설된 지 몇 년 되지 않았다. 외국인들이 많이 출입하는 곳인 만큼 건물에 신경을 많이 쓴 듯했다. 전면이 유리로 되어 있고 북한에서 보기 드문 현대식 고층 빌딩이었다. 북한이 해외

투자 유치에 얼마나 공을 들이는지 짐작할 수 있었다.

"거 참 으리으리하네. 평양에 이런 현대식 빌딩이 다 있었나."

명훈은 빌딩을 올려다보며 감탄을 연발했다. 대리석으로 된 실내는 외부보다 더 화려했다. 여기서만큼은 북한에서 흔히 볼 수 있는 체제 선전용 그림도 볼 수 없었다. 아무래도 외국인에게 위화감을 주지 않도록 신경 쓴 모양이었다. 로비 한편에는 놀랍게도 스타벅스도 자리해 있었다. 반미를 외치는 북한에 미국 기업이라니!

방문 등록을 하기 위해 안내 데스크로 갔다. 세련된 흰색 정장을 입은 안내원이 친절하게 안내해주었다.

"십오층으로 올라가시면 됩니다."

두 사람이 멀어질 때까지 안내원은 미소를 짓고 바라보았다.

보안 검사대를 지나 엘리베이터에 올랐다. 십오층에서 내리자 벽면에 양각으로 새겨진 세계지도 위에 해외 지사가 표시돼 있었다.

"베이징, 싱가포르, 캐나다… 지사도 무지 많네."

인터폰을 하자 말끔한 정장 차림의 여성 두 명이 나와 안내해주었다. 얼굴이 마주칠 때마다 두 여성은 미소를 활짝 지어 보였다. 좀 과장된 미소였지만 한국의 공기업에서 느껴지는 냉랭함에 비하면 이런 분위기가 오히려 나아 보였다.

사무실 내부는 활기가 넘쳤다. 분주히 전화 통화를 받고 컴퓨터 자판을 두드리는 모습이 전형적인 무역상사의 풍경이었다.

철현과 명훈은 텅 빈 회의실로 안내됐다. 거대한 원형 탁자한편에 덩그러니 앉은 두 사람은 주변을 둘러보며 말했다.

"여기는 완전 딴세상 같구만."

"왠지 넓은 취조실에 온 것 같은데."

5분쯤 지나 회의실 문이 열리고 사람들이 들어왔다. 철현과 명훈은 자리에서 일어나 한 사람 한 사람 들어올 때마다 허리를 깊이 숙였다. 십여 명의 남성이 들어와 자리에 앉자 그 뒤로 대기업 이사 같은 풍모의 나이 든 남성이 마지막으로 들어왔다. 여기서 최고참 상사인 모양이었다. 그는 자리에 앉자마자 철현과 명훈을 번갈아 바라보았다.

"누가 리명훈이디?"

갑작스러운 질문에 명훈은 당황해서 손을 번쩍 들었다.

"허허, 참, 코흘리개일 때 보고 참 오랜만이네. 많이 컸구먼."

"아… 네, 안녕하십네까?"

명훈도 그를 알아보는 척 인사했지만 실은 아무리 봐도 기억이 나지 않았다.

"동무 아바이한테 얘기 들었디. 꽤 쓸만한 발상 같아서 와보라고 했디."

"예, 여기 기획안 준비해왔습네다."

명훈은 자리에서 일어나 준비해온 인쇄물을 나눠줬다.

발표를 맡은 철현도 일어나려 하자 상사가 손짓하며 말했다.

"앉아서 편하게 하지."

"아, 알갔습네다."

철현은 자리에 앉아 설명을 시작했다.

설명이 장황하게 이어지자 상사가 헛기침을 하며 말했다.

"설명은 그쯤이면 됐고, 내래 다음 회의 때문에 시간이 별로 없으니 몇 가지 질문만 하겠네."

상사는 얼굴을 앞으로 내밀며 말을 이었다.

"블랙 프라이데이라. 중국의 성공 사례를 내래 익히 봐와서 좋은 발상이라고 생각하디. 그런데 물건이 있어야 팔디 않갔어?"

예상한 질문이었다. 철현은 주저 없이 대답했다.

"개성공단에 있는 의류를 팔려고 합네다."

"개성공단? 남은 수량이 많지 않을 텐데."

상사는 놀란 표정이었다.

"공장을 한번 돌려볼까 합네다."

"공장을? 설비를 돌릴 수 있는 기술자가 없을 텐데 어떻게 돌린다는 거지?"

"중국에 기술 지원을 요청했으면 합네다."

상사는 잠시 고민하더니 한 남성을 향해 말했다.

"음… 동무, 베이징 지사에 한번 연락해보지."

직원 한 명이 바로 확인하겠다며 전화기를 들고 나갔다.

상사가 다시 철현에게 물었다.

"그래, 개성공단을 돌리는 문제는 중국에 확인해본다 치고. 그렇다 해도 남조선이 아닌 공화국에서 만든 물건을 누가 사가 겠나?"

"그것도 맞는 말씀입네다. 문제는 저희 공화국에서는 국제적

인 상표가 없디요. 몇 가지 품목을 국제적인 상표로 만들어보려
고 합네다."

"국제적인 상표라."

상사는 솔깃했던지 몸을 좀 더 앞으로 내밀었다.

명훈은 미리 준비해온 철현의 스케치를 펼쳐서 보여주었다.

"이게 뭐디? 인민복 같기는 한데."

"인민복이 맞디요. 인민복과 교통경찰복을 현대화해서 디자
인해본 겁네다."

명훈이 이번에는 공화국소녀의 사진을 보여주었다. 멤버들
모두 철현이 디자인한 인민복을 입고 있었다. 회의실에 모인 사
람들이 웅성거리기 시작했다.

"이게 인민복이란 말이디? 사진으로 직접 보니 세련돼 보이
긴 하구만."

"공화국의 인민복과 교통경찰복은 외국인들 눈에 좀 특별하
디요. 희소성이라고 할까, 구하기 힘든 물건일수록 값어치가 올
라가기 마련이디요."

상사는 고개를 끄덕였다. 철현은 이어서 말했다.

"행사 시작할 때 공화국소녀가 이 복장으로 오프닝 공연을
하면 이슈화가 될 거라고 확신합네다."

"공화국소녀가 뭐디?"

상사의 물음에 바로 옆에 앉은 남자가 설명해줬다.

"기래? 내래 그때 출장 중이어서 못 봤는데, 최고령도자께서
극찬을 아끼지 않으셨다는 말은 들었소."

"중국 국영 TV나 외국 기자들도 와서 취재했습네다. 반응도 매우 좋았습네다."

상사의 표정은 좀 더 진지해졌다.

"판매는 어떻게 할 건가? 물건을 사려면 외국인들이 들어와야 하는데. 잘 알겠지만 공화국은 외부인 출입 통제가 엄격한데."

"그래서 콤퓨터망 판매를 해볼까 합네다. 해외 판매를 위주로 한다면 그게 제일 좋은 방법이디요."

"공화국 콤퓨터망은 보안 때문에 외부와 차단돼 있지 않네?"

"저한테 방법이 있습네다."

철현이 방법을 설명하자 다들 놀라는 표정이었다.

"허허허, 젊은 동무가 아주 영리하구만. 좋소. 우리가 단독으로 결정할 문제는 아니니 당에 한번 보고해보겠네."

상사가 호탕하게 말했다.

이윽고 자리에서 일어난 상사는 두 사람과 악수하고 흡족한 표정으로 회의실을 나갔다. 철현과 명훈은 남은 사람들과 질문과 답변을 좀 더 이어갔다.

회의를 마치고 건물 밖으로 나온 명훈은 길게 숨을 내뱉었다.

"긴장돼서 오줌 쌀 뻔했지 않네."

"나도 떨려 죽는 줄 알았다."

"분위기를 보아하니 잘될 거 같지?"

"일단 이쪽의 반응은 나쁘지 않은 것 같다."

철현과 명훈은 가벼운 마음으로 발걸음을 옮겼다.

개성공단 철수 92일 차

강영란은 구형 렉서스를 몰고 찬근의 가게 앞으로 왔다. 철현은 그녀의 차를 보고 북한의 아나운서에 대한 당의 대우를 다시 한 번 실감했다. 조수석에 앉은 그가 소심한 목소리로 물었다.

"원래 평양 여자들은 보수적이지 않아요?"

"평양 여자든 중국 여자든 보수적인 사람이 따로 있나요?"

강영란은 웃으며 되물었다.

"듣고 보니 질문이 이상했습니다."

"아니에요. 어떻게 보면 지섭 동무 말도 일리가 있어요. 실은 저도 조선족 사람은 다 무뚝뚝하다고 생각했으니까요. 지섭 동무도 그렇고."

"제가 무뚝뚝한가요?"

"저한테만 좀 무뚝뚝한 것 같은데요."

"긴장해서 그런 겁니다."

"제가 잡아먹기라도 합니까?"

강영란이 요란스럽게 웃었다. 푼수다운 그 모습이 그녀의 매력을 한층 더 끌어올렸다.

"저기…."

철현은 무언가 말을 하려다 도로 삼켰다.

"아닙네다."

"편하게 말씀하세요. 아직도 제가 불편하세요?"

"불편하다기보다는 아마 방송에서 본 센 이미지가 남아서…."

철현은 괜한 말을 했다 싶어 얼버무렸다.

"하긴, 그래서인지 남성 동무들이 저를 불편해하는 편입니다. 실은 제가 얼마나 부드러운 여자인지 모르고 말이죠."

"꼭 그렇다는 건 아니고…."

"저도 한때는 남 앞에서 말도 제대로 못하는 소심한 아이였답니다. 안 믿기시지요?"

"상상이 안 가네요."

"어릴 때 숫기가 없어서 놀림도 많이 당했죠. 군인인 아바이 동무는 그런 저를 이해 못 하고… 혼내기 일쑤였죠. 오마니라도 계셨다면 위안이 됐을 텐데."

갑작스런 어머니 이야기에 철현의 얼굴이 어두워졌다. 그런 철현을 눈치채고 영란이 말했다.

"괜찮아요. 어릴 때 돌아가셔서 기억도 잘 안 나요. 그러고 보니 지섭 동무 오마니는 어떤 분인지 궁금하네요."

철현은 여전히 어두운 표정으로 선뜻 입을 열지 못했다.

"제가 괜한 걸 물어봤나 보네요."

"아닙니다. 저는 아버지가 일찍 돌아가시고 홀어머니 밑에서 자랐습니다."

"저하고 반대네요. 오마니가 힘드셨겠네요?"

"네, 고생 많으셨죠."

철현은 눈물이 차오르는 걸 애써 참고 화제를 돌렸다.

"그런데 영란 동무는 어떻게 성격이 변하셨디요?"

"연극을 하면서지요."

"연극요?"

"어릴 적 저를 아껴줬던 선생님이 어느 날 연기를 해보라고 권하셨죠. 그래서 시작하게 됐는데 이런저런 배역을 하다 보니 차츰 내가 어떤 사람인지 알게 되더군요. 왜 그런 얘기 있잖아요. 훌륭한 배우는 자신마저 속인다고."

"그럼 방송에서 보이는 모습도 연기인가 봅니다."

"반은 그렇다고 볼 수 있죠. 방송에선 좀 더 자극적이고 강하게 말해야 호소력이 있으니까요. 평소의 제 성격이라면 그런 모습이 나올 수 없지요."

"연기력이 대단하시네요!"

"호호, 그럼요. 저 평양 연기대학에서 연기 전공도 했는데요."

대화를 나누다 보니 어느새 대동강 맥주 파티 행사장에 도착했다. 오후 5시가 넘어 이미 개장을 한 상태였다. 손님들도 모여들고 있었다.

"평양에서 이런 연회를 할 거라고 누가 상상이나 했겠습니까."

강영란은 테이블에 앉으며 감탄을 연발했다. 철현이 맥주를 들고 와 건넸다. 강영란은 맥주 한 병을 단숨에 비웠다.

"아, 좋다! 여기 이렇게 지섭 동무하고 앉아 있으니까 너무 좋네요. 자유라는 게 이런 건가?"

"영란 동무를 보면 가끔 혼란스럽다고 할까, 놀랍다고 할까, 정말 남다른 면이 있어요. 방송의 모습과는 전혀 달라 보여요."

"체제를 대변하는 나팔수 역할을 하다 보면 어쩔 수 없죠. 저도 가끔 혼란스러울 때가 있습니다."

철현은 영란의 눈빛을 보며 모순과 혼돈이라는 단어를 떠올렸다. 그녀를 바라보는 자신뿐만 아니라 그녀 자신 역시 그런 갈등에 빠져 있는 게 분명했다.

영란은 양팔을 벌리며 하늘을 향해 고개를 들었다. 햇빛이 얼굴에 반사돼 더 아름다워 보였다.

"어쨌든 동무하고 이렇게 있으니 좋습네다."

그녀가 철현의 팔을 끌어당기며 말했다. 사람들의 시선에도 아랑곳하지 않는 그녀는 북한 여성에 대한 철현의 선입견을 완전히 바꿔놓았다.

해가 지면서 대동강물이 붉게 물들었다. 두 사람은 말없이 노을을 바라보며 맥주를 홀짝였다.

그때 명훈이 숨을 헐떡거리며 달려왔다.

"동무 여기 있었구만! 잠깐 와보라우."

"왜?"

"와보면 알디. 날래 와보라우."

철현과 영란은 명훈을 따라갔다.

"저기 좀 보라우!"

"어디?"

명훈이 손가락으로 무대 쪽을 가리켰다.

"저기 무대 앞에 서 있는 사람."

"어… 저건….'

"기렇디. 동무가 만든 인민복 아니네?"

"동무, 무슨 일입네까?"

영란이 궁금해하며 물었다. 그녀는 다른 사람들과 있을 때는 평양말을 했다.

"저기 보이는 인민복 보이시디요?"

"인민복인데 인민복 같지가 않네요."

"기렇디요. 여기 지섭 동무가 도안한 겁네다."

"이건 완전 늬우스거린데 왜 이제 말합네까?"

한동안 대동강 맥주 파티로 바빴지만 그사이 인민복의 인기가 치솟으며 주문이 폭주했다. 주문분을 감당하지 못할까 봐 찬근이 걱정하는 것을 보면서도 철현은 대수롭지 않게 여겼는데, 눈앞에서 그 인기를 확인하니 드디어 실감이 들었다. 그러고 보니 무대 위 말고도 철현의 인민복을 입은 사람이 심심찮게 눈에 띄었다.

철현과 명훈은 영란의 차를 타고 사무실로 돌아왔다. 두 사람이 차에서 내리는데 가게 문이 열리며 찬근이 달려나왔다.

"동무들!"

찬근의 눈가가 촉촉했다. 철현과 명훈은 어리둥절했다.

"오후에 합영투자위원회에서 왔다 갔디 않았네."

합영투자위원회라는 말에 가슴이 철렁했다. 과연 어떤 소식을 들려줄까 가슴이 쿵쿵거렸다.

"글쎄, 당에서 우리가 제안한 블랙 프라이데이가 승인이 났다고, 바로 진행했으면 하니 내일 방문해달라네."

세 사람은 부둥켜안고 방방 뛰었다. 그 모습을 보며 영란이 소리쳐 물었다.

"블랙 프라이데라니 그게 뭡니까?"

명훈이 영란에게 설명해줬다.

"대단하세요! 인민복에 블랙 프라이데이라! 당에서 좋아할 만하네요. 세 분 모두 축하드립니다."

영란은 좀 더 자세히 듣고 싶다며 세 사람을 따라 가게로 들어갔다.

개성공단 철수 94일 차

이 과장과 김 대리는 식사를 마치고 회사로 돌아왔다. 탕비실로 가서 커피를 마시려는데 휴게실 쪽에서 웅성거리는 소리가 들렸다. 두 사람은 커피를 들고 휴게실로 향했다.

TV에서 뉴스가 나오고 있었다.

"북한 사람이 가장 많이 입는 옷 하면 바로 국민복이라고 할 수 있는 인민복입니다. 그런데 이 인민복이 현대화된 디자인으로 탈바꿈하면서 젊은 층 사이에서 급속도로 유행하고 있다고 합니다. 자세한 내용을 김현석 기자가 보도합니다."

"조선중앙TV는 지난 25일, 인민복이 세련되게 변화하면서 평양을 중심으로 젊은 층에 유행을 하고 있다고 보도했습니다. 기존의 인민복은 마오 컬러라고 할 수 있는 칙칙한 국방색에 실용적이며 노동 친화적인 단순한 디자인이었습니다. 하지만 새롭게 변한 인민복은 허리 라인이 좀 더 두드러지고 무릎 아래쪽으로 통이 좁아지며 내려오는 디자인에, 색상도 세련된 블루 컬러로 변하면서 평양의 장마당 세대를 중심으로 큰 인기를 끌고 있다고 합니다."

화면에 새로 바뀐 인민복이 보이자 이 과장은 입에 머금었던 커피를 뿜어내고 말았다. 옷에 커피가 튄 김 대리가 벌떡 일어났다.

"앗, 뜨거워! 뭐예요, 과장님!"

김 대리는 옷에 묻은 커피를 닦으려고 휴지를 뽑아 들었다.

"야, 야, 그게 중요한 게 아니다. 저기 저 옷…."

이 과장이 손가락을 들어 TV 화면을 가리켰다.

김 대리는 커피를 닦으며 화면을 바라보았다. 평양 거리에서 인민복을 입은 젊은이들을 인터뷰하고 있었다.

"저게 뭐요? 옷이 뭐가 어떤데요?"

"잘 좀 봐봐. 저 인민복 철현이가 했던 디자인이잖아"

"네에?"

"기억나? 철현이가 처음 시안 가져왔을 때 네가 했던 말."

"기억나죠. 무슨 인민복이 교복이냐고."

"그래. 철현이가 시안 보여주면서 다리가 길어 보이는 인민복이라고 했지."

그제야 김 대리는 유심히 화면을 들여다봤다.

"맞네! 저거 색깔도 블루 컬러에."

"철현이가 디자인한 거 맞지?"

"그런데 그게 왜 저기에?"

"내 말이."

"그 디자인 시안으로 잡고 나서 내부에서 폐기된 건데."

화면 속에서 북한의 젊은 남자들이 다리가 길어 보인다며 카메라를 향해 포즈를 취했다. 여자들이 입은 치마는 무릎 바로 위까지 오는 길이에 엉덩이 실루엣이 드러나는 디자인이었다.

그때 문이 열리며 이 주임이 모습을 드러냈다.

"과장님, 지은 씨 왔어요."

이 주임 뒤에 서 있던 젊은 여자가 고개를 내밀며 인사했다. 철현의 여동생 김지은이었다.

"안녕하세요?"

지은은 그동안 몇 번 간식거리를 들고 개성시대를 찾은 적이 있었다. TV를 보던 직원들은 지은을 보고 가볍게 눈인사로 맞았다.

이 과장은 지은을 데리고 회의실로 자리를 옮겼다. 탁자를 사이에 두고 앉았지만 둘은 눈을 마주하지 못했다. 지은은 탁자위에서 깍지 낀 두 손만 바라보았고, 이 과장은 허공만 바라보았다.

"오빠가 아직 소식이 없어서 걱정이 많죠? 입이 열 개라도 할 말이 없네요."

지은은 대답도 없이 한참을 망설이더니 간신히 입을 뗐다.

"과장님, 저기⋯."

지은이 고개를 들고 이 과장의 얼굴을 봤다. 이 과장도 그제야 지은의 얼굴을 마주했다.

"저기⋯ 오빠가⋯."

순간 이 과장은 저도 모르게 고개를 앞으로 쭉 뺐다. 지은의 입에서 뭔가 중요한 말이 나올 것 같았다.

"실은…."

지은은 또다시 우물쭈물했다.

이 과장은 속이 타들어가는 느낌이었다. 하지만 재촉하지 않고 인내심 있게 다음 말을 기다렸다.

"실은 오빠하고 연락을 하고 있었어요."

이 과장은 헉 하고 숨을 들이마셨다.

"아니, 그게 무슨… 내가 좀 알아듣게 설명 좀 해보세요."

"실은 두 달쯤 전에 페이스북으로 처음 오빠한테서 메시지가 왔어요."

"페이스북으로? 근데 왜 그걸 여태 얘기 안 했어요?"

"오빠가 아직은 말하지 말라고 해서. 그런데 얼마 전에 국정원에서도 알게 됐고."

이 과장은 말문이 막혔다.

지은은 말을 잇지 못하고 또다시 두 손만 바라보았다.

"그럼 지은 씨는 철현이가 어디서 뭐 하고 지내는지 알고 있었다는 거네요?"

지은은 말없이 고개를 끄덕였다.

"그럼 아까 그 뉴스는 철현이하고 관련된 거 맞나요?"

"아마도요. 얼마 전 대동강 맥주 파티도 오빠가 한 거라고…."

"그럼 철현이가 간첩 맞는 건가요? 아, 그게 아니라 지금 철현이가 북에 포섭, 아니 그것도 아니고, 아 참… 이걸 뭐라고 해야 하나."

지은은 양손을 절레절레 흔들었다.

"아니요, 그건 아닌 거 같아요. 사정이 있는 거 같아요."

"그럼 전향했나? 아니면 귀순? 하, 이거 참….."

이 과장은 속이 타는 듯 물컵을 입에 댔지만 컵은 이미 비어 있었다.

"국정원에선 뭐라고 합니까?"

"일단 오빠의 상황을 모르니 어디서 뭘 하고 있는지 구체적으로 알아보라고."

"그래서, 그다음에도 오빠하고 얘기 좀 해봤습니까?"

"어떻게 해야 할지 몰라 답답해서 이렇게 찾아온 거예요. 오빠는 국정원에 알리면 사태가 더 안 좋아질 거라고 하고, 국정원에선 다른 말을 하니…."

지은의 눈가가 점점 붉게 물들었다.

"지은 씨 왜 이리 답답해요! 그걸 지금 얘기하면 어떻게 합니까? 가장 먼저 저한테 말을 해줬어야죠."

"과장님께 먼저 말씀드렸다면 뭘 어떻게 하셨을 건데요?"

이 질문에는 이 과장도 뭐라 답하지 못하고 애먼 천장만 바라보았다.

휴게실로 돌아온 이 과장의 모습은 얼이 빠진 모양새였다.

"무슨 일 있으세요?"

김 대리가 이 과장의 눈치를 살피며 물었다.

"어, 아, 아니."

"몸이 어디 안 좋으세요? 안색이 안 좋으신데요."

"안 좋긴 무슨…."

이 과장은 멍한 표정으로 TV 뉴스 화면을 응시했다.

북한 아나운서가 우렁찬 목소리로 말했다.

"우리 위대한 조선민주주의인민공화국은 올해를 세계화를 위한 원년으로 삼아 두 달 뒤에 평양에서 '불타는 금요일' 행사를 개최함을 발표하는 바이다."

자료 화면이 나오다가 잠시 후 남한의 뉴스 앵커가 말했다.

"지금 나온 보도는 어제 조선중앙TV에서 보도된 내용입니다. 평양발 '블랙 프라이데이'라고 할 수 있는데 이는 대북제재로 인한 자금난을 타개하고자 내놓은 대책으로 보고 있습니다. 그런데 과연 북한이 이런 행사를 할 수 있을까 하는 의문이 들 수밖에 없군요. 지금 제 옆에는 북한 정치경제연구소의 하갑훈 소장님이 나와 계십니다. 안녕하십니까? 지금 보도된 내용에 대해 소장님은 어떻게 생각하십니까?"

"저는 두 가지 측면에서 불가능할 거라고 봅니다. 첫째는, 안 그래도 물자 부족에 시달리는 북한이 과연 판매할 물건이 있느냐인데, 유일하게 북한을 통해 만들어진 물건은 개성공단 상품이 80퍼센트 이상이었습니다. 개성공단 가동이 중단된 지금 북한은 판매할 물건이 전혀 없다고 봐도 됩니다. 두 번째 문제가 더 의문인데요. 설령 물건이 있다 해도 어떻게 판매를 하느냐는 것입니다. 어차피 내수를 노린 판매 전략은 아닐 텐데 그렇다면 해외를 통한 온라인 판매밖에는 방법이 없습니다. 하지만 북한의 인터넷망은 지금 모두 차단된 상태에서 과연 북한이 과감하게 인터넷망을 열 것이냐 하는 점에서 저는 부정적으로 봅니다."

"네, 소장님 말씀을 듣고 보니 쉽지 않으리라 보는데요. 그런데 지금 개성공단에는 설비가 다 갖춰져 있는데 혹시 공장을 가동시킬 수도 있지 않을까요?"

"그건 결론적으로 말하면 불가능하다고 봅니다."

김 대리는 커피를 마시던 종이컵을 구기며 불평하듯 말했다.

"개성공단을 돌리는 게 그렇게 간단한 문제라면 진작에 북한이 돌려도 돌렸지, 북한이 가만있었겠어요? 문제는 북한에 그런 기술을 지닌 인력이 없다는 거잖아요. 게다가 한전과 수자원공사가 지원했던 전기며 물이며 다 중단된 상황인데, 어림도 없죠. 안 그렇습니까, 과장님?"

이 과장은 TV 화면을 멍한 표정으로 응시하고 있었다.

"김 대리?"

"네?"

"철현이 말이다."

이 과장의 얼굴은 하얗게 질려 있었다.

"철현이 동생이 철현이하고 연락이 됐다고 한다."

"정말로요? 어떻게요?"

이 과장은 답답한 나머지 이 사실을 모두 들려주었다.

김 대리는 듣는 동안 얼굴빛이 점점 사그라들었다.

"그게 말이 돼요?"

"그러게 말이다. 나도 못 믿겠는데 사실이란다."

두 사람은 한참 동안 아무 말도 못 하고 넋을 놓고 있었다.

한편 평양의 인민복은 그날 국내 포털 검색어 1위를 기록했다. 인터넷 커뮤니티에서는 다양한 반응과 질문이 올라왔다. 그중에서 가장 많은 질문은 "이거 어떻게 구매할 수 있습니까?"였다.

평양판 블랙 프라이데이인 '불타는 금요일'은 검색어 2위를 기록했고 외신들도 대대적으로 보도했다. 그날 모든 뉴스는 북한 관련 소식이었다.

개성공단 철수 95일 차

"동무래 그게 사실이오?"

"네, 틀림없이 맞습네다."

"아무리 봐도 얼굴이 딴판인데? 지금 우리한테 수작 부리는 거 아니디?"

"제가 어찌 감히. 이 동무래 지금은 살이 좀 붙고 수염도 길러서 그런데, 내래 똑똑히 기억합네다. 보시라요. 인상이 비슷하지 않디요?"

콘크리트 벽으로 둘러싸인 인민보위부 취조실에 철현 일행을 안내했던 안내원이 겁에 질린 채 앉아 있었다. 희미한 전구 불빛 아래 책상을 사이에 두고 취조원과 마주해 있다.

"간나새끼, 이렇게 엉망으로 된 사진으로 어떻게 두 사람이 일치하는지 알 수 있단 말이오?"

철현의 프로필 사진과 최근 보도된 사진을 비교해 보며 인민보위부 보안원은 계속해서 안내원을 윽박질렀다. 두 사진 모두 화질이 좋지 않았다.

"아, 아닙네다. 눈매를 보시면 똑같지 않습네까?"

"그런 눈매가 어디 한둘이네?"

"확인해보시면 되지 않갔습네까?"

보안원은 안내원을 매섭게 노려봤다.

"동무, 만일 거짓이면 나나 동무나 끝장인 줄 알라우!"

"목숨 걸고 맹세합니다."

보안원은 자리에서 일어나 뒤쪽에 있는 남자에게 다가갔다. 나이가 좀 들어 보이는 그는 시종 담배를 피우며 두 사람의 대화를 듣고 있었다. 보안원이 귓속말을 하자 그는 담배를 비벼 끄며 말했다.

"당에서 신임을 받고 있는 동무니 특별히 조심해서 알아보라."

"네, 알겠습네다."

그때 안내원이 보안원을 향해 물었다.

"동무, 만일 이 동무가 김철현이 맞으면 내래 사면이 되는 겁네까?"

"그거야 두고 봐야 알지. 동무가 협조를 어떻게 하느냐에 따라."

***

철현은 명훈과 함께 대동강 맥주 파티 장소를 찾았다. 아직 이른 시간이라 한창 개장을 준비하고 있었다. 이곳저곳 살피고 있는데 강영란이 다가오며 반갑게 인사했다.

"오늘은 일찍 나오셨네요!"

"오후에 가봐야 할 데가 있어서요. 그런데 동무는 어쩐 일로?"

"지섭 동무 보고 싶어서 왔지요."

그 말에 철현의 얼굴이 벌게졌다.

"호호, 농담이에요. 그리 당황하니까 더 장난치고 싶어집네다."

영란이 웃으며 말했다.

"서 있지 말고 여기 앉으시라요. 제가 시원한 맥주 가지고 오겠습니다."

명훈이 말했다.

"괜찮습니다. 취재차 들른 거라 맥주는 다음에 마시는 걸로 할게요. 저희 신경 쓰지 마시고 두 분 일 보세요."

"그럼 커피라도 한잔하고 가시라요. 내래 맛있게 타올테니."

"네, 그럼 부탁드릴게요."

명훈은 영란을 자리에 앉히고 어딘가로 뛰어갔다.

테이블에 철현과 영란만 남게 되자 괜히 어색한 분위기가 감돌았다. 바로 그때 철현 앞에 어두운 그림자가 드리워졌다. 고개를 들어보니 북한 안내원이었다. 철현은 놀라서 소리를 지를 뻔했다. 신분이 노출될 수 있는 상황이었다. 철현은 최대한 태연한 척하며 시치미를 떼기로 했다. 안내원이 먼저 말을 걸었다.

"동무, 반갑소?"

"누구신지?"

"내래 모르갔소?"

안내원은 철현을 빤히 쳐다봤다. 철현은 얼굴을 슬쩍 피하며 말했다.

"글쎄요? 내래 초면이라⋯."

"초면이라니? 동무 외모랑 말투도 바꾸고⋯."

영란은 의아한 눈빛으로 두 사람을 번갈아 바라보았다.

"동무, 개성공단 김철현 동무 맞디 않소?"

"개성공단이라니? 무슨 말인지 모르갔시요. 사람 잘못 봤시요."

철현은 심장이 터질 것만 같았다.

그때 명훈이 커피를 들고 돌아왔다. 철현과 안내원 사이에 오가는 대화를 듣더니 곧 눈치를 챘다. 가슴이 철렁 내려앉았다. 명훈이 나서야 할 차례였다.

"동무! 사람 잘못 보셨소. 이 동무래 조선족이요. 딴사람하고 혼동하시는 거 같은데⋯."

"아니, 기게⋯ 아 참⋯."

"방해하지 말고 저리 가시오!"

명훈은 안내원의 팔을 잡아끌었다. 안내원은 잠시 버티더니 할 수 없다는 듯 명훈의 팔힘에 이끌려 자리를 벗어났다.

"김철현이라면 몇 달 전에 김일성 수령 초상화를 훼손하고 도주한 간첩 아닙네까?"

영란이 철현에게 말했다.

"그래요? 그런 일이 있었나요?"

철현은 모르는 척했다.

씩씩거리며 돌아온 명훈은 영란의 눈치를 살피며 말했다.

"저 동무래 보니까 술을 많이 마셔서 취했구만. 아, 이거 늦었네. 지섭 동무, 빨리 가자우."

명훈이 시계를 보는 척했다. 일단은 이 자리를 피하는 게 우선이었다.

"벌써 시간이 그렇게 됐나. 영란 동무, 저희는 급한 일이 있어서 이만."

철현과 명훈은 고개를 까닥하고 재빨리 자리를 빠져나왔다.

"아까 그 동무래 뉘기길래 그러네?"

명훈이 물었다.

"개성공단 근무할 때 우리 담당했던 안내원. 그런데 어떻게 날 알아봤지?"

"그러게. 앞으로 여기는 나 혼자 올 테니 동무는 당분간 지하실에 꼼짝 말고 있으라."

철현은 고개를 끄덕였다. 아직도 진정이 안 되어 심장이 쿵쿵거렸다.

그 시각 안내원은 대동강변에서 대기 중인 보위부 요원에게 다가갔다. 보위부 요원 두 명은 안내원을 보자 담배를 비벼 껐다.

"그래, 어떻소?"

"수염을 기르고 살이 좀 붙어서 처음에는 내래 긴가민가했는데 목소리를 들어보니 확실합네다."

"기래!"

요원의 눈빛이 날카롭게 변했다.

"어떻게 할까요?"

요원이 다른 요원에게 물었다.

"일단 상부에 보고해야디."

상급자로 보이는 요원이 핸드폰을 꺼내 전화를 걸었다.

전화 통화를 마치자 옆에서 듣고 있던 요원이 물었다.

"상부에서 뭐라고 하디요?"

"신중을 기해야 하니 적당히 둘러대서 보위부로 데려오라는 지시요."

철현은 지하실 공간을 왔다 갔다 하며 안절부절못했다.

"동무, 걱정 말라. 그 좀비같이 생긴 놈에게 딱 잡아뗐으니."

명훈이 침상에 누운 채 말했다.

그때 찬근이 급하게 뛰어 내려왔다.

"동무들, 보위부에서 나왔다고 하는데 뭔 일 있네?"

"보위부? 우리 없다고 하라."

지하실 문이 벌컥 열렸다. 군복을 입은 두 사람이 들어와 매서운 눈빛으로 안을 살폈다. 철현과 명훈은 돌처럼 굳은 채 꼼짝하지 못했다. 보위부 요원이 철현에게 다가왔다.

"동무래 신분증 한번 봅시다."

"제가, 지금 신분증이…."

"날래 보자우."

철현은 서랍에서 신분증을 꺼내 내밀었다. 위조한 신분증이었다. 보위부 요원은 신분증을 보더니 다시 매서운 눈빛으로 철현을 노려봤다.

"동무, 잠시 함께 가줘야겠소."

"무, 무슨 일로 그렇습네까?"

"순순히 따라오는 게 신상에 좋을 거요."

보위부 요원들은 철현을 데리고 사라졌다. 찬근은 어리둥절한 표정으로 명훈을 바라봤다. 명훈은 겁에 질린 표정으로 아무 말도 하지 못했다.

철현은 보위부 취조실로 끌려갔다. 어둑한 취조실 천장의 조명이 철현을 비추었다. 맞은편에 앉은 남자가 철현 쪽으로 몸을 굽혔다. 조명에 드러난 남자의 얼굴을 보자 온몸에 소름이 쫙 끼쳤다. 얼굴에 깊은 흉터가 나 있었다. 저승사자가 바로 이런 얼굴일까 싶을 만큼 냉기가 느껴졌다.

"동무래 여기가 어딘지 아네?"

"보, 보위부 아닙네까?"

"기렇지. 보위부는 맞디. 좀 더 정확히 말하면 여기는 진실을 말하지 못하고는 살아서 나갈 수 없는 곳이기도 하지. 지금까지 여기서 실토를 하지 않고 나간 자는 한 놈도 없디."

남자는 다시 몸을 뒤로 젖히며 어둠 속에 얼굴을 감췄다. 그러더니 철현 앞에 사진 하나를 던졌다. 바로 철현의 사진이었다. 조선중앙TV에서도 여러 차례 자료 화면으로 내보냈던 그 사진.

"이게 동무 맞디?"

"아, 아닙네다."

"다 알고 있으니 개수작 부리지 말라!"

남자는 탁자를 주먹으로 쾅하고 내리쳤다.

"내래 진짜 무슨 말씀을 하시는지 모르겠습네다."

"좋은 말로는 안 되겠구만."

순간 남자가 철현을 향해 주먹을 날렸다. 철현은 맥없이 바닥에 쓰러졌다. 머리를 세게 부딪친 것처럼 정신이 몽롱했다.

"들여보내라."

누군가 안으로 들어왔다.

철현은 고개를 들고 문 앞에 서 있는 남자를 바라보았다. 하지만 눈앞이 아른거리는 데다 불빛이 반사되어 얼굴 식별이 어려웠다. 보위부 요원이 문 앞의 남자를 철현의 얼굴 앞으로 끌고 와 앉혔다. 안내원의 얼굴이 뚜렷이 보였다. 안내원은 겁에 질린 목소리로 더듬더듬 말했다.

"처, 철현 동무, 솔직히 말하라. 안 그러면 동무하고 나는 여기서 그냥 개죽음이다."

철현은 체념했다. 자신은 간첩이 아니라 개성공단에서 철수할 때 실수로 남겨진 사람일 뿐이라며 그 뒤로 있었던 일들을 털어놓았다. 다만 명훈과 찬근은 자신을 철썩같이 중국 상인으로 믿고 있다고 둘러댔다. 명훈의 아버지에 대해서는 일체 입에 올리지도 않았다.

철현의 진술이 끝나자 요원이 몸을 날려 가슴을 걷어찼다. 철현은 뒤로 넘어지며 벽에 부딪혔다. 안내원은 그런 철현을 차마 쳐다보지도 못하고 온몸을 벌벌 떨었다.

"간나새끼! 남조선 간첩의 말을 나보고 믿으라고?"

"미, 믿어주십시오. 정말입니다."

요원은 철현을 보고 씩 웃더니 다른 요원에게 말했다.

"이 동무하고 같이 있던 돼지 같은 놈도 잡아들이라."

"그 동무들은 저의 정체를 잘 모릅니다."

"이 간나새끼가 여기가 어디라고 함부로 주둥이를 나불거려!"

남자는 다시 군홧발로 철현을 세게 걷어찼다.

개성공단 철수 96일 차

가느다란 빛이 얼굴 위로 날카롭게 꽂혔다. 철현은 힘겹게 손을 뻗어 쏟아지는 빛을 가렸다. 눈두덩이가 심하게 부어올라 눈이 잘 떠지지 않았다. 눈꺼풀이 파르르 떨렸지만 감각은 잘 느껴지지 않았다. 손가락도 구부려지지 않았다. 다리도 움직일 수 없었다. 아니, 온몸이 붓고 피멍이 들어 꿈쩍도 할 수 없었다. 심한 고문을 당한 탓이었다. 앞으로 어떻게 될까? 사상범으로 교도소에 갇힌 채 오랜 세월을 보내게 될까? 그 생각을 하니 눈물이 주르르 흘러내렸다.

며칠이 지났을까. 철현은 고문을 받고 기절하기를 몇 번이나 반복했다. 죽음을 앞둔 사람처럼 모든 것을 체념했다. 어머니 생각에 눈물이 났다. 죽기 전에 얼굴이라도 한번 볼 수 있을까? 얼마 전 상태가 나빠졌다는 지은의 말이 떠올라 가슴이 찢어질 것 같았다. 치매라서 오히려 다행일지도 모르겠다. 아들이 서울에 있다고 믿는 게 차라리 나을지도 모르겠다.

보위부 간부는 한 통의 전화를 받았다. 전화를 받는 그의 표정이 일그러졌다.

"기건 곤란하오. 지금 조사 중이라."

수화기 너머로 흥분한 목소리가 흘러나왔다. 간부는 순간 움찔하더니 잠시 후 전화를 끊고 담배에 불을 붙였다. 담배 연기를 두어 모금 내뿜다 말고 어디론가 전화를 걸었다.

"김철현이 풀어주라우."

상대방의 대꾸에 간부는 버럭 소리를 질렀다.

"간나새끼! 풀어주라면 풀어주라!"

철커덩하는 소리에 철현은 눈을 떴다. 철창 문이 열리고 교도관이 소리쳤다.

"김철현, 날래 일어나라!"

철현은 대답할 기운조차 없었다. 힘겹게 몸을 일으키려 손바닥으로 바닥을 짚었지만 힘이 실리지 않았다. 교도관이 다가와 부축해주었다. 철현은 또다시 고문이 시작되리라는 생각에 온몸에 힘이 풀렸다. 교도관은 철현을 끌고 나오며 말했다.

"간나새끼 운 좋은 줄 알라."

뜻밖의 말에 철현은 어리둥절했다. 문 밖에 있던 다른 교도관이 다가와 다른 쪽 팔을 붙잡고 부축했다. 철현은 두 교도관에게 양팔을 의지한 채 긴 복도를 힘겹게 걸었다. 중간에 철문을 통과하고 또다시 복도를 걷다가 또 하나의 철문을 통과하고 어느 방문 앞에 섰다. 교도관이 노크를 하자 안에서 들어오라는 소리가 들렸다. 문을 열자 교도소장과 한 남자가 등을 돌리고 있었다. 교도관은 철현을 의자에 털썩 앉혔다. 수만 개의 바늘에 찔리는 듯한 고통에 철현은 이를 악물었다. 간신히 의자에 몸을 의지한 채 고개를 들어 앞에 있는 남자를 쳐다봤다. 흐릿하게 남자의 형체가 보였다. 초점을 맞추기 위해 애를 썼다. 잠시 후 눈앞에 떠오른 얼굴은 바로 명훈의 아버지 리병천이었다.

"얼굴이 많이 상했구먼."

그는 의자를 당기며 철현 앞으로 다가왔다.

"최고령도자께서 동무를 보자고 하시네."

철현은 그저 입만 뻐끔거렸다.

"인민복 디자인을 한 동무를 찾고 계시디."

"며, 명훈이와 오찬근 동무는 어떻게 됐습니까?"

철현이 간신히 입을 열어 물었다.

"며칠 고초를 모질게 받긴 했지만 내래 손을 써서 풀려났으니 두 사람 걱정은 말라."

리병천은 담배를 물고 불을 붙인 뒤 철현에게 내밀었다. 철현은 말없이 담배 끝만 응시했다. 리병천이 고개를 끄덕이며 담배를 좀 더 내밀자 그제야 받아 들었다. 팔에 힘이 실리지 않아 담배 한 개피 들기조차 힘겨웠다. 한 모금 깊이 빨아들이자 가슴에 통증이 일며 기침이 연달아 터져나왔다. 리병천은 안쓰러운 듯 한숨을 토해낸 뒤 교도소장을 매섭게 노려보며 소리쳤다.

"간나새끼들, 적당히 좀 하지. 이 꼴로 최고령도자께 어떻게 데려가라고!"

교도소장은 긴장한 듯 표정이 굳어졌다.

"당에서 곧 사람들이 데리러 올 거요. 그때까지 각별하게 잘 대우하라!"

리병천은 자리에서 일어나 문을 열고 나갔다. 교도소장은 그의 뒷모습을 향해 경례를 했다.

리병천은 감각공화국 사무실 앞에서 차를 세웠다. 문을 열고 들어가자 찬근과 명훈이 가게에 앉아 있었다. 두 사람은 깜짝 놀라 일어났다.

"앉으라. 힘들 테니."

명훈은 고개를 떨어뜨리며 눈물을 흘렸다.

"철현이는 곧 풀려날 거다. 고문을 심하게 당해서 당분간 치료받고 보낼 테니 그렇게 알라."

"그게 정말입네까?"

명훈과 찬근은 얼굴을 마주하며 환한 웃음을 주고받았다.

"최고령도자께서 철현이를 보자고 하셨다."

최고령도자라는 말에 두 사람의 얼굴은 이내 굳어졌다.

"무슨 일로 말입니까?"

명훈이 물었다.

"동무들이 만든 인민복을 보시더니 누가 만들었냐며 찾아오라고 하셨다."

"그럼 철현이 안 죽습네까?"

"글쎄다. 김정은 최고령도자께 달렸디."

명훈의 표정은 다시 어두워졌다.

"블랙 프라이데이인가? 그건 준비 잘돼가고 있디?"

리병천이 자리에서 일어나며 물었다.

"철현 동무가 없어서 영 시원찮습니다."

"음… 아무튼 너도 몸조리 잘하고."

리병천은 아들의 어깨를 가볍게 두드렸다.

조선중앙TV 스튜디오. 강영란은 방송 준비를 위해 마지막 점검을 했다. 오늘따라 표정이 어두웠다. 철현에 대한 생각으로 잠을 이루지 못했다. 시작 시간 오 분을 앞두고 핸드폰이 울렸다.

발신자를 확인한 강영란은 급하게 전화를 받았다.

"그게 정말입네까?"

"방금 전 아바이 동무가 말씀해주셨디요."

"자세한 내막은 말씀 안 하시고요?"

영란의 목소리가 파르르 떨렸다.

수화기 너머의 명훈도 영란의 떨림을 느꼈다. 매일같이 철현 소식을 묻던 그녀를 의아해하던 터였다. 철현이 남한 사람인 것을 이미 알았을 텐데, 게다가 누구보다도 사상적으로 무장된 강영란이 왜 그토록 철현을 걱정하는지 이해가 안 됐다. 어쩌면 철현에 대한 그녀의 마음도 자신과 다를 바 없는 게 아닐까. 이념은 이제 허울에 불과할지도 모른다. 찬근에게는 돈이, 자신에게는 명성이, 강영란에게는 사랑이 우선이리라.

"듣자마자 방송원 동무한테는 알려줘야 할 거 같아서리. 그럼 이만 끊겠습니다."

전화를 끊은 영란은 순간 어지러움을 느꼈다. 긴장이 풀린 탓일까? 그녀의 표정이 조금 전과는 사뭇 달라졌다.

개성공단 철수 102일 차

당에서 나온 남자는 철현을 데리고 '금수산태양궁'으로 향했다. 광장에는 대대급 규모의 경호원들이 쫙 깔려 경계가 삼엄했다. 광장 중앙에는 위엄을 과시하듯 거대한 건물이 자리해 있었다. 건물 입구에 들어서자 김일성과 김정일의 대형 초상화가 걸려 있었다. 철현은 김일성 초상화를 보자 반사적으로 고개를 숙였다. 입구를 지나 내부로 들어갔다. 큰 홀은 아치형 천장과 고급스러운 대리석, 화려한 문양으로 으리으리했다.

홀을 지나 긴 통로를 따라가자 큰 문이 나왔다. 문이 열린 순간 철현은 입이 떡 벌어지고 말았다. 운동장처럼 넓은 방 끝에 거대한 조각상이 실물처럼 철현 쪽을 바라보고 있었다. 양복을 입은 김일성과 인민복을 입은 김정일의 조각상이었다. 조각상 바로 아래, 육중한 체구의 한 남자가 뒷짐을 진 채 조각상을 향해 서 있었다. 방 안 양옆에는 수십 명의 경호원이 일렬로 서 있었다. 철현은 다리가 후들거렸다.

남자는 철현에게 앞쪽으로 가라고 손짓했다. 철현은 뒷짐을

지고 있는 남자 뒤로 조심스럽게 걸어갔다. 숨소리조차 들리지 않을 만큼 고요한 공간에 철현의 발소리만 심장 박동처럼 울렸다.

발소리가 멈추자 김정은이 앞모습을 드러냈다. 철현은 숨을 헉 들이마셨다. 허리를 구십 도로 숙여 인사했다. 젖살처럼 불룩한 양볼이 위로 올라가며 김정은이 환하게 웃었다. 두려운 독재자가 아니라 아기곰 푸우처럼 귀여워 보였다.

"동무가 김철현이오?"

"네, 제가 김철현입니다!"

떨리는 목소리가 거대한 공간에 울려 퍼졌다.

"긴장 풀라."

김정은이 철현에게 다가왔다.

"개성공단에서 일했다고?"

"네, 그렇습니다!"

"고향은 어디네?"

"서울입니다!"

"아주 멀리서 왔구만. 아니, 멀다고 하믄 안 되갔구나."

김정은은 고개를 끄덕이며 말했다.

"네, 멀지 않습니다!"

"그런데 왜 동무는 철수를 안 하고 남아 있었소?"

철현은 자신이 남겨진 경위와 지금까지의 행적을 낱낱이 설명했다. 긴 내용이라 지루할 법도 한데 김정은은 묵묵히 들어주었다. 다 듣고 나더니 갑자기 얼굴이 벌게지는 게 아닌가! 철현은 순간 긴장했다. 바로 그때 김정은이 참았던 웃음을 터뜨리며 물었다.

"동무래 지금 한 이야기 농담이디?"

"아, 아닙니다. 전부 사실입니다."

"내래 살다 살다 그렇게 웃긴 얘기는 처음이네. 영화로 만들어도 재밌겠구만."

껄껄 웃던 김정은은 갑자기 웃음을 멈추고 철현의 얼굴을 골똘히 쳐다보았다.

"기런데, 동무가 아주 불순한 일을 했던데?"

철현은 고개를 슬쩍 들어 김정은의 표정을 살폈다. 화가 났다기보다는 호기심 어린 아이처럼 눈을 크게 뜨고 있었다.

"실수로 던진 볼펜이 그만…."

철현은 그날의 실수를 애니메이션 동작을 연출하듯 소상히 설명했다. 설명을 마치고 또다시 김정은의 표정을 슬쩍 살폈다.

"허…."

이 순간까지도 철현은 바짝 긴장했다. 김정은의 반응을 짐작할 수가 없었다.

"허허!"

김정은이 웃기 시작했다.

"허허허허허…!"

김정은이 갑자기 큰 소리로 웃어댔다.

철현은 어리둥절했다. 경호원들도 어리둥절한 듯 서로 눈치만 보았다.

"동무래, 그거 무슨 시트콤 같구만. 하하하."

김정은은 생각할수록 더 우스운지 눈물까지 흘리며 웃어댔다.

"내래 몇 년 동안 이렇게 웃어본 적이 없었네."

철현은 여전히 긴장을 놓지 않은 채 말없이 고개만 숙이고 있었다.

"기래, 인민복을 동무가 도안했다고?"

김정은이 드디어 웃음을 멈추고 물었다.

"네, 그렇습니다."

"우린 그런 혁명적인 발상을 왜 이제껏 못 했을까?"

김정은은 뒷짐을 진 채 걷기 시작했다. 철현은 김정은의 뒤를 따라 걸었다. 이곳에 오면서 남자가 한 말이 있었다. 절대 김정은과 나란히 있거나 앞서 있지 말라고 했다.

"내래 나이가 몇인 줄 아나?"

"정확히는 모르지만, 젊으신 걸로 알고 있습니다."

"기래, 내래 아주 젊디. 그런데 말이야. 내래 양복 아니면 인민복만 입으니까 다들 무슨 애늙은이로 보는데, 그건 몰라서 하는 소리디."

"워낙 풍채가 좋으셔서 그렇게 입으셔도 잘 어울리십니다."

"내래 우리 아바이 때부터 불만이 하나 있었는데 그게 뭔 줄 아나?"

"잘 모르겠습니다."

김정은은 이마에 굵은 주름이 질 정도로 얼굴을 찌푸렸다.

"촌티 나는 거지! 내래 정권을 잡으면 제일 먼저 하고 싶었던 게 바로 세계 눈높이에 맞춰 세련된 이미지를 만드는 거였디."

"사실, 저도 그게 좀 불만이었습니다. 확실히 촌…."

맞장구친답시고 대답하던 철현은 아차 싶어 입을 닫으며 김정은의 표정을 살폈다. 볼살 때문인지 표정 변화를 읽을 수 없었다.

"촌철살인이십니다!"

"동무 말이 맞디. 그 남조선 에미나이들 보면 참 세련됐단 말이디."

"다, 화장발에 옷발입니다."

"그래. 도안가 선생이 내래 옷발 좀 세워줘야갔소. 나한테 딱 맞는 인민복을 좀 디자인해주기요."

"제, 제가 말입니까?"

"그럼 여기 동무 말고 누가 있네? 동무도 내래 체형을 보면 알지만 뭘 입어도 옷태가 잘 안 나디. 거 동무가 만든 다리가 길어 보이는 인민복. 그거 입으면 내래 좀 샤프하게 보일 수 있겠소?"

"만들어보겠습니다! 일단 팔과 다리를 길어 보이게 하고, 두터운 상체를 좀 커버해주면서 목은 좀 더 길어 보이게 하겠습니다."

"허허, 동무래 내 체형의 단점을 잘 아는구만."

김철현은 면담을 마치고 금수산태양궁을 나왔다. 다리가 후들거리고 등에 땀이 흥건했다. 무슨 말을 주고받았는지도 기억이 잘 나지 않았다.

문 밖에서 기다리고 있던 찬근과 명훈이 철현을 보고 뛰어왔다. 수척해진 철현의 얼굴을 보자 명훈은 눈물을 글썽였다.

"철현 동무, 어떻게 됐네?"

철현은 두 친구가 너무 반가워 대답 대신 얼싸안으며 훌쩍거렸다.

"어떻게 됐는지 말 좀 해보라. 내래 걱정돼서 한잠도 못 잤어."

"사면해주신단다."

"정말이네? 고생 많았네!"

세 사람은 다시 한 번 얼싸안으며 기쁨을 나눴다.

"대신 조건을 거셨다."

철현이 힘겹게 입을 열었다.

"조건? 무슨 조건 말이네?"

"직접 입을 인민복 디자인을 해보라신다."

"뭐! 이런 영광이 어디 있네. 정말이네? 우리 철현 동무 완전 출세했구만."

명훈과 달리 찬근은 걱정스러운 듯 한마디 던졌다.

"기거야 디자인이 만족스러웠을 때고. 마음에 안 들면 어떻게 되는지 알지?"

"간나새끼, 말하는 것 보게. 철현 동무가 만들면 마음에 안 들리가 있네?"

명훈은 실실거리며 철현의 어깨를 두드렸다. 하지만 찬근의 말처럼 철현도 걱정이 밀려왔다.

＊＊＊

이 과장은 오랜만에 일찍 집에 들어왔다. 술 한잔하지 않고 맨맨정신으로 퇴근한 것이 실로 오랜만이었다.

"웬일이래요? 이렇게 멀쩡히 들어오는 날도 있고."

아내의 말에 이 과장은 딴청을 피웠다.

"얘들아! 아빠 왔다!"

어린 아들과 딸은 아빠를 보고도 시큰둥한 표정이었다.

이 과장은 무안한 듯 소파에 앉아 리모컨을 들었다.

"거봐요. 애들도 얼마나 어색했으면⋯."

"어색하긴 뭘 어색해? 애들이 날 닮아 과묵해서 그렇지. 밥이나 줘. 배고파."

"으이구, 애들 학원비도 없어서 죽겠는데 밥 달라는 소리가 쉽게 나와?"

이 과장은 멋쩍게 웃으며 TV를 틀었다. 채널을 돌리다가 뉴스가 나오자 리모컨을 내려놓으며 소파에 드러누웠다.

"방금 들어온 속보입니다. 개성공단 철수 과정에서 사고로 북한에 억류돼 행방이 묘연했던 김철현 씨가 방금 전 북으로 귀화했다는 소식이 조선중앙TV로부터 전해졌습니다."

이 과장은 벌떡 일어나 앉으며 볼륨을 높였다. 자료 화면에서 북한 아나운서의 음성이 흘러나왔다.

"김정은 최고령도자의 하늘과 같은 은혜로 남조선에서 넘어온 김철현은 공화국의 압도적인 체제우위에 감동을 받아 귀순을 결심했다."

이 과장은 두 손이 벌벌 떨렸다.

아내가 다가와 TV 화면을 봤다.

"여보, 저 사람 당신 회사 사람 아니에요?"

TV에서 앵커의 흥분한 목소리가 흘러나왔다.

"정부에서는 아직까지 이에 대한 입장 발표를 하지 못하고 있는데, 청와대 관계자의 말에 따르면 정부도….'

북한에 귀순을 하다니… 도무지 믿기지 않는 소식이었다.

"다음 소식입니다. 얼마 전 대통령이 개성공단 철수를 결정한 것에 제3의 개입이 있었다는 설에 대한 몇 가지 정황을 발견했다는 제보를 입수했는데요. 단독 보도합니다."

***

그 시각 국가비상대책위원회가 소집됐다. 국무총리 이하 외교부, 통일부, 대통령 비서실장, 국정원장 등이 모였다.

"통일부에서 아직 확인된 사항은 없습니까?"

총리가 무겁게 입을 열었다.

"네, 지금 평양과 핫라인이 끊긴 상태라 비공식 루트로 확인은 하고 있습니다."

"국정원장께서는 이 상황에 대한 감지를 못 하신 건가요?"

총리가 국정원장을 향해 물었다.

"대통령께 김철현의 문제에 대해 몇 차례 서면보고는 드리긴

했는데 답변이 없으셨습니다."

"이런 중요한 사안을 서면으로 보고했다고요?"

총리는 기가 막힌지 허허 웃었다.

국정원장은 난감한 표정을 지었다.

"아시겠지만 대통령님을 뵙기가 쉽지 않아서…."

"저한테라도 보고를 했어야죠?"

"총리실에 면담 요청도 하고 서면보고도 여러 차례 했습니다."

총리는 머쓱한 표정을 지으며 몸을 뒤로 젖혔다.

"흠… 김철현 씨와 접촉이 불가능합니까?"

"한 달 전 김철현이 여동생 김지은 씨와 페이스북을 통해 접촉한 사실을 발견하고 수사 중에 있었습니다. 김지은 씨를 설득해 경위를 파악하려 했으나 얼마 전 김철현과 연락이 두절됐다고 합니다."

총리는 골치 아픈 듯 뒷목을 한 번 문지른 뒤 물었다.

"국정원장이 보기에는 상황이 어떤 것 같습니까? 사실 저는 이해가 안 됩니다. 도피 중이던 사람이 갑자기 북측 행사에 나타나질 않나, 게다가 귀화라니. 이 사실을 국민들에게 어떻게 발표를 해야 할지. 참 내…."

회의장 분위기가 무거워졌다.

"간첩 사건으로 발표하시는 건 어떨까요?"

국정원장이 입을 열었다.

"무슨 소립니까? 때가 어느 땐데 확실한 증거도 없이. 그러다 사실이 알려지면 책임질 거요?"

"김철현이 귀순했는데 더 이상의 증거가 필요 있을까요?"

"일단 대통령께 보고하고 나서 결정하기로 하죠. 비서실장님, 대통령께서는 지금 어디 계시죠? 제가 직접 만나 뵙고 말씀드려야겠습니다."

비서실장은 난감한 표정을 지었다.

"실은 저도 어디 계신지 잘 모릅니다."

회의실에는 긴 한숨으로 가득 찼다.

개성공단 철수 107일 차

영란과 철현은 대동강변에 나란히 앉아 있었다. 해는 붉은 빛을 토해내며 건물 너머로 서서히 사라져갔다. 바람이 두 사람의 뺨을 스치고 지나갔다. 그들은 한참 동안 말이 없었다.

철현이 먼저 입을 열었다.

"영란 씨, 실망하셨죠?"

영란은 고개를 돌려 철현을 바라봤다.

"왜 제가 실망했을 거라고 생각하세요?"

"저는 남한 사람이고… 이념도 다르고… 잘 모르겠네요."

영란은 철현을 보며 웃었다.

"잘 모르는 게 당연하죠. 저도 솔직히 말하면 잘 모르겠어요. 다만 딱 하나 알고 있는 건… 지섭 씨, 아닌 철현 씨를 사랑한다는 것, 그게 중요하죠."

철현은 뭐라고 대답해야 할지 몰라 석양만 바라보았다. 혼란스러운 자신과 달리 영란의 생각은 명확했다.

"제 꿈이 뭔지 아세요?"

"글쎄요?"

"통일이 되면 남한에 가서 연예인이 되는 거예요."

의외의 말에 철현은 영란의 얼굴을 쳐다봤다. 영란의 목소리는 진지했다.

"전에도 말했죠. 방송할 때 제가 아닌 다른 사람처럼 연기를 한다고. 언젠가부터 그런 생각이 들었어요. 다른 사람을 속이기 위한 연기가 아니라 제 자신에게 솔직한 그런 연기를 해보고 싶다고요. 철현 동무도 잘 알겠지만 이곳에는 국가는 존재하지만 정작 국가를 구성하는 개인은 존재하지 않아요. 그게 항상 혼란스러웠어요."

철현은 고개를 끄덕였다.

"철현 동무 덕분에 소원이 하나 더 생겼어요."

"뭔데요?"

"남한에 내려가 철현 동무와 같이 가로수길도 걷고 맛있는 것도 먹는 것. 그렇게 평범한 데이트를 하고 싶어요."

영란의 눈가가 촉촉해졌다.

"꼭 그렇게 될 거예요."

철현은 저도 모르게 두 팔로 영란을 끌어안았다.

영란은 철현의 가슴에 얼굴을 깊이 묻은 채 고개를 끄덕였다.

개성공단 철수 150일 차

"조선민주주의인민공화국의 '불타는 금요일'이 오늘부터 열흘간 시작되었다. 이는 미 제국주의의 공화국을 고립시키려는 책동에 대해 인민의 낙원, 사회주의 문명 강국을 보란듯이 건설해나가는 우리 인민의 행복하고 낙관에 넘친 자주적인 모습을 그대로 보여주고 있다."

조선중앙TV는 평양판 '블랙 프라이데이'의 개시를 알렸다.

TV를 보던 명훈이 철현에게 말했다.

"알리바바에서 팔기로 한 건 진짜 신의 한 수였다. 어떻게 기런 기특한 발상을 했네?"

"여기 인터넷은 폐쇄적이니 중국으로 우회하는 방법 말고 뭐가 있나?"

"기렇긴 하지만 나 같으면 중국에 서버를 두고 쇼핑몰을 만들었을 텐데."

"쇼핑몰만 만든다고 되냐? 잘나가는 가게 앞에선 가판대만 깔아놔도 절반은 성공하는 거야. 쇼핑몰 만들어서 언제 홍보하고 언제 파냐? 알리바바에 그냥 입점하면 끝인데."

"듣고 보니 기러네. 잘되겠디?"

"지켜봐야지. 주사위는 이미 던져졌고⋯. 늦었다, 그만 처먹고 빨리 일어나!"

"간나새끼, 먹을 땐 개 돼지도 안 건드린다!"

잠시 후 철현과 명훈은 통제 본부가 있는 합영투자위원회로 향했다.

개성시대 사무실에서 이 과장과 김 대리, 이 주임은 종편 토론을 시청하고 있었다. 평양에 부는 변화의 바람, 오늘 시작된 평양판 블랙 프라이데이에 대한 토론이었다. 사회자가 한 전문가 패널에게 질문했다.

"북한은 방금 조선중앙TV를 통해 오늘부터 7일 동안 불타는 금요일 개장을 대대적으로 보도했습니다. 교수님 생각은 어떠세요? 북한에서의 이런 실험이 성공할 수 있다고 보십니까?"

"일단 주목을 끄는 데 성공은 했다고 봅니다. 북한 같은 폐쇄적인 체제에서 이런 행사를 하는 것만으로 의미도 있고요. 다만 그것과 행사의 성공은 별개인 거죠. 왜냐하면 일단 물건이 있어야 팔든가 할 거 아닙니까? 북한에서 팔 물건이 과연 있을까 하는 게 의문점이죠."

"그런데 한 달 전부터 개성공단이 가동된다는 소문이 돌지 않았습니까? 개성공단을 통해 일부 물건을 충당했을 거라는 주장도 있는데요."

"글쎄요. 공식적으로 확인된 것은 아무것도 없고요. 공장 설비를 돌릴 기술도 북한에는 없다고 알고 있습니다. 설마 기술이 있어도 북한의 전력으로는 어렵죠. 일부 공장이 가동은 됐다 해도 과연 얼마만큼의 물자를 생산할 수 있을지 의문입니다."

그때 이 주임이 입을 열었다.

"설마 철현 대리님이 개성공단을 가동한 건 아니겠죠?"

"그게 뭔 소리가? 걔가 뭘 안다고 개성공단 큰 기계를 돌리나?"

토론 사회자가 패널에게 다시 질문했다.

"최근 대동강 맥주 파티에서부터 평양판 블랙 프라이데이까지, 일부에서는 북한이 핵개발 노선에서 자본주의 노선으로 체제의 대전환을 꾀하는 게 아니냐라는 관측도 나오고 있는데요, 연구원님께서는 어떻게 보십니까?"

"북한은 김정은 체제가 들어오면서 서열 2위인 려종철을 비롯해 대대적인 숙청을 가했습니다. 이건 김정은 체제를 강화하려는 것도 있지만 반대로 보면 아직은 권력이 완전히 장악된 게 아니라고 보는 게 더 맞습니다. 공안, 공포정치를 하는 거죠. 그런데 이렇게 강하게 누르다 보면 반드시 부작용이 나오기 마련입니다. 결국 대외적으로 새로운 리더십을 과시하려는 홍보용이 아닐까 생각합니다."

"북한의 체제가 지금 불안정하다는 것을 반증한다는 말씀이네요?"

"그렇죠. 우리도 과거 군사정권 때 어땠나요? 프로야구다, 올

림픽이다, 말초적 문화들을 대폭 풀어주었는데, 이게 내부의 복잡한 정치 문제로부터 시선을 내몰려고 했던 사업들 아닙니까."

***

개시한 지 두 시간이 지났지만 통제 본부에 설치된 대형 현황판에는 아직 구매에 대한 집계가 나오지 않았다. 철현과 명훈은 숨을 죽이고 현황판을 뚫어지게 쳐다봤다.

"사는 사람이 왜 아무도 없네? 이러다 끝나는 거 아니네?"

명훈이 초조한 듯 입을 열었다.

"아직 두 시간밖에 안 됐어. 좀 기다려보자고."

그렇게 말했지만 철현도 초조하기는 마찬가지였다.

평양판 블랙 프라이데이 행사 총감독을 맡은 합영투자위원회의 려명천도 걱정스러운 표정으로 모니터를 보고 있었다. 철현은 려명천에게 다가갔다.

"단장님, 오후에 있을 공화국소녀 축하 연회를 좀 앞당기면 어떻겠습니까?"

"행사장에 있는 동무들이 아직 준비가 안 됐을 텐데. 내래 확인해보갔소."

려명천은 찬근에게 전화를 걸었다.

"동무, 내래 려명천 단장이오. 그쪽 준비는 어떻소?"

"거의 돼가고 있습네다."

"그럼 행사 시간을 좀 앞당길 수 있겠소?"

"갑자기 그게 무슨 말씀이디요?"

철현이 끼어들었다.

"찬근 동무! 준비되는 대로 행사를 좀 당겨야 할 거 같다."

"근데 우리가 준비가 됐더라도 알리바바하고 약속한 시간이 있어서리 가능할지 모르갔어."

"동무가 한번 조율해서 좀 알려줘. 아니 꼭 돼야 한다."

"중국놈들이 하도 깐깐해 말이디. 일단 알갔어. 얘기해보고 다시 연락하디."

전화를 끊고 초조하게 기다렸다. 잠시 후 찬근에게서 전화가 왔다.

"간나새끼들, 깐깐하구만."

"잘 안 됐네?"

철현이 풀 죽은 목소리로 물었다.

"안 되긴! 내래 아주 깽판을 부려서 승낙받았디. 그런데 문제 가 있는데."

"무슨 문제?"

"중국 국영TV하고 알리바바에서 생중계를 하기로 했는데 그 쪽은 내 소관 밖이라."

"그걸 생각 못 했네."

산 넘어 산이었다. 철현은 한숨을 쉬었다.

려명천이 잠시 생각하더니 철현에게 말했다.

"베이징 본사에 연락해보갔어. 협조 요청을 해보지."

잠시 후 려명천은 연락을 취해 다행히 협조 지원을 받기로 했다.

예정 시간보다 앞당겨 공화국소녀의 개장 세레모니가 시작됐다. 현장 분위기를 알 수 없는 상황이라 일단은 기다려보는 수밖에 없었다.

철현과 명훈은 조마조마한 마음으로 잠시 휴게실로 자리를 옮겼다. 두 사람은 말없이 허공만 바라보았다. 공연이 시작된 지 한 시간이 흘렀다. 시곗바늘이 움직일 때마다 점점 더 초조해졌다.

"오찬근 이 간나새끼는 연락도 없네. 이러다 진짜 완전 망하는 거 아니네?"

"아직 공연 끝나려면 좀 있어야 돼. 기다려보자."

철현은 쓰디쓴 커피를 입안에 털어 넣었다. 행사 통제 본부로 다시 가보려고 일어나는데 현장 모니터를 담당하는 스태프가 뛰어 들어왔다.

"동무들, 날래 오시라요!"

재빨리 본부로 갔더니 려명천이 통화를 하고 있었다.

심각한 표정으로 전화를 끊은 그가 무겁게 입을 열었다.

"당에서 행사 실패 시 책임을 무겁게 묻는다고 하는군."

"시작한 지 몇 시간 되지도 않았는데 말이 됩니까?"

"방금 국장 동무한테서 연락이 왔는데 당에 보고하러 들어가고 있다고 하오."

"이거 환장하겠구만."

명훈은 방방 뛰었다. 현황판으로 보아 구매자가 아직도 열 명을 넘지 못했다. 철현은 자리에 털썩 주저앉았다.

전화벨이 울렸다. 려명천이 벌게진 얼굴로 힘겹게 전화를 받았다. 스피커폰 볼륨을 키우자 흥분한 찬근의 목소리가 흘러나왔다.

"단장 동무! 여기 아주 난리가 났습네다. 공연 시작하고 나서 30분이 지나니까 어떻게 알았는지 사람들이 개 떼처럼 몰려오는데 내래 깔려 죽는 줄 알았디요."

명훈이 한숨을 토해냈다.

"그러면 뭐하냐? 사 가는 사람은 없는데."

"뭔 소리네? 방금 알리바바에서 연락 왔는데, 주문 폭주라고! 어떻게 알았는지 해외에서도 주문이 폭주한다는데!"

"뭐라고? 근데 여기는 왜…."

그때 가만히 듣고 있던 모니터링 요원이 말했다.

"저희 시스템하고 그쪽이 실시간 연동이 안 돼서 그럴 수도 있습네다. 집계가 30분 단위로 베이징에서 넘어오니까 지금쯤…."

그때 현황판의 카운팅이 순식간에 변했다. 1초 간격으로 1천 단위로 카운팅이 널뛰기 시작했다.

"여기 인터넷 댓글도 난리가 아닙네다! 사람들이 공화국소녀 옷도 파냐고 묻지를 않나. 내래 일일이 대답하느라 아주 죽는 줄 알았디요."

"아무 징조도 없었는데 어케 그렇게 갑자기…."

"웨이보(weibo)라는 중국 사회관계망서비스에서 공화국소녀와 불타는 금요일 소식이 실시간 1, 2위를 오르내리고 있다고 합네다!"

"간나새끼, 빨리 알려주지. 내래 심장이 터져 죽을 뻔했네."

명훈이 소리를 버럭 질렀다.

전화기 너머로 찬근의 투덜거리는 목소리가 흘러나왔다.

"간나새끼, 내래 여기서 이 사람 저 사람 응대하느라 숨도 못 쉴 지경이다."

철현과 명훈은 서로 얼싸안았다. 려명천은 서둘러 국장에게 전화해 이 사실을 알렸다.

***

국정원 회의실.

국내 정치 현황에 대한 브리핑이 막 끝났다. 그때 한 요원이 기다렸다는 듯 국정원장에게 다가와 말했다. 그러자 국정원장이 핏대를 세우며 소리쳤다.

"뭐라고? 회의 잠깐 중단하고 뉴스 연결해봐!"

뉴스를 틀자 베이징에서 있었던 공화국소녀의 공연 장면이 자료 화면으로 흘러나왔다. 화면 아래로 자막이 지나가고 있었다.

"북한 공화국소녀 공연, 성공적으로 끝나다."

"공연 후 주문 폭주, 오늘 하루만 10만 달러 주문."

동시에 아나운서가 격앙된 목소리로 말했다.

"베이징에 있는 특파원의 보고에 따르면 현재 알리바바의 주문이 폭주하고 있다고 합니다. 국내에서도 역시 주문이 폭주 중인데, 인터넷 각종 게시판에 '주문이 너무 늦다' '알리바바 말고 다른 곳에선 주문이 안 되냐'라는 댓글이 올라오고 있다고 합니다. 현재 각종 포털 인기 검색어에도 '인민복' '불타는 금요일' '공화국소녀' 등이 하루 종일 상위권을 차지하고 있다고 합니다."

국정원장이 입을 열었다.

"지금 각 포털 사이트에 연락해서 검색어 목록에서 삭제하라고 하고, 알리바바로 접속하는 IP 차단하라고 해!"

"그게… 알리바바 접속을 차단하는 건 외교 마찰을 일으킬 수 있는데, 괜찮을까요?"

"야! 북한에서 해킹했다고 하면 될 거 아냐!"

"해킹하면 알리바바 서버가 다운돼야 하는데 지금 쌩쌩 돌아가잖습니까? 그게 말이 좀…."

"이 새끼가 지금 나랑 말장난하나? 지금까지 북한 해킹으로 안 통한 게 있었어?"

***

지은은 어머니 병실에 며칠째 있다가 집에 돌아왔다. 고양이에게 밥을 주고 냉장고에서 캔맥주를 꺼냈다. 책상 앞에 앉아 모니터를 켜고 맥주를 마셨다. 포털 사이트 인기 검색어가 눈에 들어왔다. 검색어를 클릭하자 온갖 뉴스가 떴다. 그중 동영상 뉴스를 하나 클릭했다.

"오후에 국내에서도 알리바바를 통한 주문이 폭주한 가운데 일시적으로 서버가 다운되는 현상까지 벌어졌습니다. 국내 구매자의 항의 전화가 폭발하자 알리바바 측은 서버에는 문제가 없으며 한국 내에서 강제로 IP를 차단한 것 같다는 의혹을 제기하고 있습니다. 중국 CCTV는 평양에서 주최한 블랙 프라이데이에 대해 '남한류'에 이은 '북한류 바람'이라며 그곳에서도 열광하는 분위기라고 합니다. 공화국소녀 공연 역시 베이징에서 성공적으로 개최됐으며 북한류를 끌고 갈 수 있는 큰 매개체라는 반응을 보이고 있습니다."

지은은 멀뚱히 화면을 보며 맥주캔을 내려놓았다. 좋아해야 할 뉴스인지 아니면 그 반대인지 분간할 수 없었다. 북에서 점점 유명인사가 되어가는 오빠, 그리고 간첩의 가족으로 살아가게 될 자신과 어머니…. 어머니가 치매에 걸린 게 오히려 다행인 걸까?

***

이 과장과 김 대리, 이 주임은 뉴스에서 흘러나오는 소식을 듣고 술잔을 내려놓았다.

"한편 오늘 하루 동안 있었던 평양판 블랙 프라이데이를 두고 개성공단 입주자 대책회의에서 입장을 발표했습니다."

"죽 쒀서 개 준 거지 이게 뭡니까? 우리가 인프라 다 깔아놓았는데 얼마 전 개성공단이 가동된다는 첩보가 있었을 때 정부는 뭐라고 했어요? 공식 항의하겠다는 말만 했지 아무런 언급도 없고…."

TV 화면에서는 광화문 촛불 현장에 나온 개성공단 입주자 대표가 울분을 토해내고 있었다.

이 주임이 눈을 동그랗게 뜨고 말했다.

"이제 개성공단 재개는 물건너갈 것 같네."

"북한에서 개성공단을 대체 어떻게 돌린 건지 이해가 안 가네. 공장 돌리려면 전기며 물도 필요하고, 게다가 노동자들 임금은 어쩌고…."

***

밤 11시. 합영투자위원회 통제 본부실은 아직까지 불이 켜져 있었다. 현황판 숫자는 멈출 기세 없이 계속 올라가고 있었다.

"이러다 물건 동나는 거 아니네?"

명훈이 히죽거리며 말했다.

"이런 추세라면 이삼 일 후에는 바닥날 거 같은데."

"그러면 어떡하네? 이거 너무 잘돼도 걱정이구만."

"예약 주문으로 변경하자. 아무래도 공장에 연락해서 더 만들라고 해야 될 거 같아."

"그래야겠디?"

철현과 명훈은 오늘은 현장을 지키겠다고 남아 있었다.

명훈은 출출하다며 라면을 끓이겠다고 자리를 벗어났다. 잠시 후 합영투자위원회 려명천 단장과 국장이 들어왔다.

"여기 있을 줄 알았디. 국장님이 하실 말씀이 있다고 오셨소."

려명천이 철현에게 말했다.

철현은 자리에서 일어나 국장에게 꾸벅 인사했다. 국장은 철현의 어깨를 두드렸다.

"내래 오전에는 이제 죽었구나 했소. 동무가 신속하게 판단했다고 려 단장에게 들었소."

"아, 아닙니다. 려 단장님도 고생 많으셨습네다."

"허허, 기래, 내래 동무하고 좀 상의할 게 있어서 이렇게 왔소."

"상의라면…."

"우리 합영투자위원회가 만들어진 지 이제 2년쯤 됐디. 동무도 알겠지만 여기서 하는 핵심 업무가 해외자본을 유치하는 거디. 하지만 2년 동안 또렷한 성과가 없어서 내래 곤란한 상황이디 않갔소. 그래서 말인데 동무가 좀 도와줬으면 하는데 어떻소?"

"제가 할 수 있는 게…."

"너무 겸손 떨지 말라. 동무래 대동강 맥주 연회부터 모두 성공하지 않았소. 조만간 최고령도자께 보고를 해야 하는데 마땅한 방안이 없어서. 동무래 도와주면 전권을 동무에게 주갔소."

"…."

"사양할 생각 말라."

"일단 노력은 해보겠지만 장담은 못 하겠습니다."

"됐네. 도와준다는 말만 들어도 든든하군."

국장은 철현의 어깨를 두드리며 기분 좋게 웃었다.

철현은 마음이 무거웠다. 고국으로 가는 게 점점 미뤄지고 있는 게 영 불안했다. 게다가 그동안의 성공은 운이 따른 덕분이라는 것을 잘 알고 있었다. 서울에서는 뭘 해도 안 됐지만 이곳에서는 뭘 해도 성공했다. 남한에서의 불운을 북에서 모두 보상받는건가? 참으로 아이러니했다. 하지만 언제까지 이 운이 계속되리라는 보장이 없었다. 자칫 삐끗했다간 그대로 추락할 것이 분명했다.

제7장
뉴개성공단

개성공단 철수 165일 차

"심장이 밖으로 튀어나올 것 같다."

"걱정 말라, 준비 잘했지 않네."

철현과 명훈은 합영투자위원회 대회의실로 향했다. 철현은 마음을 진정시키려고 여러 차례 심호흡을 했다. 하지만 심장은 계속해서 쿵쿵 뛰었다. 대회의실 문 앞에서 또다시 크게 심호흡을 하고 안으로 들어갔다.

철현과 명훈은 준비해온 자료를 회의 탁자 위에 한 부씩 올려놓고 빔프로젝터를 체크했다. 려명천이 긴장한 얼굴로 들어왔다.

"준비는 됐소? 곧 위원장 동지께서 오시오."

곧이어 문이 열리고 위원회와 당에서 나온 사람들이 우르르 들어왔다. 명훈은 들어오는 사람마다 일일이 허리를 깊이 숙였다. 모두 자리에 앉자 분위기가 사뭇 엄숙해졌다. 잠시 후 또 문이 열리고 거대한 풍채의 남자가 들어왔다. 모두가 일제히 기립했다. 김정은이 자리에 앉자 모두가 다시 자리에 앉았다.

사회자가 먼저 김정은에 대한 찬사를 한껏 늘어놓았다. 다음으로 경제 활성화와 특구 개발 대책에 대한 브리핑을 하겠다며 철현에게 신호를 보냈다. 옆에서 대기 중이던 철현은 무거운 발걸음으로 단상 위에 올랐다. 다리가 후들거렸다. 정면으로 비추는 빔 때문에 눈이 부셔서 앞에 있는 사람들이 잘 보이지 않았다. 그 점이 오히려 다행인지도 몰랐다.

"동무래, 여기서 또 보오?"

김정은이 말했다. 철현은 김정은을 향해 고개를 꾸벅 숙였다.

"기래, 어디 한번 들어보자. 긴장하지 말고 하라. 내래 안 잡아먹을 테니."

김정은의 말에 사람들이 가볍게 웃음을 지었다.

철현은 호흡을 가다듬고 브리핑을 시작했다.

"지금부터 1917년 경제특구 방안의 활성화, 아니 2017년…."

철현이 연도를 잘못 말하자 여기저기서 헛기침 소리가 들렸다. 김정은은 괜찮으니 천천히 하라고 격려의 말을 했다.

철현은 차츰 마음이 진정되는 걸 느끼며 준비한 모든 내용을 쏟아냈다. 시간이 어떻게 갔는지 모르게 브리핑이 끝났다.

"…그런 의미에서 개성공단의 본격적인 재가동이 중요합니다."

개성공단 이야기가 나오자 사람들이 술렁이기 시작했다. 그중 한 명이 심기 불편한 목소리로 말했다.

"동무래, 개성공단 재개가 말이 된다고 보네? 개성공단은 남조선이 일방적으로 파기한 건데 우리가 남조선한테 먼저 수그리고 들어가 개성공단 재개를 논의하라고?"

뒤이어 또 한 사람이 언성을 높였다.

"지금 남조선의 반동적 행위와 미 제국주의 놈들의 도발적 침투에 모기장을 든든히 쳐도 시원치 않은데 핵을 포기하라고?"

회의장 분위기가 어수선해졌다. 철현은 예상한 반응이라는 듯 당황하지 않고 심호흡을 크게 하더니 준비해온 공을 꺼냈다.

"지금 제가 던지는 공들을 한꺼번에 잡아보시겠습니까?"

그는 회의 탁자 위로 고무공 세 개를 던졌다. 공들이 탁자 위에서 사방으로 튀었다. 갑작스러운 상황에 사람들은 당황하며 어쩔 줄 몰라 했다. 명훈도 철현의 돌발적인 행동에 입이 쩍 벌어졌다.

"간나 새끼, 지금 어디서 개수작이야?"

군복을 입은 남자가 소리쳤다.

분위기가 험악해지자 회의실 문을 지키고 있던 보안원이 다가왔다. 그때 김정은이 입을 열었다. 차분하고 묵직한 목소리였다.

"지금 발표를 하는 중인데 뭐 하는 짓들이디? 내래 저 동무한테 설명 듣고 있는 거 몰라!"

회의장이 순식간에 고요해졌다. 하지만 냉랭한 분위기였다.

"동무, 계속해보라우. 앞으로 중간에 끼어드는 동무는 내래 가만히 안 두갔어."

철현은 철렁했던 가슴을 쓸어내리며 다시 입을 열었다.

"갑작스럽게 죄송합니다. 방금 던진 세 개의 공을 한꺼번에 받으실 수 있는 분은 아마 아무도 없으실 겁니다. 지금 저희의 상황도 이와 다르지 않다고 생각합니다. 핵도 개발하고 해외 투자도 받고 경제제재도 풀어나간다는 것은 역시 무리입니다. 하지만 이 세 개의 공을 하나씩 던지면 누구나 받을 수 있을 것입니다. 이 모든 문제를 푸는 첫 번째 공은 역시 개성공단 재개를 통한 남북관계 정상화라고 생각합니다. 이후에 미국과 대화할 수 있는 기회가 생길 것이고, 경제제재를 푸는 실마리가 열릴 것이고, 이후에는 해외투자 유치도 수월하게 될 것 아니겠습니까?"

몇 초간 침묵이 이어졌다. 조용한 가운데 숨소리만 들릴 뿐이었다. 마침내 침묵을 뚫고 박수 소리가 터져 나왔다. 김정은의 박수였다.

"그래서 본론은 뭐요?"

"평양과 개성공단 그리고 서울을 잇는 경제 라인을 제안드립니다. 개성공단은 상품을 만드는 생산기지로 하고 지금 화면으로 보시는 일명 '평양 가로수길'을 조성함으로써 평양을 문화의 도시로 만들어 외국 자본을 끌어들이는 특수 경제 지구로 발전시키고자 합니다."

화면에는 평양의 도심을 배경으로 서울의 가로수길과 같은 전경들이 자료 화면으로 나오고 있었다. 세련된 인테리어의 의류 매장이며 액세서리 숍, 퓨전 음식점과 카페, 공연장, 그리고 쏟아지는 인파…. 슬라이드가 하나씩 지나가자 회의장은 술렁였다.

철현이 인사를 하고 단상에서 내려오자 회의장에 불이 켜졌다. 환한 실내 공간에서 김정은의 무거운 표정이 선명하게 드러났다. 사람들은 그저 눈치만 보고 있었다. 몇 초간의 정적이 흘렀다.

"하하하…."

김정은의 웃음소리가 울려 퍼졌다. 박수 소리도 터져 나왔다. 눈치를 보던 사람들도 일제히 기립해 박수를 쳤다.

"거 재미있네. 평양판 가로수길이라… 동무래, 자신 있소?"

"평양을 외국 관광객으로 가득 채우고 싶습니다."

"기래, 돈 좀 왕창 벌어보자. 안 그렇소, 동무들!"

사람들은 다 같이 박수를 치며 고개를 끄덕였다. 김정은이 손을 들자 박수가 멈췄다.

"동무들 모두 나가 있으라우. 내래 김철현 동무와 따로 할 얘기가 있으니."

사람들은 모두 회의장 밖으로 나가고 두 사람만이 남았다.

"편하게 앉으라."

철현은 조심스럽게 의자에 앉았다.

"우리 공화국이 왜 그리 핵에 집착하는지 아나?"

철현은 어떤 대답을 해야 할지 몰라 망설였다.

"남들은 미 제국주의를 압박하는 쓸모로만 알고 있디. 물론 크게 틀린 건 아니지만."

철현은 고개를 끄덕였다.

"나라고 왜 화끈하게 핵 포기하고 중국처럼 개방하고 싶지 않갔어? 다들 나보고 전쟁에 미친 놈이라고 알고 있지만 내래 외국에서 공부하고 와서 자본주의가 얼마나 압도적인 우위에 있는지 잘 알디. 하지만 만약 개방하자고 들면 제일 먼저 군부에서 들고 일어나디 않갔어? 게다가 내래 군부 장악 못 한 게 알려지면 바로 암살이야. 이러지도 저러지도 못하는 게 지금의 현실이디."

김정은은 담배를 꺼내 입에 물고 길게 연기를 내뱉었다.

"뭐든지 순서와 명분이 있어야 하디. 오늘 동무가 말한 개성 공단 재개, 좋긴 한데 우리가 먼저 말하면 자존심이 상할뿐더러 군부에서도 가만있지 않을 거야."

"…."

"일단 고민해보갔어. 그리고 그 인민복, 아주 맘에 드네."

김정은은 담배를 비벼 끄고는 철현의 어깨를 두드리더니 회의장을 빠져나갔다. 자리에서 일어났던 철현은 순간 다리 힘이 풀려 의자에 털썩 주저앉았다. 밖에 있던 명훈이 들어왔다.

"위원장 동무께서 뭐라 하시네?"

"너무 긴장해서 기억이 안 난다. 명훈아, 얼른 나가기나 하자."

"알았다. 수고했어."

명훈은 다리가 풀린 철현을 부축하고 회의장을 나섰다.

개성공단 철수 170일 차

"최고령도자께서는 올해를 조선민주주의인민공화국의 강대국 도약을 위한 원년으로 선포하시며 경제개발 계획에 대한 중대한 결정을 내리셨다. 최고령도자께서는 '불타는 금요일'의 성공을 발판으로 평양에 '평양 가로수길' 건설을 통한 북한류의 새로운 청사진을 선포하셨다. 이는 평양과 개성을 잇는 경제 대동맥이 될 것이다. 나아가 북남통일 이후 서울과 이어지는 북남의 혈류가 아닐 수 없다. 이는 7천만 겨레에게 베풀어주시는 민족 사랑의 고귀한 결정체이며, 우리 민족의 염원인 통일을 앞당기고자 하는 것이며, 이에 대해 남조선은 북과 남의 화해와 단합을 반대하는 미 제국주의의 와해 책동에서 벗어나 한민족끼리 대동단결을 해야 한다고 거듭 강조하셨다."

조선중앙TV의 자료 영상을 보여준 뒤 앵커는 긴급 보도를 했다.

"방금 보신 자료 화면은 오늘 오전 북한의 조선중앙TV가 발표한 내용으로, 개성공단 재개에 대한 북한의 시그널이 담겨 있는데요. 이에 대해 정부는 아직 특별한 반응을 보이지 않고 있습니다. 청와대의 분위기를 잠시 살펴보도록 하겠습니다."

아침식사를 하며 뉴스를 보던 이 과장은 그만 수저를 떨어뜨렸다. 그의 아내도 눈이 동그래진 채 물었다.

"여보, 저게 무슨 말이에요? 개성공단 어쩌고 하는데."

"북한에서 개성공단 논의하자는 거 같긴 한데…."

"그러면 당신네 회사 다시 살아나는 건가?"

"글쎄…."

"글쎄라뇨? 얘들아! 아빠 이제 월급 제대로 들어오겠다. 그럼 우리 민수 민혁이 태권도랑 피아노 학원 다닐 수 있어 좋겠네."

아내는 아이들을 끌어안으며 좋아했다. 아이들은 거실을 방방 뛰어다니며 좋아했다.

"거 봐, 내가 회사 곧 살아날 거라고 했잖아."

이 과장은 자리에서 일어나며 호기롭게 말했다.

"아니, 여보, 식사는 마저 해야죠!"

"미안. 회사 빨리 가봐야겠어."

이 과장은 허겁지겁 재킷을 걸쳐 입고 집을 나섰다.

다른 직원들도 일찌감치 출근해 회의실 TV 앞에 모여 있었다. 이 과장은 환히 웃으며 회의실로 들어갔다.

"과장님! 과장님! 뉴스 보셨어요?"

이 주임이 들뜬 목소리로 물었다.

"당연히 봤지."

"맞죠? 개성공단 재개하는 거."

"두고는 봐야겠지만 그러지 않을까?"

이 주임은 어린아이처럼 펄쩍펄쩍 뛰었다. 그러다 갑자기 눈물을 흘리기 시작했다. 김 대리는 이 주임의 어깨를 다독거리며 이 과장을 향해 말했다.

"실은 이 주임 어머님이 많이 편찮으신데 수술비 때문에… 몇 주 전부터 이 주임이 마음고생이 심했거든요. 편의점 알바라도 해야 하는 거 아닌가 하면서…."

"아, 그래? 그런 일이 있었으면 진작 말했어야지!"

"과장님도 코가 석 자인 형편인데요 뭐…."

"그야 그렇지만 뭐… 아무튼 이 주임, 그만 울고. 우리 오늘 소주나 한잔할까?"

이 주임은 눈물을 닦고 환하게 웃으며 말했다.

"과장님, 오늘 같은 날 가족들하고 좀 보내세요."

"허허, 그렇지. 그래야겠지."

그들은 오랜만에 환하게 웃었다.

TV에서 아나운서의 목소리가 흘러나왔다.

"한편 여야는 모두 북한의 개성공단 논의에 대해 환영한다는 입장을 표명했습니다. 한편 바로민주당 대변인은 개성공단이 중단된 지 벌써 6개월이 지났다며 대통령의 말과 다르게 여전히 북한의 핵개발은 이루어지고 있지 않냐며 반문하고 정부의 개성공단 철수는 처음부터 잘못된 판단이었음을 입증하는 것이라고 말했습니다. 아울러 지금이라도 북한이 먼저 내민 손을 맞잡아야 한다고 덧붙였습니다. 한편 바로민주당의 김종운 의원은 국회 차원에서 특위를 구성해 개성공단 철수 결정에 대한 진상파악과 피해 대책을 마련해야 한다고 말했습니다. 하나당 대변인도 바로민주당과는 내용은 조금 다르지만 개성공단 재개는 한반도 평화와 안보를 위해 다시 논의가 필요하며, 다만 북한의 비핵화 문제도 함께 논의되어야 한다고 말했습니다."

그때 김 대리가 한마디 던졌다.

"저보세요, 총선에서 참패하더니 여당이 바로 꼬리 내리네."

"그렇지. 그래서 선거를 잘해야 하지."

김 대리는 고개를 끄덕이며 TV 화면으로 시선을 돌렸다.

"한편 오늘 오전 개성공단 기업과 비상대책위원회는 개성공단 폐쇄와 관련 비선실세 국정 개입에 대해 대통령이 직접 해명할 것을 촉구한다는 기자회견을 가졌습니다. 기자회견 이후 대책위는 서울중앙지검을 찾아 '개성공단 폐쇄와 남북경협 중단 결정과 관련해 깊숙이 의혹이 있는 채씨를 철저히 조사해 사실관계를 정확히 밝혀야 한다'며 고발장을 제출했습니다."

이 과장이 빈 종이컵을 탁자에 딱 하고 내려놨다.

"저게 사실이면 나라가 개판인 거지."

"저 정도면 비선실세가 확실한 거 아니에요?"

이 주임의 말에 김 대리가 얼굴을 들이밀며 말했다.

"찌라시 도는 거 못 봤어? 지금 나오고 있는 거 빙산의 일각이라고! 이거 다 까지면 아마 정권 무너질 거라는데."

"그러면 뭐 해요? 귀 닫고 눈 감는 사람 대한민국에 아직도 많은데."

"아무리 보수라고 해도 이 정도 사건이면 등 돌리는 건 순식
간이지."

***

청와대 복도에서 비서실장은 통일부 장관을 만났다.
"장관님, 오전 회의 때 오셨는데 또 어쩐 일로?"
비서실장이 놀란 듯 물었다.
"대통령님이 급히 보자고 하셔서요."
"무슨 일로…."
"개성공단 재개 논의 검토해보라고 말씀하시던데요."
"네? 아니 오전까지만 해도 개성공단 논의 불가라고 결정하
셨는데 왜 갑자기…."
두 사람은 당혹감을 감추지 못했다. 불과 세 시간 전이었다.
총선도 참패한 데다 여론을 잠재울 필요가 있기에 개성공단 재
개 논의에 대해 각 부처 장관들이 제안을 했다. 하지만 대통령
은 그 자리에서 안 된다며 단칼에 잘라버렸다. 그런데 번복을?
게다가 독단적인 결정이었다.
"글쎄, 저도 좀 당황스럽습니다. 실장님도 모르셨나 보죠?"
"네. 한 시간 전만 해도 같은 입장이셨고 그래서 언론사 브리
핑 준비를 하고 오는 중인데, 허허…."
"지금 대통령님 집무실에 계신가요?"
"아뇨, 방금 전화 통화하고 나가셨어요."

"전화 통화요? 누구하고….."

"그거야 저도 모르죠. 전화 오니까 나가보라고 하셔서."

비서실장은 잠시 생각에 잠기더니 통일부 장관에게 가볍게 인사하고 집무실로 향했다. 집무실에 이미 대통령은 없었다. 비서실장은 전화를 걸어 물었다.

"대통령님, 지금 어디에 계신지요?"

"왜, 무슨 일 있어요? 잠깐 만날 사람이 있어서 나왔는데."

"청와대 안이세요?"

"그걸 왜 물어봐요? 내가 실장님께 일일이 보고해야 되나요?"

"그런 건 아닙니다만…."

비서실장은 난감한 목소리로 말을 이었다.

"혹시 통일부 장관을 만나서 개성공단 재개 검토하라고 말씀하셨나요?"

"왜요? 무슨 문제라도?"

"문제라기보다는… 지금 개성공단 논의는 시기적절하지 않아서… 게다가 북한에서 직접적으로 논의 재개를 언급한 것도 아니고…."

"무슨 말씀이십니까? 비선실세다 뭐다 떠들어대는 통에 지금 지지율도 계속 떨어지는데. 여론 반전을 위해서 개성공단 재개는 반드시 필요하다고 봅니다."

"그런 유언비어에 절대 흔들리는 모습을 보이시면 안 됩니다. 이럴 때일수록 더 강경하게 나가셔야 합니다. 여론은 저러다 잠잠해질 겁니다."

"나는 모르겠고, 이미 결정한 거니 그렇게 아세요. 그리고 하실 말씀 있으시면 서면으로 보고하세요. 이만 끊습니다."

비서실장은 미간을 찌푸렸다. 자존심이 상했다. 명색이 비서실장인데 대통령의 행적을 모른다는 질타를 받을 때마다 화가 났다. 자신이 얼마나 공들여 대통령을 이 자리에까지 올려놓았는데 말이다. 이제는 통제 자체가 불가능했다. 대통령이 풋내기 초선 의원이었던 시절의 기억이 떠오르며 씁쓸한 마음이 들었다. 자신을 정치적 스승으로 여기며 복종을 했던 그였다. 후회가 밀려왔다. 처음부터 대통령이 만나는 사람이 탐탁지 않았다. 방심한 게 실수였다.

비서실장은 고민에 빠졌다.

이 배는 이미 기울고 있었다. 기운 배에 버티고 있으니 난파되기 전에 빠져나가야 했다. 하지만 미련이 남았다. 다시 자신의 힘으로 배를 바로세우고 싶었다. 안 그러면 자신이 만든 이 왕국은 무너지게 될 것이 뻔했다. 사슬 구조가 무너지면 결국 바닥 깊숙이 숨겨뒀던 것들이 수면 위로 떠오르게 된다. 상상할 수 없는 엄청난 파국으로 치닫게 될 것이다. 생각만 해도 끔찍했다.

비서실장은 어딘가로 전화를 걸었다.

"국정원장님, 저 비서실장 박춘식입니다. 긴히 상의할 게 있어서요. 그럼 거기서 뵙죠."

비서실장은 전화를 끊고 어금니를 세게 물었다.

국정원장은 청운동 일식집에서 비서실장과 마주 앉았다. 대략 짐작은 하고 왔다. 비서실장이 지금 무슨 생각을 하고 있을지 누구보다 잘 아는 그였다. 자신을 키운 사람이 바로 지금의 비서실장이었다. 국정원장은 그의 눈치를 살피며 조심스럽게 입을 열었다.

"요즘 강남 아줌마 때문에 골치 아프시죠?"

"그렇지. 선을 너무 넘고 있어."

비서실장은 과거 자신이 국정원장이었을 때 데리고 있던 지금의 국정원장과 독대할 때면 말을 놓았다. 두 사람은 씁쓸하게 술잔을 기울였다. 비서실장이 슬며시 잔을 내려놓으며 국정원장을 쳐다봤다.

"자네도 대통령이 개성공단을 재개하라고 한 얘기 들었겠지?"

"네, 저도 방금 오는 길에 들었습니다. 갑자기 대통령께서 논의 준비를 하라고 했다면서요?"

"그래서 이렇게 보자고 했네. 아무래도 강남 아줌마 입김이 들어간 듯해."

"짐작은 하고 있었습니다."

비서실장은 쓴 술을 삼키며 미간을 찌푸렸다.

"이 상태로 갔다가는 어떻게 될지 뻔히 보이지 않나?"

"저도 그래서 고민됩니다."

"그래. 지금 대통령은 통제가 안 돼. 결국 우리가 수습할 수밖에 없네."

비서실장은 고개를 내밀며 말했다. 국정원장도 몸을 앞으로 기울였다. 은밀한 대화를 할 때의 습관이었다.

"과거 각하를 모시던 시절 어땠나? 학생들 정권 비판하며 데모할 때 가장 쉬운 방법이 뭐였지? 대한민국 국민들 다루는 방법은 어차피 뻔하지."

"혹시 공안 사건을…."

"총선 참패가 어떻게 보면 보수 결집의 좋은 조건이 될 수도 있네. 김철현이 귀순을 했다는 보도는 우리한테는 그나마 유리한 상황이네."

비서실장은 입꼬리를 올리며 말했다.

"그러려면 개성공단 재개를 막아야 하지 않습니까? 개성공단을 북측이 남한을 선동하는 요충지로 만들려면 말이죠."

"틀린 말은 아니네. 하지만 대통령의 결정을 우리가 거스를 수는 없지. 역으로 이걸 이용하자는 걸세."

"어떻게 말입니까?"

국정원장은 솔깃했다.

"그건 걱정 마시게. 이미 구상한 게 있으니."

비서실장은 자신이 구상한 내용을 설명했다.

국정원장은 고개를 끄덕거리며 미소를 지었다.

개성공단 철수 171일 차

"곧 있으면 개성공단 재개 논의 관련해서 정부의 입장 발표가 있을 예정입니다. 지금 이 자리에는 여야 의원께서 한 분씩 나와 계신데 어떻게 예측하시는지 들어보겠습니다. 안녕하십니까? 먼저 제1야당 바로민주당의 정관식 의원님, 어떻게 보십니까?"

"어제 북한에서 비공식 성명을 발표하고 나서 청와대에서 비공식 비상대책회의를 한 것으로 알고 있습니다. 어떻게 논의됐는지는 잘 모르지만 청와대 관계자의 말로는 북측과 어떠한 논의도 하지 않겠다고 대통령이 강하게 주장했다고 하는데요. 저는 그게 사실이 아니라고 일단 믿고 싶고요. 만에 하나 그렇게 된다면 대통령 탄핵까지 바라볼 정도로 국민 여론이 좋지 않은데, 그러면 정말 걷잡을 수 없는 상황까지 가게 되지 않을까 봅니다."

다음으로 사회자는 여당인 하나당 의원을 향해 말했다.

"바로민주당의 정관식 의원님은 재개 논의를 대통령이 받아

들일 거라고 하는데 고 의원님은 어떻게 보십니까?"

하나당 고종석 의원은 안경을 바로잡으며 무겁게 입을 뗐다.

"글쎄요? 정 의원님의 개인적 바람을 말씀하신 듯한데 하하, 저는 대통령께서 심사숙고해서 합리적으로 결정하지 않으셨을까 합니다. 아시겠지만 개성공단은 대남 간첩의 숙주였다는 것이 김철현 사건으로 들어나지 않았습니까? 그런 개성공단을 재개한다는 것은 국가 보안의 큰 구멍이 뚫릴 수 있고, 나아가 국민 안전에 큰 위협이 된다고 봅니다."

잠시 후 청와대 브리핑실로 화면이 바뀌었다. 청와대 대변인이 단상으로 올라가고 플래시가 요란하게 터지고 있었다.

"네, 이제 곧 청와대 대변인이 공식 입장을 발표하기 위해 브리핑실로 들어왔습니다. 잠시 들어보시고 다시 여야 의원님과 말씀을 나누도록 하겠습니다."

청와대 대변인은 단상에 올라와 좌우를 한번 둘러보았다. 무거운 분위기에서 카메라 셔터 소리만 계속해서 울렸다. 기자들은 노트북에 손을 얹고 대변인이 입을 열기만을 기다렸다.

"어제 8시 조선중앙TV를 통해 북한은 남한 정부에 개성공단 재개에 대한 논의를 요청했습니다."

잠시 말을 끊고 앞을 응시하던 대변인은 헛기침을 한 뒤 말을 이었다. 또다시 수십 대의 카메라 플래시가 터졌다.

"어제 정부는 긴급안보회의를 소집하고 이에 대해 각 장관 및 관계 부서와 긴 시간 논의를 했습니다. 개성공단은 한반도의 평화의 상징이자 남북 교류의 창고로서 가장 중요한 가교 역할임을 다시 상기시켰으며, 이에 정부는 북측의 개성공단 재개 논의에 대해 협의할 의사가 있음을 알리고자 합니다."

그 순간 개성시대 회의실에 모인 사람들은 일제히 환호성을 질렀다.

짧게 호흡을 가다듬은 청와대 대변인이 말을 이었다.

"단, 개성공단 철수는 북한의 한반도 평화를 흔드는 핵실험으로 인해 파기된 만큼 한반도 비핵화에 대한 논의가 함께 있어야 할 것입니다. 대통령께서는 이러한 대한민국 정부의 제의에 북한이 수락한다면 개성공단 논의에 이은 남북정상회담도 가능할 것을 표명하셨습니다."

한껏 들떠 있던 이 주임이 맥이 빠져 자리에 앉았다.

"하지 말자는 말이나 똑같잖아?"

"무슨 소리야?"

들뜬 분위기가 깨질세라 이 과장이 한마디 던졌다.

"아니, 비핵화를 전제로 회담하자는 건데 북한에서 받아들이겠어요?"

김 대리도 얄밉게 한마디 보탰다.

"그건 이 주임 말이 맞죠. 비핵화라니, 북한이 비핵화를 한다는 건 그야말로 체제를 포기해야 한다는 말 아닌가요? 그리고 비핵화가 우리 정부 단독으로 나선다고 될 일이 아니죠. 미국에서 나서도 될까 말까, 주변국은 물론이고 UN까지 총동원해야 할 일이잖아요. 저건 그냥 판 깨자는 말이죠."

"맞아요. 뭣보다 김정은이 개성공단 하나 돌리자고 비핵화 논의에 나선다는 건 소설이라도 너무 개연성 없는 소설이죠."

"너희들은 왜 그렇게 부정적으로만 보냐?"

이 과장은 못마땅했다.

"과장님도 국제 정세 조금만 아시면 그렇게 말씀 못 하실 텐데. 게다가 김정은은 유훈통치를 벗어날 수가 없어요. 뭣보다 미국 대통령 입장에선 북한과 대화할 동기가 전혀 없어요. 이건 공화당이나 민주당이나 상원이나 하원이나 미국 국민들 여론이나 마찬가지예요."

"참 내, 좀 더 지켜보자고. 너희들이 그렇게 국제 정세를 잘 알면 왜 여기서 일하냐?"

브리핑이 끝나고 화면은 다시 스튜디오로 넘어와 아나운서가 말했다.

"고 의원님 예측과 다르게 대통령은 북측의 제안을 받아들였는데 어떻게 보십니까?"

고 의원은 당혹감을 감추지 못했다.

***

지은은 페이스북을 열어 철현에게 대화를 시도했다.

김지은 오빠.

혹시나 했지만 역시 무응답이었다. 벌써 한 달 넘게 무슨 일이 있나 걱정이 됐다.

병실에 누워 있던 어머니가 막 잠에서 깼다.

"좀 어때?"

지은은 어머니의 등을 받쳐 일으키며 물었다.

"왜, 무슨 일 있었어? 근데 다리가 왜 이렇게 뻐근하냐?"

어머니의 말에 지은은 대답을 망설였다. 류마티스 증상이 심해져서 수술을 했다는 걸 어머니는 기억하지 못한다. 요즘 들어 치매가 심해지고 있었다.

"일은 무슨… 아무 일도 없어. 배고플 텐데 밥 좀 가져올까?"

"먹은 지 얼마나 됐다고. 근데 오빠는 오늘도 못 온대니?"

"그러게, 요즘 바쁜가 봐."

지은은 목멘 소리가 나올까 봐 간신히 대답했다.

"그래, 바쁘면 좋은 거지. 오빠 생일인데 미역국도 못 끓여주고…."

"걱정 마. 내가 끓여줬어."

"잘했다."

어머니는 몸이 불편한지 다시 자리에 누웠다. 지은은 더 이상 눈물을 참을 수 없어 병실을 나왔다. 이제 어떻게 해야 할까? 앞으로 어떻게 되는 걸까? 오빠가 귀순을 하다니…. 믿을 수 없었다. 얼마 전만 해도 어머니를 걱정하면서 곧 돌아올 거라고 했는데….

***

   국정원 요원이 국정원장실로 들어와 책상 위에 보고서를 올렸다. 국정원장은 요원을 한번 쳐다보더니 보고서를 대충 넘겼다.

"개성공단 협상단에 김철현이 온다는 게 확실하지?"

"네, 방금 전 북측 협상단에서 보낸 명단입니다."

"이거 참 재밌네."

"네?"

"아니야. 나가 보게."

   국정원장은 야릇한 미소를 지었다. 요원이 나가자 비서실장에게 전화를 걸었다.

"오히려 잘됐군. 준비한 대로 진행하게."

   비서실장은 예측했다는 듯 말했다.

   전화를 끊은 국정원장은 다시 어딘가로 전화를 걸었다.

"내 방으로 와."

개성공단 철수 185일 차

　북한 측 협상단 버스가 판문점에 정차했다. 철현이 버스에서 내려 좌우를 살폈다. UN 헌병을 사이에 두고 북쪽의 판문각과 남쪽의 파란색 건물이 마주 보고 있었다. 건너편 남쪽에는 이미 수많은 기자들이 나와 있었다. 몇 걸음만 더 나아가면 대한민국 땅이라는 게 믿기지 않았다. 갑자기 가슴 속 깊은 곳에서 뜨거운 무언가가 치밀어올랐다. 슬픔인지, 그리움인지, 원망의 마음인지 모를 감정에 휩싸인 채 철현은 우두커니 서서 그저 남쪽 방향을 바라보았다. 같이 온 일행들이 철현에게 앞으로 가자며 손짓했다.

　회담 장소인 평화의 집으로 향하는데 강영란의 목소리가 들렸다. 철현은 목소리 나는 쪽으로 눈을 돌렸다. 북측 취재진들 사이에서 영란이 반갑게 손을 흔들었다. 철현은 미소를 지었다. 남측에 비하면 초라해 보일 정도인 북한 기자단이었다.

　평화의 집 안으로 들어가자 긴 탁자를 사이에 두고 남측 협상단이 먼저 와 자리하고 있었다. 철현은 남측 협상단과 도저히 눈을 마주칠 수 없어 고개를 숙이며 자리에 앉았다.

그때 남측 협상단 가운에 한 사람이 물었다.

"김철현 씨죠?"

철현은 깜짝 놀라 고개를 들었다.

"반갑습니다. 여기서 이렇게 뵙네요. 북측 협상단과 함께 오실 거라고는 생각지도 못했는데."

철현은 뭐라고 대답해야 할지 몰라 당황하기만 했다.

다행히 북측 협상단인 노동당 대남 비서가 황급히 말했다.

"사적인 질문은 삼가주시라요."

협상단이 모두 자리에 앉자 회담장에는 묘한 긴장감이 돌았다. 서로를 향해 웃고는 있지만 각자 비수를 숨기고 있는 자객의 모습과도 같았다. 남측 청와대 국가안보실장이 먼저 입을 열었다.

"개성공단 재개에 대해 먼저 손을 내밀어 주셔서 감사합니다."

"미제의 책동에 우리끼리 피를 흘려야 쓰겠소. 김정은 최고령도자께서도 지난 남조선의 과오는 덮고 극단적인 대결정책은 피하자고 하셨소."

"네, 총정치국장님도 아시겠지만 오늘 회담은 개성공단 재개를 위해 논의하는 자리입니다. 더불어 남북경협을 파국으로 이끈 요인인 핵 문제에 대해서도 함께 다뤄야 하지 않을까 싶습니다."

"허허. 시작부터 말씀이 과하십니다. 개성공단 파국은 남조선이 6·15 공동선언의 취지를 배반하고 일방적으로 깬 것 아니오? 우리가 핵을 개발하는 것은 미 제국주의의 도발적인 수작질에 자주적인 방어를 위한 것이라는 걸 모르오?"

"하지만 핵이 한반도의 평화를 위협하고 있는 게 엄연한 현실인데 그걸 부인하는 건 회담에 대한 의지와 진정성이 없다고 보는데요."

"오늘 회담은 조건 없이 개성공단 재개를 논하는 자리로 알고 있는데, 그게 아닌가 보오?"

초반부터 팽팽한 긴장감이 돌았다. 철현은 혹시나 회담이 파기되지 않을까 몹시 걱정됐다. 하지만 이것은 회담의 주도권을 잡기 위한 기선 제압일 뿐으로, 남북 어느 쪽에서도 파국을 부를 수 있는 결정적인 말은 삼갔다.

"자, 자, 오늘 이 자리는 개성공단 재개에 대한 논의가 가장 중요하외다. 정치적 공방은 따로 하고 개성공단 문제에 집중합시다."

합영투자위원회 황철중 국장이 끼어들었다.

"좋습니다. 회담이 한 번으로 끝나는 건 아니니 1차에서는 개성공단 재개 논의를 하고, 별도로 고위급 회담을 통해 2차 회담을 갖죠."

황철중 국장의 중재에 회담은 본론으로 들어갔다. 황 국장이 이어서 말했다.

"이번에 저희는 뉴(new)개성공단이라는 플랜을 가지고 왔습니다."

"뉴개성공단? 그게 뭐죠?"

황 국장은 철현에게 눈짓을 보냈다. 철현은 눈치를 살피더니 조심스럽게 입을 열었다. 모두의 시선이 철현에게 모였다.

"기존의 경협은 개성공단에서만 가동되었습니다. 그러다 보니 정치적 이슈가 있을 때마다 쉽게 폐쇄될 수 있다는 취약점이 있습니다. 이에 대한 보완 없이는 제2, 제3의 개성공단 폐쇄는 반복될 것입니다. 저희는 이번에 남한에도 또 하나의 개성공단과 유사한 곳을 만들 것을 제안드립니다. 개성과 문산을 잇는 평화경제특구를 말이죠."

"개성과 문산이오?"

남측이 술렁거렸다.

철현은 잠시 숨을 들이마셨다 내쉬고 말을 이었다.

"네, 이곳에 직통하는 4차선 도로를 만들고 자유롭게 방문할 수 있게 하는 겁니다. 개성의 공단과 문산의 공단, 그리고 그 중간 지점에 연구단지를 조성하는 거죠. 남한과 북한의 노동자가 자유롭게 왕래할 수 있어야 합니다. 지금 중국의 저가 제품이 남한뿐 아니라 전 세계적으로 위협을 가하고 있습니다. 평화경제특구의 목적은 중국을 견제하는 것입니다. 북한의 노동력과 남한의 기술력을 동원해 중국의 샤오미류의 회사와 경쟁할 수 있는 제품을 만드는 거죠. 이번에 평양에서 개최한 불타는 금요일에 자신감을 얻게 됐습니다. 그래서 북한류 바람을 일으키기도 했죠. 남한류와 북한류를 통한 경제 강국은 꿈이 아닌 현실이 될 수 있다고 봅니다."

그러자 남한 측 청와대 국가안보실장이 반문을 했다.

"듣고 보니 취지는 아주 좋은데, 양쪽을 자유롭게 왕래하게 되면 군사적으로 취약 구역이 될 텐데 북측에서 군사 도발을 할 경우 어떻게 합니까?"

"듣자하니 실장님 말씀에 가시가 있소?"

북한군 총정치국장이 미간을 찌푸리며 쏘아붙였다. 다시 분위기가 냉랭해졌다. 그러자 북한 측 황 국장이 조곤조곤 목소리로 반문했다.

"장사꾼이 이익만 되면 됐지, 와 총부리를 겨누갔소? 동무는 돈 벌어주는 거래처에 총질해대갔어?"

그 말에 반박하는 사람은 아무도 없었다.

"이 평화경제특구는 이념을 떠나 철저하게 경제적 논리로 접근해야 된다고 생각합니다."

철현의 말에 남측 협상단의 표정이 한결 부드러워졌다.

철현은 자신감을 얻어 계속해서 말했다.

"이 시범 지구가 잘 운영되면 양쪽에 문화 특구를 만들어서 북한의 걸그룹과 남한의 걸그룹이 공연도 하면서 다양한 문화 공연 단지를 조성하면 북한류와 남한류가 일어나지 않을까요? 그게 경제 통일이고 문화 통일이지 않습니까!"

철현의 말이 끝나자 남측과 북측 협상단 모두가 고개를 끄덕이며 환한 미소를 지었다.

북한 측 황철중 국장이 입을 열었다.

"처음에는 이곳을 통해 기술이 오가고, 그리고 물자가, 그다음에 문화도 오가다 보면 아울러 정도 오가고 그러지 않겠소. 안 그렇습니까, 김 실장님?"

황 국장의 얼굴이 김형철 청와대 국가안보실장을 향했다.

"허허, 듣기 좋습니다. 황 국장님도 돈 많이 버셔야죠."

청와대 김 실장은 입꼬리를 올리며 화답했다.

"기럼요. 내래 돈 좀 왕창 벌어서 우리 인민들 배 터지게 먹여 보는 게 소원입네다. 허허."

두 사람의 웃음소리와 함께 회담 분위기는 한결 밝아졌고, 서로 뜨겁게 악수를 나눴다. 협상단 사이에 소소한 농담이 오가기도 했다. 그사이 북한 측 총정치국장은 전화를 걸었다. 김정은에게 결과를 보고하는 듯했다. 그런 한편 협상단에 있던 국정원장도 슬그머니 핸드폰을 꺼내 들었다. 그는 심각한 표정으로 조용히 짧은 말을 뱉어냈다.

"그림자 작전 실행."

화기애애한 분위기가 이어지는 가운데 갑자기 회담장 문이 열렸다. UN 평화군과 남측 헌병이 들어왔다. UN군은 철현을 남측 협상단으로 밀면서 몸으로 바리케이드를 쳤다. 따라온 남측 헌병은 철현을 체포했다. 갑작스러운 상황에 모두가 당황해서 어쩔 줄 몰라 했다.

"이건 뭔가? 어디서 개수작들이야?"

북한 측 총정치국장이 소리를 질렀다.

당황한 것은 북한 측뿐만 아니라 남한 쪽도 마찬가지였다.

바로 그때 남측과 북측 헌병들이 총을 들고 들어와 서로를 겨누었다. UN군을 사이에 두고 일촉즉발의 상황이 벌어졌다. 여차하면 바로 격발이 될 수 있는 위태로운 상황에 국정원장이 말했다.

"김철현을 개성공단 직원으로 위장해 국가기밀을 빼돌리고 간첩 행위 활동을 통해 안보에 위협을 준 혐의로 체포한다."

"이런 종간나새끼들, 이건 엄연한 도발 행위요! 가만있지 않갔소!"

"도발은 북측이 먼저 한 거 아니오? 간첩 행위를 한 김철현을 평화 협정 장소에 데리고 온 것은 한국 정부에 대한 기만이자 도발 행위가 아니고 뭡니까?"

북한 측은 더 이상 저항할 수 없었다. 남한 측 헌병이 철현을 끌고 가려 하자 철현은 저항했다. 헌병은 철현의 뒤통수를 가격했다. 철현은 맥없이 쓰러지며 헌병의 손에 질질 끌려나갔다.

철현이 문 밖으로 끌려나가자 밖에서 대기하고 있던 기자들은 어리둥절해하는 한편 부지런히 카메라 플래시를 터뜨렸다.

철현은 힘겹게 눈꺼풀을 들었다. 질질 끌려가는 그의 눈에 멀리서 안타까워하는 강영란의 모습이 아른거렸다. 영란이 철현에게 달려가려 하자 북한군이 저지했다.

"방금 들어온 소식입니다."

8시 뉴스. 아나운서의 다급한 목소리가 흘러나왔다. 고양이에게 밥을 주고 있던 지은은 TV 쪽으로 고개를 돌렸다.

"오늘 4시, 판문점에서 열렸던 개성공단 재개를 위한 협상이 결렬됐다는 소식입니다. 협상 결렬에 대해 청와대는 아직 어떠한 브리핑도 하지 않은 가운데 당시 판문점에 출입했던 기자들의 증언에 의하면 협상 장소로 UN과 우리 측 헌병이 갑자기 들어가고 오 분 후에 평양에 체류하다 북으로 귀순한 김철현 씨가 헌병에 의해 끌려나왔다고 합니다."

김지은은 들고 있던 컵을 떨어뜨리고 말았다. 그 소리에 어머니가 깨어나 말했다.

"뭐 깨지는 소리가 났는데."

지은은 재빨리 TV를 끄며 엄마에게 말했다.

"손이 미끄러워서."

"조심 좀 하지. 오빠는 오늘도 야근이야?"

"엄마 자는 사이에 왔다 갔어."

그 시각 이 과장은 가족들과 함께 식사를 하던 중 뉴스를 듣고 숟가락을 떨어뜨렸다. 청와대 출입 기자의 보도가 끝나자 이번에는 조선중앙TV의 보도가 자료 화면으로 나왔다.

"오늘 남조선의 도발적인 행위는 북과 남의 화해와 단합을 반대하는 극악한 반통일 역적 행위로 간주한다. 이는 민족을 향한 심각한 도발 행위이며 용납할 수 없는 행위다."

이 과장은 그만 온몸의 힘이 빠져 아무 말도 못 했다.

제8장
재회

서울

국가보안법 위반에 대한 철현의 최후 공판이 있는 날이었다. 재판장에는 많은 취재진이 모여 있었다. 개성시대 사람들은 숨을 죽인 채 재판 과정을 지켜봤다.

검사의 최후 변론이 이어졌다.

"존경하는 재판장님, 김철현의 북한 귀화는 대한민국 헌법을 유린하는 이적 행위입니다. 엄중한 판결을 요구하는 바입니다."

방청객이 웅성거렸으며 기자들은 분주히 플래시를 터트렸다.

"변호인 측 최후 진술 해주세요."

판사가 말했다.

변호사가 일어나려고 하자 철현은 슬며시 손을 잡았다. 자신이 변론하겠다는 뜻이었다. 변호사는 고개를 끄덕거렸다. 철현이 일어나서 입을 열었다.

"존경하는 재판장님, 제가 대한민국 국민 맞습니까?"

방청석이 술렁거렸다.

"제가 진짜 대한민국 국민이라면 제가 혼자 평양에 버려졌을 때 대한민국이 저를 구해줬을 것입니다. 하지만 대한민국과 전화 연결이 됐을 때 제가 들은 말은 기다려달라는 것뿐이었습니다."

철현의 말에 장내는 숙연해졌다.

"회사가 저를 포기하고, 국정원이 저를 포기하고, 나중에 보니 언론마저 저를 포기하더군요. 사법부마저 저를 버리신다면 과연 이게 나라입니까? 평양에 남겨진 제게는 밥도 필요하고, 옷도 필요하고, 잘 곳도 필요하고, 일자리도 필요했습니다. 필요한 것을 나눠주는 북한 인민들의 호의를 받은 게 죄라면 저는 죄짓지 않기 위해 평양에서 첫날에 죽기라도 해야 했단 말입니까?"

철현은 자리에 앉았다. 다시 방청석이 웅성거렸다.

잠시 후 판사가 판결문을 꺼냈다. 법정은 이내 조용해졌다. 철현의 표정은 그저 담담해 보였다.

"판결을 내립니다. 피고 김철현은 자신의 의지와 상관없이 북한에서 일방적으로 귀순을 시켰다고 주장했다. 하지만 이를 입증할 수 있는 어떠한 근거도 제시하지 못했다. 이에 국가보안법 제6조, 형법 98조에 따라 김철현에게 징역 10년의 실형을 선고한다."

판사는 판결봉을 때렸다.

철현은 갑작스런 무력감을 느끼며 고개를 들 힘조차 없었다.

방청석 곳곳에서 야유가 터져 나왔다. 이 과장과 김 대리도 분노에 찬 소리를 질렀고, 이 주임은 손에 얼굴을 묻고 훌쩍거렸다. 지은 역시 오빠 철현을 바라보며 하염없이 눈물만 흘렸다.

개성시대 직원들은 힘없이 법원을 나왔다. 어느새 비가 내리고 있었다. 그들은 비 내리는 풍경을 바라보며 한동안 그대로 서 있었다.

"철현 대리님한테 미안해서 어떡해요…."

이 주임이 또다시 훌쩍거리기 시작했다. 김 대리는 이 주임의 어깨를 토닥이며 말없이 고개를 떨어뜨렸다.

그들은 다 같이 술집을 찾아 들어갔다.

"이놈의 일기예보는 허구한 날 틀리냐? 기상청 놈들 다 물갈이해야지 안 되겠어."

이 과장은 옷의 물기를 털며 자리에 앉았다.

"물갈이해야 할 게 어디 기상청만인가요?"

김 대리는 한숨을 푹 쉬며 말했다.

TV에서 뉴스가 흘러나오고 있었다.

"오늘 청문회에서는 대통령의 비선실세인 채 모 씨와 관련된 증인들이 줄줄이 참석했습니다. 특히 한태석 씨는 개성공단 철수에 대한 손선숙 씨의 평소 발언을 구체적으로 증언했으며 녹취 파일이 있다고 밝혔습니다. 이와 관련, 바로민주당의 김재철 의원은 청와대 비서관과 채 모 씨가 개성공단 철수에 대해 언급한 통화 내역을 증거 자료로 제출해 큰 파장을 일으켰습니다."

이 과장은 소주를 입에 털어 넣었다.

"대한민국 참 잘 돌아간다. 국정농단에 국민들까지 농단하고."

"감방에 갈 사람은 저기 있는데 불쌍한 철현 대리님만…."

이 주임은 또다시 울쌍이었다.

"한편 오늘도 광화문에서 열리는 4차 촛불집회에는 주최 측 추산 150만 명이 참여한 것으로 집계됐습니다. 시민들은 대통령 탄핵을 외치며…."

김 대리는 소주잔을 힘없이 내려놓았다.

"촛불 든다고 뭐가 달라지겠어? 어차피 이놈 바꾸고 나면 또 저놈이 해처먹는데."

"그게 정치혐오다. 우리가 똑바로 투표하면 저런 놈들이 나오겠냐."

"그러는 이 과장님은요? 투표 잘하셔서 이렇게 됐나요?"

"안 그래도 이놈의 손모가지를 확 잘라버리고 싶다. 에이!"

그때 이 주임이 자리에서 벌떡 일어났다.

"왜? 어디 가려고?"

"광화문에 가보게요."

"광화문?"

"머릿수 하나라도 더 보태야죠."

옆에 있던 이 과장도 잔에 남은 소주를 비우고 벌떡 일어났다.

"그래, 우리도 참여하자. 그런다고 철현이한테 한 잘못이 없어지지는 않겠지만 뭐라도 하긴 해야지."

김 대리도 자리에서 일어나며 말했다.

"자, 같이 가시죠."

밖에서 내리던 비는 어느새 눈으로 바뀌어 있었다.

1년 후

개성시대 직원들은 하나둘 퇴근 준비를 했다. 이 과장이 퇴근하는 김 대리와 이 주임을 불러 세웠다.

"그냥 가게? 한잔해야지?"

"어제도 마시고 그제도 마셨는데 오늘은 일찍 좀 들어가셔야죠. 저희는 볼일이 있어서 이만…."

김 대리가 이 주임을 향해 한쪽 눈을 찡긋했다.

"에이, 섭하게 왜 그래? 이 주임, 같이 가지그래?"

"과장님 때문에 저희는 맨날 술집에서 데이트하네요. 오늘은 좀…."

"알았다, 알았어."

김 대리와 이 주임이 꾸벅 인사를 하고 나가려는데 이 과장이 다시 불렀다.

"참, 김 대리! 내일 철현이한테 가는 거 알지?"

"그럼요. 그러니까 얼른 들어가서 쉬시고 내일 일찍 나오세요."

"알았다. 거 잔소리는….."

이 과장은 홀로 남은 사무실을 휘 둘러본 뒤 외투를 걸쳐 입었다. 창밖에는 눈이 내리고 있었다.

***

교도소 앞.

이 과장은 높은 담벼락을 올려다보며 눈살을 찌푸렸다.

"김 대리 이 자식은 왜 안 오지?"

이 과장이 툴툴거렸다.

"저기 오는데요!"

김지은이 손을 흔들며 말했다.

멀리서 김 대리와 이 주임이 부지런히 걸어오고 있었다.

"나한테 늦지 말라고 해놓고는…."

이 과장이 김 대리를 향해 말했다.

"죄송해요, 과장님. 저 때문에 좀 늦었어요."

이 주임이 대신 사과했다.

네 사람은 거대한 철문 앞으로 다가갔다.

끼이익 소리와 함께 철문이 열리고 사람들 사이로 철현이 무표정한 얼굴로 걸어 나왔다. 네 사람을 보자 철현의 굳은 얼굴이 이내 밝아졌다. 이 과장과 김 대리는 멋쩍은 미소를 지었고, 이 주임과 지은은 참았던 눈물을 터뜨렸다.

"회사일은 어쩌고 다들 여기 오셨어요?"

"당연히 와야지. 이번에는 너 잘 챙겨서 갈라고 단디 준비하고 나왔다!"

이 과장은 철현의 등을 가볍게 두드렸다.

"철현 대리님, 이거 먼저 드세요."

김 대리가 종이가방에서 비닐을 꺼내 철현에게 건넸다. 비닐 안에 두부가 들어 있었다. 철현은 두부를 크게 한입 베어 먹었다.

"두부가 이렇게 맛있는 줄 몰랐는데요? 김 대리님 트렁크는 못 가져와서 미안해요. 대신 제가 유용하게 잘 썼어요."

김 대리는 무안한 듯 머리를 긁적거렸다.

"철현 대리님, 게임 아이템 많이 보내놨으니까 이따가 확인해봐요."

"고마워요. 안에서 심심해서 죽을 뻔했어요."

두 사람은 오랜만에 크게 웃었다. 철현은 동생 지은에게 다가갔다. 지은은 아까부터 말없이 지켜만 보고 있었다. 두 눈가가 붉게 물들어 있었다. 철현은 동생의 어깨를 토닥거렸다.

이 과장은 애써 참았던 눈물이 비져나올까 봐 괜히 헛기침을 하고 철현에게 말했다.

"이제 회사 복귀해야지?"

"일단 좀 쉬고 나서요."

"그래, 좀 쉬어야지. 사장님도 네 자리 그대로 둘 테니 빨리 오라신다."

"저 잘린 거 아니에요? 그럼 그동안 밀린 월급은요?"

"네가 그동안 밀린 일을 하면 주신대."

일행은 다 같이 크게 웃음을 터뜨렸다.

"철현아, 진짜 미안하다."

이 과장이 철현의 손을 잡으며 말했다.

"원망을 안 했다면 거짓말이겠죠. 여기 있으면서 생각했어요. 그 일이 아니었으면 제 평생 평양이라는 곳에서 살아나 봤겠어요? 아무도 경험하지 못한 걸 해본 거잖아요. 여기선 뭘 해도 맘대로 되는 일이 없었는데, 거기선 뭘 해도 성공했으니…."

모두가 씁쓸한 마음에 선뜻 입을 여는 사람이 없었다.

잠시 후 이 과장이 한마디했다.

"대통령 탄핵되고 정권도 바뀌고 철현이도 이렇게 나왔는데, 오늘 같은 날 술이 빠지면 섭하지."

하지만 철현은 어머니를 먼저 뵙고 싶다며 양해를 구하고 지은과 함께 집으로 돌아왔다.

현관문을 열자 누워 있을 줄 알았던 어머니가 부엌에서 요리를 하고 있었다. 인기척 소리에 어머니가 뒤를 돌아봤다.

"밤새 일하느라 힘들었지? 미역국 끓여놨으니까 손 씻고 얼른 먹어라."

철현은 눈물이 나오려는 걸 애써 참았다. 철현을 휩쓸고 지나간 일 년이 어머니에게는 하루에 불과했던 것일까. 기억이 점점 희미해지는 어머니에게 어쩌면 다행인 일인지도 몰랐다. 이제부터 그 하루하루를 행복하게 해드려겠다는 생각이 들었다.

"아, 배고프다. 오빠, 빨리 밥 먹자."

지은이 애써 명랑한 목소리로 말했다.

식탁 앞에 세 식구가 둘러앉았다. 어머니는 어제도 그랬다는 듯 아무렇지 않은 얼굴로 수저를 들었다. 철현은 그런 어머니와 동생을 보며 환하게 웃었다.

방송에 출연한 철현은 지루한 듯한 표정으로 앉아 있었다. 북한 관련 전문가들은 하나같이 개 짖는 소리만 늘어놨다.

통일위원회 박한일 소장이 말했다.

"사실 통일이 된다 해도 문제입니다. 빈부 격차도 심각하지만 북한과 남한의 문화적 격차는 더 심각합니다. 과연 남한 사람과 북한 사람이 한데 어울려 살 수 있느냐는 거죠. 화학적으로 섞이는 건 쉽지 않다고 봅니다. 어쩌면 총부리를 겨눌 때보다 더 관계가 악화되지 않겠습니까?"

박 소장의 말이 끝나자 아나운서가 철현에게 물었다.

"김철현 씨는 오래 시간 평양에 체류하셨죠? 현지에 계시면서 느끼신 점이 많을 텐데 어떠셨나요?"

그러자 철현은 박 소장을 보며 되물었다.

"소장님은 언제 평양에 가보셨어요?"

"글쎄요. 10년 전쯤 되려나…."

"10년 전이오? 그때 얼마나 계셨어요?"

"그게… 한 이틀 머물렀나… 아니, 삼 일은 있었네요."

"10년 전, 그것도 삼 일밖에 안 계셨으면서 어떻게 그렇게 북한에 대해 잘 아시죠?"

철현의 일침에 박 소장은 헛기침을 했다.

"상상하신 것처럼…." 철현은 상상이라는 단어를 강조했다. "평양 사람이나 서울 사람이나 다르지 않습니다. 새로운 게 나오면 빨리 받아들이고 습득하며 지금의 대한민국이 된 것처럼 북한도 마찬가지입니다. 평양 사람들도 여기 못지않게 문화와 트렌드에 대한 습득이 빠릅니다. 그러니까 공화국소녀라든지, 블랙 프라이데이 같은 행사도 성공하지 않았습니까? 북한류라는 말을 여기서는 조롱하듯 쓰는데, 실제로 그 위력과 잠재 가능성은 대단합니다. 통일에 대해 다들 경직된 사고만 하는 게 아닌가 싶습니다. 물리적인 통일만 얘기하고 있다는 거죠. 남한과 북한이 경제적으로 왕래하고 서로 발전하는 게 우선 아닐까요? 그러다 보면 서로 경제적 문화적 편차도 줄고, 자연스럽게 왕래하면서 서로를 이해하게 되면 통일은 언젠가 자연스럽게 이뤄지는 거 아닙니까? 우리 세대가 못 하더라도 다음 세대가 해내겠죠."

토론을 마치고 밖으로 나오자 따뜻한 봄바람이 불고 있었다.

명훈과 찬근이 생각났다. 잘 지내고 있을까? 남으로 오기 전에 하려던 일은 진전이 없을 게 분명했다. 진전이 있었다면 방송으로 이미 소식을 들었을 것이다. 철현은 언젠가부터 북한 관련 채널을 찾아봤다. 혹시라도 영란의 얼굴이 나올까 싶어 빠짐없이 찾아봤다. 하지만 보이지 않았다. 아나운서가 바뀐 것이다. 그토록 원하던 집으로 돌아왔는데 허탈한 마음을 달랠 수 없었다. 그들의 빈자리가 갈수록 점점 커지고 있었다.

***

검은색 차량이 청와대 앞에 멈춰 섰다. 조수석에서 검은 양복을 입은 남자가 나와 뒷문을 열었다. 차에서 내린 철현은 정중하게 인사를 했다. 양복을 입은 남자는 철현을 새 대통령 비서실장에게 안내했다.

비서실장은 철현을 보자 반갑게 악수를 청했다.

"만나서 반갑습니다. 오시는 데 불편한 건 없으셨나요?"

비서실장은 소파로 철현을 안내했다.

"김철현 씨 사건은 국민의 한 사람이자 정부의 책임자로서 유감스럽게 생각합니다."

철현은 말없이 고개를 끄덕였다.

"사법부에서도 당시 무리하고 편파적인 수사였다는 것을 인정했고, 오히려 국가가 배상해야 한다는 판결도 났다고 들었습니다. 늦었지만 당연한 결과죠."

철현은 직설적으로 물었다.

"저를 보자고 하신 이유가…."

"실은 대통령님의 핵심 공약 가운데 하나가 개성공단 재개입니다. 당선 전부터 부조리한 이전 정권의 결정으로 억울하게 피해를 보신 분들을 보면서 안타까워하셨죠."

비서실장은 무거운 표정을 지으며 말을 이었다.

"일 년 전 개성공단 재개 논의 당시 북한 측 협상단으로 오시지 않았습니까?"

"네, 맞습니다."

"김철현 씨가 당시 제안하신 내용에 대해 대통령께서도 잘 알고 계십니다. 선거 당시 공약과 유사한 점도 있고 해서 이렇게 뵙자고 한 겁니다."

비서실장은 진중한 목소리로 대통령의 의중을 설명했다. 철현은 설명을 듣는 내내 간간이 고개를 끄덕이며 귀를 기울였다.

어게인 개성공단

철현은 버스에서 내리며 옷깃을 바짝 올렸다. 12월 찬바람이 온몸을 파고들었다. 연일 한파가 지속되는 가운데 이곳의 체감온도는 영하 20도가 넘었다. 강추위에도 판문점 주변은 취재 열기로 뜨거웠다.

일 년 만에 다시 오는 판문점, 그날의 기억이 생생히 떠올랐다.

철현은 북쪽을 바라봤다. 북한 측 취재진도 분주하게 카메라 플래시를 터트렸다. 철현은 북측 취재진 사이로 시선을 옮겨다녔다. 하지만 영란의 모습은 보이지 않았다. 쓸쓸한 마음을 지울 수 없었다.

남측 협상단과 함께 평화의 집 앞으로 갔다. 파란색 건물을 사이로 남과 북을 가르는 턱이 앞을 가로막았다. 철현은 천천히 군사분계선 앞으로 걸어갔다.

담배를 꺼내 물고 라이터를 찾아 주머니를 뒤지는데 뒤쪽에서 누군가가 다가와 라이터 불을 내밀었다. 철현은 고개를 돌렸다.

"야, 리명훈!"

"이런 간나새끼, 내래 남조선 담배 하나 줘보라우! 찬근 동무가 맛이 그렇게 좋다고 하던데."

명훈은 철현을 보며 특유의 익살맞은 웃음을 지었다. 철현은 담배를 꺼내 명훈에게 건넸다. 두 사람은 군사분계선을 사이에 두고 한동안 말없이 담배를 피웠다.

"소식이 없어서 내래 죽었는지 알았디."

"평양에서도 질기게 살아남았는데 죽긴 왜 죽냐?"

두 사람은 크게 웃었다. 판문점 사이에 있던 헌병이 두 사람을 쳐다봤다.

"가로수길은 잘돼가고 있어?"

철현이 물었다.

"간나새끼, 동무가 없는데 그게 제대로 되갔어?"

철현은 '그건 그렇지'라고 말하는 듯 명훈을 향해 환히 웃었다.

명훈은 양손을 주머니에 찔러 넣으며 하늘을 올려다봤다.

"눈이 오네."

철현도 하늘을 올려다봤다. 눈송이가 두 사람의 얼굴 위로 떨어졌다. 명훈이 철현의 눈치를 살피며 물었다.

"매정한 간나새끼, 영란 동무 소식은 안 묻네?"

"방송에서 안 보이던데…."

"방송원 그만둔 지 오래됐디."

명훈이 알 듯 모를 듯 미소를 지으며 말했다.

"그럼….."

철현이 걱정스러운 표정을 지었다.

"걱정 말라, 잘 지내고 있으니. 방송원 그만두고 전공 살려서 연기 공부 하고 있다."

영란이 결국 원하던 것에 도전했다는 소식에 철현은 안도의 한숨을 내쉬었다.

바람이 불며 눈발도 점점 거세지고 있었다.

평화의 집에서 한 남자가 철현에게 들어오라고 손짓했다.

"그만 들어가야겠다."

철현과 명훈은 악수를 나눴다. 남과 북 사이에 경계선을 두고 두 사람은 각자 회담장으로 향했다. 등 뒤에서 명훈이 외쳤다.

"철현 동무!"

철현은 고개를 돌려 명훈을 쳐다봤다.

"다음에 보면 내래 레드벨벳 사인 좀 받아주라우."

철현은 피식 웃으며 고개를 끄덕였다.

두 사람은 각자 회담장 안으로 발을 옮겼다.

평양을 세일합니다

1판 1쇄 인쇄 2024년 5월 10일
1판 1쇄 발행 2024년 5월 20일

지은이 박종성
기획 봄봄
펴낸이 최한중

표지 디자인 바보물고기 | **본문 디자인** 황제펭권
인쇄·제본 (주)민언프린텍

펴낸곳 도서출판 스핑크스
주소 (10378) 경기도 파주시 산내로 89, 1304
전화 0505-350-6700 | **팩스** 0505-350-6789 | **이메일** sphinx@sphinxbook.co.kr
출판신고번호 제2017-000187호 | **신고일자** 2017년 10월 31일

ISBN 979-11-90966-08-5 03810